ABSENTE

W0296837

Megan Abbott

ABSENTE

Traduit de l'anglais (États-Unis)
par Benjamin Legrand

SONATINE ÉDITIONS

AVERTISSEMENT

Ce livre est une œuvre de fiction. Les noms des personnages, les lieux et les événements décrits sont les produits de l'imagination de l'auteur ou sont utilisés de manière fictive. Toute ressemblance avec des événements, des lieux ou des personnages morts ou vivants est purement fortuite.

Ouvrage publié sur les conseils de Patrick Raynal
et réalisé sous la direction éditoriale
d'Arnaud Hofmarcher et de Marie Misandeau

Titre original : *The Song is You*
© Megan Abbott, 2007
Éditeur original : Simon & Schuster

© Sonatine, 2009, pour la traduction française
Sonatine Éditions
21, rue Weber
75116 Paris
www.sonatine-editions.fr

Pour Josh, qui sait pourquoi

La fin d'une histoire devrait être le sujet de son début.

Irving Thalberg

1949

Une fille sans importance

Le sifflotement n'est pas guilleret, pas à la Doris Day. Il est grave et lent, et l'acteur Bob Cummings se souviendrait longtemps de sa torride résonance.

Oh oui, la musicalité de cette note parfaite !

« Tu as l'air heureuse », lui dit-il, installé dans le fauteuil de sa loge, la tête légèrement tournée pour l'apercevoir passer dans le couloir.

Elle s'arrête, se déhanche et le regarde de ses yeux noirs pétillants.

« Je le suis », dit-elle dans un léger roucoulement rauque. Ses longs doigts vernis de rouge se posent sur l'embrasure de la porte. « J'ai une nouvelle idylle.

– C'est du sérieux ? » demande-il, en flirtant. A-t-il déjà joué à ça avec elle ? Comme un gamin, il laisse ses bras pendre de chaque côté du fauteuil.

« Pas vraiment », réplique-t-elle en inclinant la tête. Puis, avec un petit éclat dans les yeux, aussi concupiscent que celui d'une danseuse de revue, mais avec infiniment plus de charme : « Mais je m'amuse comme jamais. »

Sur ce, elle se déhanche à nouveau et, avec un petit au revoir mutin du bout des doigts, elle repart dans le couloir, ses talons claquant légèrement, parfaitement en rythme avec son sifflotement.

Qu'est-ce qu'elle fredonne ?

Il arrive presque à en trouver le nom, à en sentir le goût même.

Ça lui fait penser à une situation inattendue, bouche pressée sur du satin froissé, résilles scintillantes, musique qui résonne insupportablement, pression dans la poitrine et jambes qui battent l'air. Une peccadille, jadis, derrière les rideaux d'un box du Top Hat Café, avec une danseuse de revue qu'il avait baratinée, une rencontre si brève et si urgente qu'il avait ressenti comme un méchant coup de poing dans le ventre.

Bien sûr.

C'était cette chanson.

You're so much sweeter, goodness knows...

Honeysuckle rose...

Il racontera cette histoire des centaines de fois dans les semaines et les mois à venir, dans des circonstances officielles ou pas. Il la déformera occasionnellement, omettra des détails, ajoutera une ombre de provocation, ou une bouffée de chaleur. Ou il la racontera comme s'il s'agissait d'un échange agréable entre collègues temporaires. Il la maquillera outrageusement, ou la lissera au fer à repasser, ça dépendra.

Mais c'est ainsi que cela s'est vraiment passé, et que cela s'est logé dans sa tête, noué et inconfortable, en une boucle perpétuelle tournant sur elle-même à travers ses pensées, se déployant dans ses songes. Il parvient à peine à retrouver le titre du film qu'ils tournaient (*Une fille sans importance*, c'est ça ?), mais il se souvient de tout ce qu'elle portait en passant dans ce couloir, soie de Chine et faisceaux de plis, une spirale de flammes bleues. Et du rouge sur ses lèvres arrondies autour de ce sifflotement grave et délicieux. Des craquements et des grincements de son fauteuil quand il se penchait en arrière, faisant baver son maquillage, lui, la star, trop avide, yeux brillants et dévorants, face à sa froideur distinguée et infondée, cette froideur venant de ce qu'elle n'avait aucun besoin de son attention. Il pouvait le sentir : des stars plus étincelantes lui tournaient autour, autour de ses courbes crémeuses, du battement de ses cils couleur noisette, du balancement de ses hanches, d'un nuage de jasmin, d'une chanson grivoise qu'aucune fille blanche n'aurait dû fredonner.

C'était sa voix qui ronronnait, claquait et restait férocement collée dans sa tête, le rendait malade d'un désir aléatoire, lui faisait vouloir commettre quelque chose de fou, d'imprononçable, d'inarticulé, d'affreux. Comme il aurait aimé la baiser jusqu'à l'oubli.

Mais quelqu'un lui coupa l'herbe sous le pied.

Park La Brea

« Il payera pas, poupée. Peu importe ce que dit le juge. Une fois que t'es plus dans leur lit, tu perds sur toute la ligne. T'aurais dû rester mariée et la jouer en finesse. »

Ces conseils venaient de la voisine d'à côté, Beryl Doolan, qui les dispensait tout en enlevant le dernier éclat de vernis à ongles de son pied posé et courbé contre le bord de la table de la cuisine.

« Est-ce que tu vas enfin l'écouter ? » dit Peggy en essuyant la dernière assiette.

Toutes les deux s'adressaient à la cousine de Peggy, Jean, cette grande fille châtaine, celle qui enfilait une paire de gants pimpants sans croiser le regard de l'une ou l'autre des deux femmes. Cette fille, à vrai dire, elle était magnifique, tout en sourire et petites fossettes. Il fallait y regarder de très, très près pour apercevoir un minuscule écheveau de fines lignes autour de ses yeux. Elle était encore à bien dix-huit mois de dépasser le stade de l'ingénue.

« Elle a pas besoin de m'écouter, dit Beryl, elle sait. Elle peut toujours causer à son ex-petit mari jusqu'à c'qu'elle en puisse plus, elle obtiendra pas plus de pension alimentaire. Elle pensait avoir épousé un *en-tre-pre-neur*, et c'était rien d'autre qu'un bluffeur.

– Ça suffit, Beryl, dit Peggy, Christine est dans l'autre pièce. »

Jean sortit un bâton de rouge de son sac à main et en appliqua sur ses lèvres.

« Christine sait tout de son vieux, dit Beryl en regardant Jean refermer son sac et le balancer sur son épaule. Pas vrai, Jean ? »

Jean leva finalement ses deux sourcils finement épilés et regarda dans la direction de Beryl et Peggy en rajustant son chapeau.

« 5 ans, dit-elle, et elle a déjà pigé le numéro de son papa. J'aurais aimé avoir cette chance.

– Oh, Jean ! » Peggy secouait la tête, mains sur les hanches.

La grande fille sourit, bien droite. Son sourire était si charmant que Peggy ne put s'empêcher de sourire en retour. Même Beryl, malgré la gueule de bois héritée de la fête tenue la veille dans son appartement, réussit à esquisser un sourire. Tout le monde souriait quand Jean Spangler souriait. C'est pour ça qu'elles disaient toutes qu'elle y arriverait un jour. Et pour ça aussi que personne n'avait été surpris quand les vedettes masculines avaient commencé à lui tourner autour.

« Tu rentres à la maison après ton rendez-vous avec lui ? » demanda Peggy, en accompagnant sa cousine devant la maison. Christine, la fille de Jean, arriva en courant derrière elles, suivant sa mère dans l'allée.

« Non. »

Jean s'agenouilla et embrassa sa fille, fort, sur la joue. « Tu surveilleras cette petite chérie ?

– Bien sûr. Tu travailles au studio, ce soir ? » demanda Peggy.

Jean caressa la frange blonde bien nette de Christine puis se releva. « Ouais, dit-elle avec un clin d'œil pour Peggy. Souhaite-moi bonne chance. »

En regardant sa cousine s'éloigner, avec Christine qui s'accrochait à ses jambes en pleurnichant, Peggy se sentit bizarre. La même étrange sensation qu'elle avait eue toute la journée. Ce matin-là, Jean et elle étaient seules à la maison. Mama Spangler était partie voir la famille dans le Kentucky. Quand Peggy était entrée dans la salle de bains pour se brosser les dents, Jean y était déjà, remontant la fermeture Éclair de sa jupe en se regardant dans le grand miroir.

« J'ai rêvé de toi cette nuit, Jean », avait dit Peggy, frottant son visage fatigué, les joues encore roses et douces de sommeil.

« Ah, oui ! » avait murmuré Jean, en remontant un de ses bas.

La nuit précédente, Peggy était allée se coucher avec, dans la tête, le martèlement des gins à la prunelle qu'elle s'était envoyés avant de dormir – mauvaise habitude que Rich, le frère de Jean, et elle avaient contractée récemment, parce que ça les démangeait de sortir le soir, comme cette cossarde de Jean, mais qu'ils n'avaient pas un rond pour le faire. Peggy était encore officiellement en deuil de Ray, son mari, tué à Saipan cinq ans auparavant. Elle ne savait pas taper à la machine, ni coudre, ni tenir une caisse enregistreuse, et donc l'argent de poche n'était pas facile à dégoter. Quant à Rich, sa seule excuse, c'était trop d'après-midi passés aux courses de lévriers. Trop fauché pour sortir en ville, il passait à la maison à la place, et restait souvent dormir sur le canapé.

De nombreux soirs où toute la famille était installée autour de la radio, Peggy et Rich avaient l'impression d'être pris au collet, dans l'étouffoir du salon. Mama Spangler, les nerfs à fleur de peau, et la petite fille de Jean, Christine, jouant aux osselets sans proférer un son pendant des heures. La gamine de 5 ans la plus dénuée d'expression que vous puissiez trouver. Quand il se faisait tard et qu'il ne restait plus qu'eux deux, ils se préparaient un cocktail, parfois deux, avec ce que les petits amis de Jean avaient laissé. Quelquefois du scotch qui déliait les langues, et d'autres fois du très bon gin qui vous faisait fourmiller d'entrain.

Jean s'en fichait, et souvent elle rentrait assez tôt pour se joindre à eux, un gardénia fané piqué dans ses cheveux, des odeurs de longues promenades en voiture le long de l'océan, de musc de la fumée des night-clubs, flottant autour d'elle. Elle avait plein d'histoires formidables à partager, de stars aperçues chez Trader Vic's, de concerts du Will Mastin Trio au Ciro's. Sa voix – chaude et monotone, avec d'étranges montées dans les aigus – semblait conçue pour accompagner les derniers verres dans des endroits encombrés, changeant avec charme la dureté du quotidien en la soudaine liberté d'une légère ivresse matinale.

Cette nuit-là, pourtant, ils venaient juste de cesser d'attendre Jean. Peggy essayait de trouver l'énergie d'aller à la cuisine pour rincer les fonds de leurs verres de gin-fizz à la prunelle collants et rosâtres quand elle entendit enfin une voiture arriver devant la maison.

« Le carrosse s'est changé en citrouille », murmura Rich, en se retournant sur son fauteuil pour soulever une lame du store.

Peggy sourit, fatiguée, et se pencha au-dessus de la table pour regarder dehors aussi.

« Baisse cette lumière », aboya soudain Rich, avant que Peggy ne puisse voir quoi que ce soit.

Elle fit ce qu'il lui demandait.

« Qu'est-ce qu'il y a ? »

Dans les rêves de Peggy cette nuit-là, Jean lui avait touché l'épaule. Quand Peggy s'était retournée pour lui sourire, Jean la fixait, sans la moindre expression sur le visage. Puis sa cousine avait ouvert la bouche et des cendres noires en étaient sorties, comme une bourrasque, peignant d'une fine couche de suie brillante son menton, sa mâchoire, ses clavicules dorées.

« Jean, avait-elle dit dans son rêve, Jean, tu es en feu. »

Jean avait hoché la tête, disant : « De l'intérieur. » Et soudain de longs ruisselets de larmes d'encre étaient tombés de ses yeux.

« De l'intérieur », avait répété Peggy, et, tout à coup, elle aussi elle pleurait.

*

Quand elle s'était réveillée, elle voulait raconter ce rêve à Jean. Ça l'amuserait peut-être. Elle allait sans doute rire et plaisanter sur le fait d'avoir beaucoup trop fumé la nuit précédente.

Elle voulait le raconter à Jean pour pouvoir sortir cette image de sa tête. Voilà ce qu'elle voulait. La vieille histoire du gamin qui rêve d'une glace aux marshmallows et qui se réveille avec un gros morceau d'oreiller dans la bouche, voilà comment Peggy se sentait. Quand elle s'était éveillée, elle avait eu peur de regarder ses mains, peur de les découvrir maculées de suie d'avoir caressé le visage de Jean. Alors, elle était restée vingt minutes au lit, les bras sous les couvertures, effrayée à l'idée de regarder.

Mais lorsqu'elle essaya de le raconter à Jean, quand elle sortit du lit pour la trouver en train de repasser sa robe d'« auditions » orange, Jean leva à peine les yeux de son repassage.

Ce ne fut qu'une heure plus tard, alors que Peggy mettait son chapeau pour emmener Christine jouer dans le parc, que Jean s'approcha d'elle.

« Raconte-moi encore ce rêve. » Elle tenait ses mains serrées devant elle.

Peggy enleva son chapeau et croisa son regard. Elle lui raconta à nouveau le rêve. Cette fois, elle lui dit tout.

« Qu'est-ce que t'en penses, Jean ? Je vais te dire, ça m'a foutu la frousse, dit Peggy, en s'empressant de rire. J'te jure que j'étais heureuse de te voir ce matin. C'est marrant, non ?

– Ça t'a flanqué la trouille ?

– Eh bien, oui, bien sûr, je veux dire, c'était vachement étrange, non ? Je ne suis pas superstitieuse, mais...

– Mais quoi ? »

Peggy regardait Jean dans les yeux, ces yeux qu'elle avait couleur satin de minuit. Elle regardait encore et encore, et elle vit alors que quelque chose était passé d'elle vers Jean. L'image qu'elle n'arrivait pas à se sortir de la tête était partie dans celle de Jean, et maintenant elle tournait et tournait dans leurs crânes, comme un disque rayé. Elle regarda Jean et aussi ses mains, que Jean serrait devant elle.

« Oublie ça, chérie », dit Peggy avec un sourire. Et elle remit son chapeau. « Mince ! la nuit d'avant, c'était Tyrone Power qui me kidnappait sur son gros bateau de pirates. »

Dans les yeux de Jean, son regard contracté se détendit un petit peu. Puis un petit peu plus. Elle finit par sourire.

« On ne sait jamais, Peg. J'ai entendu dire que Ty rôde pas mal dans le coin.

– Je pourrais être la prochaine. Ou toi. »

UNE PIN-UP SIGNALÉE DISPARUE
Agence de presse, 8 octobre 1949

La danseuse et actrice de cinéma Jean Spangler a été signalée disparue par sa cousine, Peggy Spangler. Jean Spangler était divorcée. Elle a quitté sa maison du quartier de Wilshire à 17 heures vendredi, après avoir embrassé sa fille Christine, 5 ans, en disant à sa cousine qu'elle allait retrouver son ex-mari, Dexter Brenner, pour discuter d'une augmentation de la pension alimentaire de sa fille. Après ce rendez-vous, elle devait aller travailler sur des scènes de nuit dans un nouveau film.

Ce matin, comme Jean Spangler n'était toujours pas rentrée, sa cousine s'est rendue à la division Wilshire du LAPD, le Los Angeles Police Department, et a rempli un rapport de signalement de personne disparue.

Jean Spangler, ancienne danseuse dans des night-clubs d'Hollywood tels que l'Earl Carrol Theater et le Fiorentine Gardens, venait récemment d'achever le tournage d'un film où elle avait un petit rôle, Une fille sans importance, *avec l'acteur Robert Cummings.*

LE SAC DE L'ACTRICE DISPARUE
RETROUVÉ DANS GRIFFITH PARK
Agence de presse, 9 octobre 1949

Lors d'une battue menée par une centaine d'hommes dimanche, un gardien de Griffith Park a découvert ce qui semble bien être le sac à main de l'actrice Jean Spangler, disparue depuis vendredi soir. Le gardien a déclaré avoir trouvé l'objet près de l'entrée du parc. La poignée du sac était cassée, mais il contenait encore un portefeuille et d'autres objets. Il contenait aussi un message mystérieux qui semble avoir été écrit par Jean Spangler.

« Kirk, je ne peux pas attendre davantage, je vais voir le Dr Scott. Ce sera bien mieux comme ça, pendant que ma mère est absente. »

La fouille de Griffith Park n'a apporté aucun autre indice.

La cousine de Jean Spangler, Mrs. Raymond Spangler, a déclaré à la police que Jean avait dit devoir rencontrer son ex-mari, Dexter Brenner, pour discuter de la pension alimentaire avant d'aller travailler. « Mais elle a fait un clin d'œil en le disant », a-t-elle indiqué aux journalistes. Brenner affirme ne pas avoir vu Jean depuis des semaines, déclaration confirmée par sa nouvelle épouse, Lynne. La police a également déclaré qu'une vérification faite auprès des studios avait déterminé qu'aucun film n'était en tournage la nuit du 7. La dernière personne à avoir vu Jean est le vendeur d'un magasin du coin qui a rapporté qu'elle « avait l'air d'attendre quelqu'un ».

RECONSTITUTION DE LA VIRÉE NOCTURNE DE L'ACTRICE AVEC UN « GRAND TYPE »

Los Angeles Examiner, 12 octobre 1949

Hier, à travers les lumières clinquantes du Sunset Strip, la police a reconstitué en partie le cheminement de l'actrice disparue Jean Spangler et craint désormais qu'elle ait été victime d'un meurtrier.

Des témoins se sont présentés, affirmant l'avoir vue dans un café, puis dans une voiture décapotable, en compagnie d'un type bizarre, dans la nuit du vendredi au samedi, mais aucun n'a pu préciser ce qui s'était ensuivi.

Les recherches de « Kirk » et du « Dr Scott », mentionnés dans une note trouvée dans son sac abandonné, n'ont pas porté leurs fruits.

Ses proches ne connaissaient personne dénommé Kirk parmi ses amis masculins, ni personne portant un prénom dont Kirk pourrait être le diminutif.

Mais des gens qui la connaissaient de vue ont affirmé qu'elle était passée dans plusieurs hauts lieux nocturnes du Sunset Strip la nuit du vendredi, avec un grand type, plutôt bel homme, que personne n'avait jamais vu...

Terry Taylor, propriétaire du Cheesebox Restaurant, 8055 Sunset Boulevard, dit qu'elle s'est assise à une table à l'avant du restaurant avec « un homme – allure soignée, 30 à 35 ans, cheveux châtains, bien coiffé, plutôt grand et moyennement costaud ».

Joseph Epstein, qui vend des journaux sur le Strip, l'a vue entre 1 heure et 2 h 30 ce matin-là, debout devant le café. Il est formel.

Al-Lazaar, un journaliste radio surnommé « le Cheikh », qui fait des interviews enregistrées aux tables de ce restaurant, s'est approché d'elle vers 2 h 30 du matin. Il dit qu'elle avait l'air de discuter vivement avec deux hommes, et il s'est éloigné rapidement quand ils lui ont signifié qu'ils ne voulaient pas parler devant son micro.

Cinestar, Gil Hopkins, reporter

Certains jours, il n'arrivait pas à croire à sa chance. Il était là, lui, Gil Hopkins, juste un môme du nord de l'État de New York, descendu du bus Greyhound trois ans auparavant avec de la neige encore collée à ses chaussures. Et voilà que, maintenant, il se pavanait dans les studios Warner Brothers comme s'ils lui appartenaient. Passer de reportages sur les récoltes pour le *Post-Standard* de Syracuse à des interviews de Lana Turner pour le plaisir d'un peu moins d'un million de ménagères avides de lire la vie des stars, tout ça en quelques étapes ridiculement faciles. Que Dieu bénisse ce pays démentiel !

Bien sûr, il n'accomplissait pas exactement l'idéal de jeunesse du reporter de terrain, pas même le sien. Mais il avait essayé de jouer le chasseur de news pendant presque une année entière, et ça n'avait jamais vraiment pris. Il s'était vite avéré qu'il était né pour *ça*, pas tant reporter que marchand de friandises, transformant des nœuds de sucre en une barbe à papa si fine que vous pouviez voir au travers. Et bien sûr, parfois, c'était aussi routinier que bosser à la chaîne chez Ford. Certains jours, il comptait les secondes qui le séparaient de la fin de ces interviews vaporeuses sur les tournages du moment où il pourrait s'échapper derrière les décors avec les machinistes et, occasionnellement, quelques acteurs dans le vent et réprouvés comme Bob Mitchum ou John Ireland, pour fumer des *reefers* [1] et jouer au

1. *Reefers* : mot d'argot noir, ancienne appellation des « joints ».

craps. Et bien sûr, son rédac chef n'aurait pas apprécié de savoir que son reporter vedette passait plus de temps à sortir des dés de ses revers de pantalon qu'à tirer, à force de cajoleries, de nouvelles perles sucrées de la bouche d'une nouvelle star féminine. Mais tout le monde à *Cinestar* appréciait le résultat, les bouffées aériennes de ces mièvreries qu'il extirpait avec tant d'habileté. Et il n'était pas du genre à considérer les choses comme acquises. Il adorait ce bled répugnant, ce miroir aux alouettes, le genre d'endroit où un type comme lui, sauvé des mines de sel du comté d'Onondaga, arrivait à dégoter un boulot où il pouvait être à cœur ouvert avec June Allyson sur ses accrochages conjugaux rituels pendant un moment, et l'instant d'après rejoindre son mari, la star Dick Powell, dans un bouge nocturne de joueurs invétérés à Santa Monica. Quelle histoire. Comme un truc qu'il aurait extrait lui-même d'une masse de canne à sucre.

Et puis arriva, ce jour-là, un après-midi qui ressemblait à un nouvel enchaînement de superficialités étincelantes, faciles à oublier. Une interview de dix minutes avec Lauren Bacall à propos du choix de ses robes pour *Key Largo*, et Gil Hopkins – « Hop » – était de retour dans un coin des coulisses avec Moe, Leo et Stu, balançant des dollars et perdant gros.

Deux filles traînaient dans les parages, fumant et matant la partie. Une fille de couleur, Iolene, qui chantait dans le film, et une figurante, une Blanche aux yeux de biche, serrée dans un soutien-gorge en feuilles de palmier. À côté du sourire espiègle et des rondeurs caramel d'Iolene, la fille blanche disparaissait presque, si on exceptait sa jupe cerceau couverte de feuilles froissées et sa moue couleur brique – s'ennuyant un peu, légèrement agitée. Elles se plaignaient d'avoir été convoquées pour un tournage de nuit, qui avait finalement été annulé à cause de l'actrice principale, à l'hôpital pour un sérieux delirium tremens. Les deux filles avaient annulé des rendez-vous pour rien.

« Prends-en un peu, chérie, c'est tout bon. » Iolene passa à son amie le joint que lui avait offert un des types. « On dirait que tu en as bien besoin. »

La fille blanche prit le joint et le colla entre ses lèvres, mais ses yeux restaient fixés sur Hop.

« T'es nul, dit-elle en secouant la tête d'incrédulité. J'ai jamais vu un aussi mauvais joueur de craps. »

Hop se releva de sa position mi-accroupie et haussa les épaules. « C'est bien la seule chose que ta mère ne m'ait jamais apprise. »

Elle se mit à rire, le joint coquettement coincé dans sa bouche. « Je crois que je pourrais te montrer un ou deux trucs.

– C'est tout ce dont t'as besoin », dit Iolene en reprenant le joint. Au début, Hop ne savait pas bien si elle lui parlait, à lui ou à la fille. « Tu as déjà assez d'ennuis avec les mecs numéros un, deux et trois.

– Peut-être, répliqua la fille, caressant les feuilles de sa robe d'un air qui mêlait méditation et provocation.

– Je tiens pas à être numéro quatre, dit Hop en balançant son dernier billet. Je me contenterai de trois et demi. »

Iolene sourit. « Seulement un demi, hein ? Ça, c'est vraiment dommage », dit-elle avec un clin d'œil.

« C'est ma honte secrète. » Hop souriait quand Stu lança les dés. Mais il avait encore perdu.

Les deux filles se mirent à rire, mais il ne savait pas bien si c'était de sa blague ou de ses pertes.

« Alors, laquelle de vous deux me paye un verre ? » demanda Hop en les couvant des yeux.

Stu ricana. « En tout cas pas moi », dit-il en ramassant son fric.

« Pourquoi seulement une de nous deux ? dit la Blanche, les yeux brillants à cause de l'herbe.

– Okay, mais je n'accepte de me faire inviter que par des amis. Ou au moins des relations, dit Hop en remettant sa veste.

– Jean, dit-elle, le joint faisant descendre sa voix dans les graves, une voix de gorge. Je m'appelle Jean. Et tu connais Iolene.

– Ça, oui. »

Deux ans plus tard
Septembre 1951

Cloquet

« Hop, tu n'as pas idée de combien c'est dur, dit l'actrice, frottant une allumette sous la semelle de sa chaussure comme le plus vulgaire des bookmakers de New York.

– Si, je sais, Barbara. Crois-moi.

– D'un côté, j'ai ce type qui est amoureux de moi, Franchot, qui me lit du Sigmund Freud pendant que moi, je suis allongée, la tête posée sur ses genoux, et de l'autre j'ai ce mec, Tom, des muscles comme du béton, qui serait bien capable d'étriper Franchot plutôt que de renoncer à une nuit avec son menton niché entre mes cuisses. Pourquoi faut-il que ce soit l'un ou l'autre ? Pourquoi pas les deux ? »

Ses lèvres s'ourlèrent en un petit sourire narquois et il ne put qu'éclater de rire. Elle aussi, d'un rire de cheval. Mais chez elle, c'était inexplicablement sexy.

« Je comprends, Barbara. Je comprends vraiment. Plus que tu ne l'imagines. Mais il y a une bonne douzaine de chroniqueurs qui commencent à renifler cette histoire. »

Elle tapota sa cigarette sur son genou soyeux. « Putain, Hop, qu'est-ce que j'en ai à faire ? Je me marre. C'est pas comme si j'étais en compétition avec Loretta Young pour des rôles. Moi, je joue les putes, les poules, les pin-up. »

Gil Hopkins, anciennement de *Cinestar*, faisait ce nouveau boulot depuis une bonne vingtaine de mois, et cela devenait presque trop facile. De reporter de magazine ciné à responsable de la publicité d'un studio, en seulement un petit bond. Et maintenant, il passait ses jours à cajoler acteurs et actrices, à travailler avec la presse, à assister à des premières, des inaugurations, et à sabrer des bouteilles de champagne partout, du Grauman's jusque sur le *Queen Mary*, et dans des épiceries de Van Nuys. Il lui avait fallu seulement trois semaines de communiqués de presse pour prouver aux gros bonnets combien sa langue pouvait être doucereuse. Maintenant, il était celui vers qui ils se tournaient. Ou l'un d'entre eux, au moins.

Cette affaire avec Barbara Payton était un truc standard. Ses deux acteurs et prétendants – Franchot Tone qui n'était plus tout jeune et l'inconnu des séries B, Tom Neal – s'étaient retrouvés impliqués dans une embarrassante bagarre sur la pelouse en bas de son immeuble. Ce « brame d'amour » avait fait les gros titres partout et n'était que le plus récent de la longue lignée d'incidents publics de Barbara – des histoires d'amour avec des acteurs mariés, une romance avec Howard Hugues qui mena Universal à annuler son contrat, et le fin du fin : son témoignage fournissant un alibi à un dealer de dope accusé d'avoir assassiné un indic. Les choses devenaient plutôt compliquées pour Barbara. Et le studio de Hop l'avait empruntée en option pour un film, *Cœur trompé*, dont le tournage venait de s'achever. Avant le scandale entre Tone et Neal, ils avaient envisagé d'acheter son contrat et lui avaient promis pas mal d'argent. Mais plus maintenant. Le boulot de Hop était de la « repousser le plus gentiment possible » vers la Warner Brothers.

Hop ne s'était pas fatigué avec Tom Neal, un morceau de bœuf en pantalons serrés. Mais ça n'avait pas été aussi simple avec Franchot Tone. La semaine précédente, il avait eu plusieurs longues conversations nocturnes avec cet acteur au visage sinistre et aux sourcils touffus.

« Mais je me fiche de ce qu'ils racontent, lui avait confié Tone. Vous ne voyez pas ? Je l'aime. J'aime cette adorable fille. »

Et ce n'était pas une surprise pour Hop. Depuis toujours, Tone était attiré par des beautés dont les ourlets étaient encore humides du caniveau. Même Joan Crawford, que Tone avait épousée quand elle était reine d'Hollywood, traînait derrière elle l'histoire ô combien excitante d'un film porno tourné bien avant ses heures de gloire, une bobine de sept minutes que Hop lui-même avait vue lors de maintes soirées hollywoodiennes. Elle avait été visionnée tant de fois dans tant d'endroits différents qu'elle avait la piètre qualité d'un vieux film de famille projeté lors de trop nombreux matins de Noël.

Quand il avait discuté avec Tone, le studio soupesait encore ses options vis-à-vis de la Payton. Mais aujourd'hui, ils disaient : « Rendez-lui sa liberté. » La mission de Hop était simple : couper les liens, mais le faire avec gentillesse et assez de douceur pour éviter les poursuites, tout en gardant la porte ouverte au cas où le scandale meure de sa belle mort, ou prenne un tour moins désagréable.

« Ne promets rien. Fais-lui comprendre que son avenir n'est pas lié à nous. Mais ne te compromets pas », avait dit le patron de Hop, avec un clin d'œil et un petit coup de coude.

Pas du genre à lésiner sur les adieux, Hop entraîna miss Payton hors de son bureau de deux mètres sur quatre vers un bar tout proche, l'escortant jusque dans l'un des box d'acajou circulaires du fond, ceux avec les minuscules spots qui tombaient sur le centre de chaque table de poupée. Le restaurant était si sombre et les tables si basses qu'il fallait vous pencher en avant de vos sièges de cuir rembourrés pour voir votre interlocuteur, ou pour l'écouter, sous les hauts plafonds et dans les vibrations de Nat King Cole. C'était un endroit fait sur mesure pour les rencontres fugitives.

Le petit nez en trompette de Barbara, coquin et frémissant comme celui de n'importe quelle *pompom girl* du Midwest, se redressa sous le minispot et, au-dessus de lui, ses incomparables yeux noirs battirent des cils.

« M'emmener ici, Hop ? Mais qu'est-ce qu'une fille penserait ? Tu essayes de me baiser, ou de me baiser ?

– Exactement », dit-il en souriant, résistant à l'envie pressante de pincer son petit nez qui se fronçait d'amusement. Il préparait encore son approche dans sa tête, et elle le poussait déjà à la blague. Bon. Et merde, allons-y :

« Voilà à quoi je pense, ma fille, je pense à toi et moi : nous comprenons les choses. Ce que j'ai toujours admiré chez toi, même dans le temps, quand j'avais fait ton portrait dans *Cinestar* et que je t'avais passé cette grande couche de "prochaine star à l'horizon", et baptisée "reine des night-clubs" – ce qui t'avait valu ce rôle sur mesure dans *Piégée* –, même à l'époque je pensais : "Voilà une fille qui connaît la musique, qui la connaît même mieux que les costumes trois pièces de chez Universal, eux qui essayent de la coller dans toutes les bouillies à deux sous qu'ils peuvent trouver, style Tex Williams." Toi et moi, Barbara, on a ces mêmes grandes ambitions et cette même habileté à la bagarre, comme les supporters... (il tapota doucement son petit nez du bout du pouce) de l'équipe la plus vicelarde et la plus sinistre qui existe : Hollywood. Nous, B. P., nous le ferions, hein, nous le ferions, pas vrai ?

– Ferions, pourrions, devrions, comme tu préfères, Hop. La vie est faite pour ceux qui vivent », dit-elle en descendant son gin, faisant passer sa délicieuse langue sur ses dents de fille de ferme du Minnesota, épaisses et blanches comme du savon Ivory.

« *Amen* et okay. » Il fit signe à la serveuse de leur porter une autre tournée.

« Bon, alors, c'est quoi le résultat, mon joli ? Pour le grabuge ? Qu'est-ce que mes boy-friends écervelés vont me coûter ?

– Tu vois, c'est de *ça* dont je parlais. » Il pointa son doigt dans sa direction. « Droit au but.

– Pas de fioritures avec moi. Et en plus, ta cravate a l'air bien trop neuve. Comme si ta chemise se rappelait encore la cravate en rayonne de chez Woolworth qui était accrochée dessus l'année dernière. Pas vrai, Hop ?

– En fait, ma belle, la chemise est toute neuve aussi. Mais la peau de bébé qu'il y a dessous a de la mémoire, elle se demande où est passée la démangeaison de chez Sears.

– La démangeaison de chez Sears ? On dirait un truc qu'on attrape quand un marin te fait ses adieux.

– Parole de scout, j'ai jamais fréquenté ce marin. »

Elle éclata de rire en balançant sa tête en arrière, puis elle se pencha pour prendre son nouveau verre sur la minuscule table.

« Toi, monsieur Mielleux, tu es peut-être très bon pour la manière douce, mais je veux quand même entendre le verdict. Est-ce que je suis *kaput*, juste pour une honnête affaire de cœur ? »

Il passa son doigt sur le verre de Barbara. « Pas question, sœurette. C'est très simple. Tu fais un peu le ménage pendant quelque temps, tu gardes tes jolies guiboles fermées sur les plateaux, et tout redevient suave comme une crème glacée.

– Qu'est-ce que ça signifie exactement, monsieur Mielleux ?

– Ça signifie qu'on adore ton minois, et ta voix, et ta poitrine, et ton derrière rond comme un pot de miel. Il faudrait que tu baises tout le Syndicat des acteurs pour annuler ça. Bien sûr, ajouta-t-il en faisant semblant de chercher la serveuse tandis qu'il prenait une grande inspiration silencieuse, c'est vraiment à ton équipe d'origine de gérer ça. Et nous ne voulons pas interférer dans les affaires de la Warner Bros. »

Il se força à croiser son regard et à lui offrir son sourire le plus enjoué.

Elle secoua lentement la tête, essayant de comprendre si on venait de l'envoyer sur les roses. « Tu me dis que tout va bien, mais pas assez bien pour que j'en vaille la chandelle. Renvoyez-moi chez papa Warner, et merci, ça a été sensas.

– Pas du tout, dit-il, en agitant la main. On t'adore, fillette. On a adoré t'avoir ici, on a adoré t'adorer, on adorera te voir revenir. C'est simplement que ton papa a si bien verrouillé les grilles qu'on n'a plus la main (il frappa doucement sa jambe sous la table, d'une paume légère et taquine, posée et vite enlevée), aussi impatientes que nos mains puissent être.

– Les grilles, hein ? » Elle sourit et lui toucha le poignet d'un doigt humidifié par son verre. « On dirait plutôt une ceinture de chasteté. Je ne savais pas que Papa se souciait autant de moi.

– Comme ton vieux la nuit du bal des débutantes, B. P.

– Pas mon vieux », dit-elle, ses doigts dansant maintenant autour de son verre vide. Il fit signe qu'on les resserve. Il n'avait pas réalisé qu'il allait devoir faire un concours de boisson avec un vieux loup de mer.

« Ah bon ? » dit-il. C'était bien. On changeait déjà de sujet, pas de problème, pas d'histoires, et elle était déjà partie sur ce vieux cheval de bois des actrices : le soliloque « mon père ne m'a jamais aimée ». Si seulement il était aussi bon pour les adieux avec les femmes de sa propre vie. Mais il l'était peut-être, finalement.

À la cinquième tournée, affriolante comme des cerises dans la neige, miss Barbara Payton miroitait pratiquement comme un signal : « Je suis une fille facile. » Heureusement, à force de verres, elle ne devenait pas plus sentimentale mais plus ordurière, comme une majorette bien salope, le rêve le plus secret de tout Américain vigoureux.

« Donc, j'ai presque mes 14 ans et, Joyce et moi, on se coiffe l'une l'autre, des longues boucles en friands comme cette roulure de Ginger Rogers dans *Kitty Foyle*. Et les parents de Joyce donnent une grande soirée en bas, jazz rapide et tapis roulés, un grand saladier de punch planteur. Joyce s'endort juste avant minuit, et je suis là, allongée dans le lit d'appoint, avec une envie de pisser intenable. Mais j'ai la trouille de m'aventurer dans le grand couloir pour aller à la salle de bains dans ma minuscule chemise de nuit blanche. Et si les adultes me voient ?

J'en mourrai, c'est sûr. Il me faut une bonne demi-heure pour prendre mon courage à deux mains.

« Finalement je décide de foncer. Je passe le peignoir en chenille de Joyce, et je file comme un lapin dans le couloir. À fond de train.

« Et tu sais quoi ? Putain de sa mère, la porte de la salle de bains est fermée, verrouillée, *occupado*. Je pensais que j'allais pisser devant. Mais la porte s'ouvre et c'est le père de Joyce, Mr. Magrew. Tout brillantiné, chemise Arrow, et sentant comme l'alcool que ma maman met sur mes genoux écorchés. Il a un trait de moustache comme Robert Taylor. C'est un beau mec. Mais il a une grosse tache rouge sur le devant de sa chemise amidonnée. Il rit quand il me voit, dit que Mrs. Corrigan s'est approchée trop près de lui sur la piste de danse, et qu'elle lui a balancé tout son verre dessus. Horriblement collant, le punch planteur. Peut-être que tu peux m'aider, il me dit.

« Je suis une telle gourde, continua Barbara en secouant la tête. J'entre, il ferme la porte derrière moi. La salle de bains est si petite que je me sens à moitié pressée contre lui. Je lui tends une serviette mouillée pour nettoyer sa tache, et il soulève ma chemise de nuit, au-dessus de mes jambes, au-dessus de mes petites hanches. La robe de chambre – celle de sa fille – tombe sur le sol. J'essaye de le repousser. Il sourit, saisit la serviette et la fourre dans ma bouche de petite fille. Tu m'entends, Hop ?

« Alors il me retourne dans la baignoire et il me baise pendant cinq minutes, ma tête cogne dans le robinet, encore et encore, comme dans un putain de gong de ring de boxe. J'étais certaine que toute la maisonnée pouvait entendre le vacarme. Puis il s'est relevé, a enlevé la serviette de ma bouche et l'a glissée entre mes jambes jusqu'à ce qu'elle soit trempée de rouge.

« Et tu sais ce qu'il m'a dit en rebouclant sa ceinture pendant que j'étais aplatie là, ramollie comme ma vieille poupée de chiffon ? T'es une fille délicieuse, et j'aimerais bien recommencer. Voilà ce qu'il a sorti. »

Barbara éclata d'un rire forcé. Hop se joignit à elle et avala une gorgée de son verre en même temps qu'elle, en passant un doigt dans son col trop serré.

« Tu te rends compte ? Quel enculé ! Comme si on se disait bonne nuit après la dernière danse.

– Et alors ? Il l'a refait ? demanda Hop, avec un sourire un peu mal à l'aise en imaginant dans sa tête une Barbara pubescente, tremblante et prostrée.

– Trois fois par semaine jusqu'au carême », dit Barbara en allumant une cigarette.

Hop hocha la tête. Puis, après un silence, fit un grand sourire. « Tu as failli m'avoir. »

Barbara éclata de rire. « Okay, okay. Après lui, je suis passée au capitaine de l'équipe de football de l'université. Il avait l'air de pouvoir se faire le vieux Magrew. Mais, dit-elle avec un long soupir, on n'oublie jamais son premier. »

Il avait déjà entendu cette histoire – vraiment, cette même exacte histoire – une centaine, un millier de fois de la part de presque toutes les starlettes aux yeux de biche et aux seins en pommes qu'il avait interviewées, avec qui il avait bu des Martini, ou fini au lit. Et pourtant cette histoire avait toujours le même surprenant pouvoir d'excitation. Comme si elle était faite pour ça, même si elles ne le savaient pas (mais certaines le savaient, comme Barbara, par exemple). Donc il s'était offert le plaisir de la répétition et avait attendu une nouvelle péripétie, ou une faille dans cette interprétation. D'abord en vain – bon sang, il l'avait déjà entendue, celle du « papa de ma meilleure amie lors d'une soirée ». Et puis elle avait introduit la baignoire. Se représenter Barbara Payton, ses yeux noirs, ses cheveux comme du coton, sa puberté en fleur, ses jambes satinées pressées contre la faïence, ses superbes pieds crissant sur le carrelage pendant que monsieur Machin se retirait, complètement bourré, eh bien, c'était... Allez-y, attaquez-le en justice, accusez-le de déviance sexuelle, c'était *affreusement* plaisant.

« Vous avez un appel téléphonique, monsieur Hopkins », dit un serveur soudainement apparu près de lui, l'éjectant de sa rêverie.

Hop s'excusa, et se dirigea vers un coin retiré où s'alignaient des cabines téléphoniques tout en acajou. Le serveur le dirigea vers l'une d'elles où le combiné reposait, l'attendant.

« Finalement, on veut la signer, Hopkins. Arrange ça. » Solly, l'assistant du chef des productions. Si haut placé qu'il savait à peine que Hop existait, même quand il lui marchait sur le pied.

« La signer ? La *signer* ? Solly, même si elle ne faisait pas la coureuse dans toutes les productions où elle joue, elle est sous contrat avec Jack Warner.

– On va l'acheter. Le grand bonhomme la veut.

– Bien, m'sieur. Mais, vous savez, je peux vous en ramener dix comme elle dans votre bureau en dix minutes.

– Écoute, gamin, le grand bonhomme a décidé que c'est une blonde ravageuse comme il en a pas vu depuis que Thelma Todd l'a fait frissonner il y a vingt ans.

– Ce que veut le patron, il l'obtient.

– Rattrape le coup, gamin. Rattrape-le bien et en douceur. On a des trucs qui l'attendent. Elle le sait même pas. »

« Alors, on s'arrange un petit rancart de fin de soirée, Hop ? Et moi je fais tout l'échauffement pour qu'une autre fille ramasse le gros lot tout chaud ? » dit Barbara avec un grand sourire, remuant son verre d'un doigt très aristocratique.

Elle ne s'intéresse pas à moi, se remémora-t-il. Parfois, avec ces actrices, après une cavalcade de verres pour se connaître, il l'oubliait. Barbara Payton, par exemple, était attirée par deux genres de types : les musclés au regard obtus et les raffinés aussi bidons que pleins aux as. Lui-même était à des kilomètres de l'un ou de l'autre. Le regard aussi fuyant que celui d'un vendeur à domicile, et un vocabulaire tout droit sorti des zones industrielles, tout au baratin, mais, bon sang, ses épaules ressemblaient encore à celles de l'arrière de football qu'il avait été jadis, pas vrai ? Putain. Mieux valait passer à la bière.

« Oh, non, B. P., tu me connais ! Je serais plutôt partisan de rentrer écouter Rachmaninov et bouquiner le dernier Edna Ferber, soupira-t-il. Mais j'ai eu comme une idée... Ce coup de fil, c'était Doris Day. Tu connais Doris ? Eh bien, à l'époque où je faisais le reporter, je l'avais interviewée pour son petit rôle dans un petit film qui s'appelait *Romance à Rio*. Je savais qu'elle deviendrait grande. Elle s'est mariée, il y a quelques mois, avec un sacré bonhomme. Avant, elle était toujours déprimée à cause d'un loser malfaisant. Aujourd'hui, on dirait qu'elle est la femme la plus heureuse de ce côté du Pacifique. » Doucement, garçon, ne force pas trop.

« Hourrah pour Doris... » dit-elle, remuant un peu sur son siège au rythme du calypso. Et bien assez partie pour ne pas exiger trop de finesse.

« Ça m'a fait penser à toi. À toi, une si magnifique poupée, et aux dégâts que ces tocards hollywoodiens pourraient te causer, à toi et à ce visage si ridiculement beau.

– J'aime les dégâts, roucoula-t-elle distraitement. Ça file des frissons.

– Mais pendant combien de temps, B. P. ? Tu viens d'où, du Wisconsin ? Le pays du lait et... du lait ?

– Du Minnesota. Cloquet, Minnesota. Le pays des mille lacs. C'est pas toi qui as écrit la bio du studio ? dit-elle, se redressant sur son siège, le regard un peu moins flou.

– Exact, exact. Tu es la fille des rêves de tous les Américains. La belle des champs, avec des aiguilles de pin dans les cheveux. Pique-niques l'été, promenades en charrette à foin en automne, en luge l'hiver, et à vélo au printemps, et Notre Fille du Middle West glacé.

– Tu veux que je me mette à chanter *By the Light of the Silvery Moon* ?

– Une fille comme toi », commença-t-il, en ignorant ses sarcasmes, certain d'être dans la bonne direction. Quelque chose dans ses yeux. « Une fille comme toi n'est pas faite pour récolter des bleus dans les recoins les plus sombres des collines d'Hollywood.

– Quoi ? Tu veux dire que je devrais rentrer à Cloquet ? Après quinze ans à me sortir de ce bled à coups de griffe ? Je n'allais pas passer une vie entière de samedis soir à regarder mon mauvais danseur de mari essayer de gagner le championnat de course sur troncs d'arbres flottants !

– Oh, non, non, non ! Tu ne peux pas partir. On a besoin de toi, fillette. Tu es une star en puissance, si tu peux digérer les clichés de *What Price Hollywood*[1] ? Tout ce que je veux dire, c'est qu'il doit y avoir un bien meilleur moyen pour toi de vivre ici. Quelqu'un à qui t'associer, quelqu'un qui comprend la vie et qui pourra aussi veiller sur l'avenir, et sur tes intérêts. Et sur toi.

– J'ai déjà joué la scène du papa gâteau, chéri. T'en as peut-être entendu parler. »

Il en avait entendu parler, bien évidemment. Barbara Payton, 22 ans, s'était envoyé Bob Hope, 46 ans, pour 30 000 dollars, selon la rumeur, plus un fabuleux appartement meublé en duplex sur Cheremoya Avenue, tout ça en moins de six mois. Ce n'était pas un petit lapin naïf.

« Je parle pas d'un papa gâteau, mon petit sucre. Je veux dire un homme qui se tiendra à tes côtés. Cloches et sifflets, et le riz, et le bouquet.

– Ah ouais ? »

Il vit son regard et il sut qu'il l'avait séchée, elle et sa moue de lèvre inférieure rouge pompier.

« Et je pense que Franchot est le type à faire ça.

– Depuis quand est-ce que tu bandes pour lui ? Je croyais que tu voulais que je referme mes jolies cuisses et tout le tralala.

1. Film de George Cukor, 1932. *(N.d.T.)*

– Je vois un truc majestueux, Babs. Tu sais ce que je vois ? » D'une main, il lui saisit le bras et de l'autre il désigna d'un grand geste un horizon imaginaire. « Je vois la petite Barbara Payton dans une robe de dentelle blanche, complète, avec la traîne, la frange blanche Minnesota qui dépasse de sous le voile de dentelle belge de ta grand-mère. Je la vois avancer dans l'allée d'une petite église de campagne, l'église méthodiste...

– Presbytérienne.

– Presbytérienne. La plus belle de tout Cloquet et de tout le comté. Toute la ville est rassemblée, mémé avec son plus beau bonnet du dimanche, le maire, putain le gouverneur, et cette magnifique lumière d'hiver qui passe à travers les vitraux.

« Et qui serait devant l'autel, tout en sophistication et en redingote, et certainement la plus grande star à débarquer à Cloquet depuis que Maude Adams a fait sa tournée *Peter Pan* en 1907 ? Franchot Tone, bien évidemment. Et qui voit-il, au travers du soleil éblouissant, à part son épouse : cette vision évanescente couleur meringue, cette pétillante beauté américaine aux yeux sombres. Et ce moment où le sémillant marié et la trop adorable épousée en pétales blancs échangent un regard est si exquis que beaucoup des invités – même Mr. Carnahan, le vieux pharmacien ronchon, et la jeune et tyrannique miss Marley, la libraire – se retrouvent avec des larmes plein leurs yeux incrédules.

« C'est un moment, miss Barbara Payton, un moment dont on parlera dans les années à venir, qu'on se remémorera dans les soirées tricot, dans les réunions de patchwork, les bonnes œuvres de l'église et les matchs de football, jusqu'à ce que cela atteigne l'éclat de la légende arthurienne. Le roi des films et sa reine l'étoile montante. »

La vache, il pouvait presque le voir lui-même. Pour un peu, il était prêt à se proposer comme témoin.

« Putain, Hop, tu la joues dur. » Une grosse larme jaillit au coin des grands yeux de Barbara. Et Hop n'arrivait pas à masquer son sourire.

En roulant pour rentrer chez lui, la tête molle comme un melon à cause de tous ces verres, il souriait encore. Sa première occasion d'impressionner les pontes, et ça pourrait être un essai transformé. Tout se mettait parfaitement en place.

Mais où diable était-il aller chercher cette histoire sur la dentelle belge, bordel ? T'es fait pour ça, mon gars. Fait pour ça. La manière dont une bouffée de musc de santal d'une fille pouvait l'expédier dans une danse obsessionnelle de deux heures, juste pour avoir la chance de coller son visage sur le centre d'émission de ce parfum – eh bien, c'était pareil dans son boulot. Il était toujours prêt à tenter sa chance, à jouer le jeu, à montrer aux mecs d'au-dessus qu'il pouvait plonger les mains droit dans la fange pour eux, et s'en sortir proprement. Exactement comme quand il était gamin, se faisant surprendre avec la bouteille de Wild Turkey du vieux aux lèvres, ou les mains dans le sac de maman – elle l'appelait Petit Jack Horner[1], surpris pour l'éternité avec le pouce dans la tarte. Mais pourquoi ne pas céder à une perspective alléchante, à un bon petit deal, à cause du simple risque de se faire prendre ? Après tout, même à l'époque, son visage poupin, sa langue bien pendue, ces choses, on pouvait les faire fructifier. Il n'avait encore jamais été confronté à une punition assez violente pour que même la proposition la plus risquée ne vaille pas les problèmes encourus.

Du moins était-ce ce que Hop pensait de lui-même. Pourtant, celle qui allait bientôt devenir son ex-femme, Midge, qui avait passé presque trois ans du côté contondant de cette vision du monde, voyait les choses différemment.

« Tout ce que je vois, c'est un mec qui a affreusement envie de prendre des coups, disait-elle. Tu te contentes de laisser les baffes continuer à venir. Ne te flatte pas en mélangeant ça avec l'ambition, l'astuce ou le charme. »

1. En référence à une comptine américaine appelée *Little Jack Horner*.

Son pote Jerry, avec nettement plus d'affection, l'appelait « Tête à claques » ou « Hoppy la Claque ».

Il se sentait si bien qu'il se dit qu'il pouvait peut-être passer chez Gloria pour dire bonsoir. Elle était peut-être sortie mais, qui sait ? ça valait le coup d'essayer. Il lui devait une visite, de toute façon, il ne l'avait pas vue depuis des semaines.

Évidemment, elle serait peut-être agacée quand elle le verrait. La dernière fois, il avait également débarqué tard le soir, défoncé et arrogant, et même si elle était heureuse de le voir, elle n'en était pas revenue quand il était sorti du lit après, qu'il avait reboutonné sa chemise et son pantalon, et qu'il s'était dirigé vers la porte. Son visage noué, tendu comme un fil, avait explosé. Elle avait balancé son téléphone et renversé sa toute nouvelle méridienne de chez Madame La Foux.

Donc, peut-être pas Gloria.

Il pouvait aller à la Villa Capri, ou chez Chasen's manger un steak sur le pouce, lancer quelques dés. Il y avait une serveuse à la Villa Capri, Bernadette quelque chose, avec qui il était sorti quelques fois. Une splendide poulette italienne avec de grands yeux noirs comme des olives et des seins comme Yvonne De Carlo.

Ouais, ça, ça serait parfait.

Ou alors il pouvait essayer de retrouver Jerry, à sa sortie de l'équipe de nuit de l'*Examiner*. Au moins quatre nuits par semaine, il s'en descendait quelques-uns avec Jerry Schuyler, son ami le plus proche, avec qui il avait travaillé pendant trois ans à pisser de la copie pour *Yank* et *Stars and Stripes*. Devant du scotch, parfois un Martini, ils se racontaient des histoires du front, exactement comme ils l'avaient fait pendant la guerre. Jerry était la seule personne de sa nouvelle vie qui l'avait connu avant qu'il ne vienne à Los Angeles. Il était fort possible que Jerry soit la seule personne qui savait d'où il venait, ou même qui savait qu'il venait bien de quelque part, n'importe où.

Mais Hop se souvint qu'il ne pourrait probablement pas voir Jerry, après tout. Jerry était devenu plutôt difficile à voir ces derniers temps, avec cette nouvelle dame dans sa vie. Il faudrait donc que ce soit Bernadette qui l'aide à célébrer sa soirée. Il voulait la célébrer toute la nuit.

Douce Iolene

Le lendemain matin, Hop arriva à son bureau en croisant les doigts pour le deal Barbara Payton. Aujourd'hui, il allait devoir vérifier si ce qu'il avait mis en mouvement avait pris une quelconque forme d'existence. Cette fille n'était pas la gamine la plus fiable de la taule, et il ne serait pas surpris si elle avait fini à l'aube avec le barman, Howard Hugues, ou le gardien noir du parking. Celle-là pouvait se créer un tas de problèmes tout frais entre minuit et 7 heures du matin.

Lil, la secrétaire du bureau de presse, lui tendit sa revue de presse du matin et quelques lettres arrivées tard, ou tôt ce matin. Rien de plus sur Barbara, et quelques petits feux à éteindre. Un passage dans la colonne potins de Sheilah Graham dévoilait une aventure sur le plateau entre le héros de films d'aventure à la mâchoire carrée et l'actrice mariée mère de deux jumeaux. Un peu plus d'« histoires pathétiques », dans la rubrique de Louella, sur la pauvre Gail Russel – heureusement, c'était une actrice dérangée qui n'était pas sous contrat dans son studio. Néanmoins, il y avait quelques « amis » anonymement cités dans sa colonne auprès de qui il allait devoir intervenir.

« Quelqu'un vous attend », dit Lil, avec un petit mouvement du menton vers les fauteuils en face d'elle.

Hop se retourna. « Iolene », dit-il, surpris.

Elle était bien là. Toujours aussi empreinte de cette nonchalante splendeur aux yeux noirs que la dernière fois qu'il l'avait vue, pas loin de deux ans auparavant, une autre décennie.

« Tu te souviens de moi ? dit-elle en se levant.

– Toujours, dit Hop, surpris par le son de sa voix. Suis-moi. »

Lissant sa jupe couleur cuivre, elle s'installa dans le fauteuil en face de lui. Il lui fit un large sourire. Peut-être qu'elle voulait lui faire du charme pour qu'il l'aide à trouver du boulot. Il espérait que c'était le cas, et si ça l'était, il était prêt à être charmé. Ce n'est que lorsqu'elle leva les yeux vers lui, le voile froissé de son chapeau se relevant sur son front, qu'il comprit le véritable sens de cette visite. Elle ne se fatiguait pas à essayer de cacher la peur qui barbelait son visage.

« Ça fait un bout de temps. T'es à la Columbia, maintenant ? » Il sourit, continua à sourire, soudain conscient de tout, depuis sa nouvelle chemise et ses boutons de manchettes en forme de bobine de film jusqu'à la fenêtre en trompe-l'œil derrière lui et au bureau de chêne, sombre et ciré, sur lequel ses doigts pianotaient.

« Tu peux dire ça, oui. Pas beaucoup de travail ces temps-ci, dit-elle, relevant la tête et baissant ses longs cils.

– Non ? Tu es sous contrat ? Parce que je pourrais appeler...

– Regardez-le-moi, le roi d'Hollywood. Ça a l'air de marcher pour toi maintenant, pas vrai ? » dit-elle d'un ton glacial, crispant les lèvres.

Hop continua simplement à sourire.

Plissant les yeux, elle se pencha en avant et demanda d'un ton confidentiel : « Qu'est-ce que tu fais exactement, ici, monsieur Hopkins ? »

Hop recula dans son fauteuil et, du coin de l'œil, regarda le parking dehors, par la petite fenêtre de son bureau. Son œil fut animé d'un bref tic.

Arborant son visage de joueur, il la regarda dans les yeux.

« Je suis pompier.

– Mauvaise réponse.

– J'éteins des feux. J'allume des feux, dit Hop, s'échauffant à sa propre réplique. Un peu des deux. »

Iolene ne lui donna rien, pas même une lueur dans le regard. Les étincelants cliquets et leviers qui bougeaient si facilement pour lui chez des filles comme Barbara Payton n'existaient pas ici. Au lieu de quoi, elle répliqua du tac au tac : « Pas les mêmes feux ?

– En général, non. Dans l'idéal, du moins.

– Dis-moi, monsieur Hopkins, est-ce que tu allumerais un feu juste pour pouvoir l'éteindre ?

– Eh bien, ça, c'est une idée, tiens. »

Elle s'arrêta une seconde comme pour décider si elle allait lui rentrer dedans ou pas. Puis quelque chose se déploya dans ses yeux, quelque chose de déplaisant.

« Tu te fais vraiment tes huit heures ici maintenant, hein ? Je sais tout sur toi, monsieur Hopkins. Je t'ai vu aller et venir. Ce que je pourrais dire, c'est que ça t'a mené loin avec tes patrons, mais peut-être que d'autres gens seraient moins impressionnés.

– Oh ! » Hop posa les mains sur la tranche de son bureau pour se remettre d'aplomb. Quelque chose sentait bizarre, quelque chose qu'il pouvait presque goûter. « C'est ça, hein ? Tu cherches une touche ? » dit-il, l'air aussi coriace qu'il pouvait, même s'il semblait ne pas pouvoir arrêter de se balancer d'avant en arrière dans son fauteuil.

« Pas de touche, monsieur Peau de requin. Pas mon genre. Et on ne s'en tire pas si facilement.

– Qui s'en tire, Iolene ? dit-il, tâtant le terrain, pas bien certain de où elle voulait en venir, mais volontaire pour jouer tous les scénarios.

– Tu te souviens de ce qui est arrivé cette nuit-là. Tu étais là, en plein dedans. Je t'ai vu, et tu as tout vu. »

Bien sûr qu'il s'en souvenait.

« Okay, dit-il, hochant la tête, très pro. On va causer. Retrouve-moi au bar qui fait le coin, celui avec le menu vert sur le trottoir devant. À midi. »

Elle accepta.

*

Pendant les quelques heures qui suivirent, Hop essaya d'abattre du boulot, passa des coups de fil, remplit quelques communiqués de presse. Mais ses pensées ne cessaient de revenir à Iolene.

Il la voyait tout le temps, à l'époque de *Cinestar*. À chaque fois qu'ils se croisaient au studio, ou dans des night-clubs, elle ne voulait jamais qu'il se la fasse. Iolene, lèvres comme des framboises compressées. La fille qui ne voulait pas écarter ses jolies jambes, jamais, jamais pour lui. Que pouvait-il y avoir de mieux que ça ? Il sentait sa peau caramel dans ses nuits de sommeil après l'avoir vue. Elle prétendait même ne pas comprendre son manège. (Bien sûr, ça ne peut pas être ta main, là, posée sur ma nouvelle ceinture, n'est-ce pas ?) Elle aimait jouer, mais jamais très loin. Elle ne franchissait pas la ligne. Même si elle était bien le genre à ça – et peut-être qu'elle ne l'était pas, mais soyons réalistes, dans cette ville, ils l'étaient tous, lui y compris –, elle ne voulait pas pieuter avec un reporter de *Cinestar*, un écrivaillon pouilleux. Un chroniqueur, peut-être, s'il avait de l'influence, mais pas un casse-couilles comme lui. Pas quand elle pouvait choper un entrefilet de trois lignes en couchant une seule fois avec Otto Preminger.

Cette nuit-là, celle de 1949 dont elle parlait, eh bien, il jouait au craps, s'occupant de ses oignons et perdant le fric de son loyer, quand Iolene et sa copine Jean l'avaient abordé. Bien évidemment, il avait proposé de sortir Iolene et Jean en ville. Bien évidemment, il les avait convaincues de passer d'abord chez lui prendre un cocktail. Ils s'étaient fait des bourbons sour et Hop, tout en blaguant, commençait à envisager de continuer et de finir la soirée là, sur son canapé. Jean avait bâillé, et s'était demandé à voix haute s'il avait une quelconque idée de là où pouvaient bien être les gens intéressants. C'était ça qu'elle avait dit : « intéressants ».

« Elle veut dire "célèbres", en fait, avait lancé Iolene, en se rasseyant et en croisant ses jambes étincelantes.

– Ce que je veux dire, c'est "importants" », avait corrigé Jean. Avec un autre bâillement, elle avait regardé la petite desserte et les photos encadrées posées dessus. En désignant une du menton, elle avait dit : « C'est ta femme ?

– Peux pas dire que je connaisse qui que ce soit d'important, avait dit Hop, sans répondre à sa question. Mais je sais qu'ils aiment se rouler dans la boue autant que le reste d'entre nous. Plus, même. Alors, allons dans la fosse à purin, mesdames. »

Parce qu'il connaissait bien un endroit qui, grâce à une salle de jeu et un fumoir à hasch, attirait depuis peu quelques-uns des types les plus aventureux du business.

« Allez, mon grand, montre-nous vite ça », avait dit Jean, souriant pour la première fois. Et quand elle faisait ça, elle était jolie à s'en décrocher la mâchoire. Bon sang de Dieu.

Il était tard, plus que tard, et ils avaient empilé pas mal d'additions au Eight Ball, un relais routier aux murs collants de sueur dans un coin sombre de nulle part, juste à l'est de la civilisation. Vers 11 heures, ils avaient ramassé un groupe miteux mais parsemé d'étoiles. « Iolene et Jean – Jean et Iolene », chantait sans cesse l'un des types beurrés – elles avaient l'air de connaître tout le monde. Mais Jean ne semblait jamais satisfaite, regardait toujours par-dessus les têtes, même les têtes célèbres. À un moment, Sammy Davis Jr., le chef d'orchestre Artie Shaw et le réalisateur Howard Hawks étaient tous agglutinés à leur table, payant des verres aux filles, qui incluaient une nouvelle recrue, une blonde platine à tomber. Iolene ne buvait que de toutes petites gorgées de bourbon citron vert soda, restait plutôt assise, fumant des cigarettes fourrées à la marijuana les unes derrière les autres. Jean s'imbibait à une vitesse plus sociable et la jouait yeux attentifs, laissant à la blonde platine le rôle de la fêtarde qui s'étale. Jean lui confia que c'était une danseuse de revue du Follies Theatre, où son nom de scène était miss Hotcha. « Qu'est-ce que ça aurait pu être d'autre ? » avait soupiré Hop, secouant la tête en lui souriant rêveusement.

Jean ne cessait de tourner et retourner sa boîte d'allumettes dans sa main.

« Qui t'attends, coureuse ? lui avait dit Hop, avec un clin d'œil. Clark Gable ne traîne pas dans des boîtes comme ça. »

Elle l'avait regardé longtemps et lentement, et c'était un de ces regards les plus méchants et sexy qu'elles pouvaient vous balancer, ces filles. Torride.

« Elle attend son nouveau pote, lui avait chuchoté Iolene, sa lèvre inférieure lui chatouillant presque l'oreille, tant ils étaient écrasés les uns contre les autres dans cette boîte. Elle pense qu'il pourrait venir. »

Avant que Hop ne puisse demander qui était le pote en question, miss Hotcha avait poussé sa petite hanche ferme contre la sienne, s'était appuyée sur son épaule et s'était mise à chanter *Need a Little Sugar in My Bowl* à son oreille. C'était une bonne soirée, pensait-il. Une très bonne soirée, vraiment.

Il était près de 1 heure du matin quand les plus grandes stars de l'époque entrèrent dans le vacarme de ce relais routier. Marv Sutton et Gene Merrel. Le numéro un des duos hollywoodiens de chanteurs danseurs. Sutton, avec son baryton suave, et Merrel aux yeux rêveurs, avec sa voix douce comme une crème glacée. Tous deux danseurs acrobatiques, athlètes aux beaux visages qui pouvaient être littéralement branchés sur n'importe quelle formule de film : deux danseurs de claquettes de Broadway et une blonde affriolante, deux joueurs de base-ball et une brunette sensuelle, deux cadets de la marine et une rousse ardente. C'était simple, et ça marchait du tonnerre, encore et encore. Sutton, le charmeur qui ramassait la fille, dansant en tandems magnifiques avec le Merrel au visage d'ange, qui le regardait la gagner. Sept ou huit ans plus tôt, ils swinguaient la même chose pour des cacahuètes dans des night-clubs de la côte est. Et pouf ! ils étaient maintenant stars à Hollywood.

Les boissons étaient désormais offertes par la maison, la bouteille sur la table, grâce à l'attaché de presse personnel du studio de Sutton et Merrel, Bix Noonan, qui laissait l'alcool couler librement, maintenant les garçons heureux. Hop serait bien resté s'il n'y avait pas eu miss Hotcha. Avant d'avoir compris quoi que ce soit, il fonçait le long de l'Arroyo Seco avec la danseuse sur le siège passager. Il avait toujours été un mec chanceux.

Le lendemain, quand Jean la brunette fut portée disparue, Bix appela et Hop l'aida à s'en sortir.

Fin de l'histoire.

*

Au moment où Iolene avait quitté son bureau, Hop essayait de retrouver le moindre détail dont il pouvait se souvenir concernant cette nuit-là. Mais arrivé midi, heure où il était censé la rejoindre, il fut distrait de ses souvenirs. Il n'avait pas encore eu de nouvelles directes de Barbara Payton, mais Louella Parsons avait appelé, elle avait entendu des rumeurs disant que Barbara aurait envoyé sa femme de chambre acheter un billet de train à Union Station.

Quand il entra dans le bar, le genre d'endroit calme où on ne pose pas de questions et où les femmes de couleur et les hommes blancs pouvaient se faire servir sans problème, Iolene était déjà là. Ils commandèrent des « huîtres de prairie [1] » et les emportèrent vers un box tout au fond.

« Okay, Iolene. C'est à quel sujet ? » Il n'allait pas se fatiguer à essayer le charme ou la finesse. De toute manière, ça ne prenait pas avec elle. Ça n'avait jamais pris.

1. Œufs crus assaisonnés et servis dans de l'alcool, remède contre la gueule de bois.

Elle se recula sur son siège et lui lança un regard furieux.

« Ce que tu as fait, Hop, c'était pas bien. »

Les yeux de Hop s'agrandirent. « Hé, je crois que tu te trompes de mec !

– Tu as vendu Jean Spangler aux gros poissons pour obtenir ton boulot miteux. »

Elle est tellement en colère, pensa-t-il. Pourquoi est-elle si en colère ? Qu'avait-il fait de si mal ? Elle le regardait comme s'il était un truc collé sous la semelle de ses escarpins.

« Je pourrais créer des problèmes.

– Bon Dieu, Iolene, laissa échapper Hop, mais qu'est-ce que je t'ai fait ? »

Elle le regarda. Elle réfléchissait très fort. Pesait les choses.

« Écoute, tu voulais que la police se pointe à ta porte ? demanda Hop. J'ai réussi à garder ton nom en dehors de tout ça.

– N'essaye pas de prétendre que tu l'as fait pour qui que ce soit d'autre que Gil Hopkins, cracha-t-elle avec rage.

– Écoute, dit-il calmement, je ne sais pas ce que tu penses que je sais, mais c'est faux, ma belle, rien. Souviens-toi, je suis parti. Pas toi. Tu as plus à justifier que moi. »

Elle ne dit rien pendant une minute. Il voyait bien ses yeux travailler. L'hostilité commença à disparaître de son visage pour se changer en autre chose. Quelque chose qui ressemblait à de la résignation.

« Je n'ai rien vu, dit-elle en regardant le napperon, le rond humide qui entourait son verre. Pas vraiment, en tout cas.

– Nous n'avons rien vu, tu n'as rien vu. Alors de quoi est-ce qu'on parle, là, Iolene ?

– J'aurais dû deviner comment les choses tourneraient », chuchota-t-elle, presque comme pour elle-même.

Quelque chose dans sa voix suggéra à Hop d'appeler le serveur et de monter les enchères. « Rye », dit-elle, sans même lever les yeux. Hop signala au garçon d'en mettre deux.

Quand leurs verres arrivèrent, elle s'enfonça dans le coin du box et lui balança tout.

Après le départ de Hop avec miss Hotcha, Iolene voyait bien que les chanteurs danseurs, Sutton et Merrel, les *stars*, manigançaient quelque chose. Ils étaient chauds bouillants pour Jean. Iolene s'était penchée vers Jean, elle voulait la prendre à part, pour le lui dire. Mais Jean lui avait dit : « T'en fais pas », et ses yeux étaient écarquillés. « Jean, tu as déjà assez de problèmes sans aller t'en coller d'autres avec eux, avait dit Iolene. Tu as plus d'ennuis que tu ne peux en gérer maintenant. Ces types, ils sont dangereux. J'ai entendu des histoires. »

Jean lui fit un grand sourire, un sourire qui coupait son visage en deux, bizarre et obscur comme celui d'une marionnette de ventriloque sur scène. Elle souriait, et avec ce sourire elle disait à Iolene : « Il pourrait y avoir toutes les histoires du monde, je ne laisserais pas passer ça. J'ai vu assez de sales histoires pour arracher le mot "sale" à ses racines. Je peux aller jusqu'au bout de nulle part avec les meilleurs d'entre eux. Je peux tirer mon épingle du jeu. » Du moins était-ce ce qu'Iolene voyait dans son sourire. Elle le vit et elle haussa les épaules et se dit : « Ce sera son enterrement », mais elle ne le pensait pas vraiment. Pas comme ça. Elle décida simplement que Jean, tout en jambes de pouliche et cran de showgirl, pouvait prendre soin d'elle-même, qu'elle était une fille assez grande pour voir les signes de danger et se tirer, le moment venu, si les choses devenaient vraiment affreuses.

Donc elle et Jean acceptèrent quand Bix Noonan les invita à les accompagner dans un club vraiment chaud, près des docks.

Et elles arrivèrent au Red Lily, un horrible endroit. Horrible. Un endroit où des femmes ne devraient pas se trouver. Et les choses commencèrent. Gene Merrel se contentait de traîner dans le coin, fumant des cigarillos en faisant tourner ses boutons de manchettes. Parfois il affichait un petit sourire suffisant, ou prenait une petite gorgée de son scotch ; mais il n'était pas le centre du monde. Cette nuit-là, pas de ballades de crooner du Sud, pas de chansons sautillantes grattées sur son ukulélé, ni de démarrage soudain d'un petit couplet vaudevillesque. Il regardait Marv Sutton, au beau visage, pommadé comme un marquis, aux yeux d'un noir de Judée qui rendaient folles les filles, qui versait du champagne, et, quand le champagne vint à manquer, de la crème de menthe blanche, le long des jambes dorées, désormais nues, de Jean. Tout le monde regardait Marv, qui perdait rarement son calme dans ses films, qui n'avait jamais à l'écran ni un pli à son costume ni la moindre tache de brillant sur son visage bronzé, se déplacer maintenant à genoux sur le plancher couvert de sciure, se tortillant comme un crabe en passant une langue rouge sombre sur toutes les courbes et les rondeurs des jambes infinies de Jean. Vous ne pouviez quitter ce spectacle des yeux, parce qu'il promettait le genre de débauche de groupe qui alimentait les rumeurs d'Hollywood, mais dont les témoins étaient rares.

Bix Noonan demanda à Iolene si elle voulait laisser le trio tranquille dans un salon privé, et aller jouer aux cartes. Elle dit d'accord. Elle accepta.

Hop écoutait. Ce n'était pas tant la nouveauté de l'information, mais la manière de la raconter. Aurait-il dû rester avec elles ? « Ne pars pas. » Il se souvint d'Iolene lui disant cela, la main entourant son bras, la seule fois qu'elle l'avait jamais touché.

Mais il y avait miss Hotcha, satin pourpre pailleté serré autour de sa peau de lait, une longue veine bleutée courant du sillon des globes comprimés dans le tissu en vrac jusqu'au départ de son cou. Et, après tout, il n'y avait ni chaleur ni promesse dans la main d'Iolene qui lui serrait le bras. Elle voulait tout simplement ne pas tenir la chandelle, ni faire de la figuration dans la soirée. Était-il vraiment censé abandonner sa danseuse de french cancan pour rester jusqu'à la fin de la scène, chastement, à côté de cette perle de champagne aux jambes croisées ? Comment aurait-il pu savoir ? Un million de nuits comme ça, chaque nuit à Hollywood, et seulement quelques-unes qui finissent comme ça.

« Hop, lui disait maintenant Iolene. Écoute, Bix a proposé de me reconduire chez moi. Mais je ne voulais pas la laisser avec ces deux-là. J'ai frappé à la porte de la pièce du fond pour essayer de convaincre Jean de partir avec moi. J'ai attendu et attendu devant cette porte, Hop. Et puis Jean a dit, sans l'ouvrir : "Vas-y, chérie", elle a dit. "Vas-y." Et je l'ai fait. »

Elle releva les yeux vers lui. Mouillés, caramel foncé.

« Et alors, face d'ange, où est le péché là-dedans ? » dit Hop avec chaleur. Peut-être, après tout, voulait-elle juste qu'on la rassure. *Ça*, il pouvait le faire, sans problème. Il le faisait toute la sainte journée.

« Bix a dit : "Tu sais ce que les gens racontent sur ces deux-là." Et Merrel – il était accro. Bix disait qu'il avait tiré sur le bambou[1] toute la journée. Bix disait qu'il était cinglé. Ils allaient la tabasser, Hop. Mais je suis partie. Partie. » Sa voix tremblait, et elle ne parvenait plus à regarder Hop dans les yeux, ce qui lui convenait parfaitement.

« Et le lendemain, tu t'aperçois qu'elle a disparu, dit-il. Mais ce n'est pas de ta faute. Même de très loin.

– Je connaissais cette fille depuis toujours, dit-elle, l'écoutant à peine. Une des plus jolies filles du monde. Ils avaient dû écrire ça pour elle. »

Hop la regarda. « Quoi ? »

Elle secoua la tête. « Laisse tomber. Tu n'as jamais pigé.

– Nous n'avons rien fait de mal, répéta Hop, plus fermement. Il faut oublier. C'est fini. » Il voyait que l'alcool la secouait. Les choses pouvaient devenir lugubres. Quelqu'un devait mettre un

1. Terme argotique des années 1930 signifiant « fumer de l'opium ».

terme à ça, sinon il allait se retrouver à Sainte-Catherine, à genoux sur les dalles.

« Écoute, faut que je retourne bosser, mais dînons ensemble bientôt, dit-il, posant quelques billets sur la table avant de remettre son chapeau. Reviens à la réalité, beauté. *Tu es* l'une des plus jolies filles du monde. » Quand il le répéta, cela résonna dans sa tête pendant une seconde, puis le silence se referma.

En regardant son visage, immobile et comme frappé, qui l'observait pendant qu'il se tournait pour sortir, il sentit quelque chose se serrer en lui, avant de disparaître.

Et sa voix : « Tu crois que tu peux oublier ? »

Hop fit comme s'il n'avait pas entendu et il ne se retourna pas en marchant vers la sortie. Il résista à l'envie d'accélérer le pas, comme quelqu'un quittant discrètement la scène d'un crime. Il n'avait rien fait. Elle ne pouvait pas le faire se sentir coupable de quelque chose qu'il n'avait pas fait, et qu'il ne ferait pas.

« Tu crois que tu peux oublier. » Une seconde fois, comme le refrain d'une chanson réaliste. Comme un avertissement.

Hop retourna travailler, en faisant un long détour pour prendre un sandwich au restau du studio. En longeant les plateaux de tournage, il songeait à tout ça. Il essayait de recoller les pièces ensemble.

Qu'est-ce qu'elle attendait de lui ? Il n'était pas flic, ni détective. S'il pensait honnêtement que ces types, ou qui que ce soit d'autre, avaient quelque chose à voir avec la disparition de cette fille... Une fille comme ça, allons, elle se retrouvait toujours empêtrée dans des trucs durs. Des filles avec des jambes pareilles, et bourrées d'ambition – putain, c'était même surprenant qu'il n'en disparaisse pas plus –, quittaient la ville, filaient avec un mec, peut-être un homme marié, ou parfois, bien sûr, en savaient simplement trop. Vraiment trop.

Il y avait également bien plus banal que ça, bien sûr : ces filles finissaient souvent vidées de leur sang suite à un avortement raté dans quelque cabinet médical miteux d'Olive Street. Une rumeur courait sur la présence d'une profonde tranchée creusée quelque part dans Griffith Park – pas si loin de l'endroit où l'on avait retrouvé le sac à main de Jean – servant de fosse commune médicale pour de tels avortements malheureux. Ils appelaient ça l'allée des Amants.

Qu'est-ce qu'Iolene voulait qu'il fasse à ce sujet ? Si elle avait dans l'idée de lui tirer du fric, elle n'irait pas bien loin. Même s'il se sentait réellement coincé, il allait larguer ce qui lui restait d'argent de poche pour son divorce. Il ne resterait rien. Et si ce n'était pas ça son idée, si elle était honnête et recherchait son aide, pourquoi... pourquoi pensait-elle qu'il était le genre de mec qui s'en soucierait ? L'était-il ?

Putain, peut-être qu'il l'était, oui.

Il réfléchit trente longues secondes à son rôle dans le drame. Il avait fermé sa gueule. Et menti à quelques flics. Mais *qui* ne ment pas aux flics, réellement ? À quoi d'autre servent les flics ? Tout ce qu'il avait fait, c'était s'assurer que certains noms n'apparaîtraient jamais dans les journaux ou à la police. Et pour prendre soin de ça, bien sûr, il avait fait disparaître le nom de la fille des fichiers du studio, simple sécurité. Et puis laissé entendre vaguement à quelques flics et peut-être à un journaliste que la fille était connue pour tenir compagnie à certains garçons de cette ville nantis d'une très mauvaise réputation. Le sac de Griffith Park, avec sa lanière cassée, l'avait bien aidé, donnant des raisons plus que probables à la fille de se fondre au noir. La malheureuse coïncidence (ou pas) entre le prénom Kirk sur le message trouvé dans son sac et Kirk Douglas, alors que Jean Spangler avait travaillé sur son film *La Femme aux chimères*, avait été facile à gérer. Quelques coups de téléphone, et aucun sale relent ne s'était jamais collé au beau costume de Douglas.

Même s'il n'avait pas menti, l'issue aurait-elle été différente ? Bien sûr, Sutton et Merrel, malgré toute leur grâce et leur chaleur à l'écran, donnaient peut-être dans des trucs de malades, mais rien qu'il n'ait déjà vu auparavant – au moins en partie. De plus, les filles comme ça savent dans quoi elles se fourrent. Vous lancez les dés, vous prenez vos risques.

Et pourtant, une pensée ne cessait de revenir : et s'il était resté ? Cela aurait-il fait une différence ? Pourquoi est-ce qu'il s'était tiré avec miss Hotcha ? Pour essayer de se la faire ? Est-ce qu'il avait fini par se la faire ? Pendant une seconde, il n'en fut plus si certain. Puis il se rappela – un bref flash brûlant –, un ventre crémeux arqué contre sa joue. Oh oui, exact !

En se souvenant de ça, il se rappela autre chose aussi. Il se rappela comment, après avoir quitté miss Hotcha cette nuit-là, après avoir roulé jusque chez lui, il était resté sur le seuil pendant un moment, se remémorant que personne ne l'attendait, sa femme était partie voir sa mère dans l'Ohio. Iolene et Jean étaient assises là, sur son canapé, quelques heures auparavant. Il pouvait presque les voir. Bizarrement, même avec, ou peut-être à cause du léger creux sur le coussin de chintz sur lequel elles étaient assises, même avec l'odeur de la fumée et le parfum de chèvrefeuille planant encore dans l'air, l'appartement – son appartement, leur appartement – ne lui avait jamais semblé aussi vide.

Il était toujours seul.

La journaliste

Quittant son travail ce soir-là, Hop appela Jerry à l'*Examiner* pour savoir s'ils pouvaient boire un verre et discuter un petit moment. Après quelques ronchonnements mutuels sur leurs boulots, Hop feignit la désinvolture :

« Hé, Jer, tu te rappelles, oh, merde ! il y a un an, peut-être deux, cette histoire de starlette disparue ? Celle dont on avait retrouvé le sac à main dans Griffith Park ?

– Tu plaisantes, non ? Bien sûr que je m'en souviens. Spangler, Jean. On l'a couvert pendant une semaine. On pensait que ça pouvait être la Fille du Dahlia noir. Mais ces histoires ne t'arrivent qu'une fois dans ta vie, pas vrai ? C'est ce que le directeur de la rédaction m'a dit. On était sûrs qu'ils allaient découvrir son corps et, avec un peu de chance, coupé en deux. Ou peut-être en quatre, pour faire monter les enchères un peu plus », dit Jerry, sur le mode du rédacteur chevronné épuisé par la ville. Il se prit le menton dans la main et regarda son ami d'un air las.

« Mais ils n'ont jamais retrouvé son corps, dit Hop.

– Nan. À mon sens, c'est un de ces médecins défroqués de Downtown qui l'a tuée, sans doute accidentellement, et enterrée dans l'une de ces vieilles cavernes. » Il alluma sa cigarette, puis redressa soudain la tête comme s'il réfléchissait. « Si nous n'avions pas eu ces délectables photos 8 × 10 du studio à étaler en première page, je ne crois pas qu'on aurait consacré plus de deux jours à cette histoire. »

Hop sourit presque avant de se rendre compte qu'il n'était pas censé le faire. Jerry secoua son verre, comme s'il essayait d'en libérer les dernières gouttes.

« Tu sais, dit Hop, je suis tombé sur elle par hasard, une fois.

– Tiens donc, mon petit Hoppy ? » Jerry prit une longue bouffée de sa cigarette, pleine de sous-entendus. « Pour jouer à papa maman ?

– J'ai dit que j'étais tombé dessus. » Il s'empara d'une des cigarettes de Jerry. « Je n'ai pas dit que je l'avais *tombée.*

– Te connaissant, tu vois bien là où j'ai pu mal interpréter, dit Jerry en esquissant un sourire. Mais pourquoi cet intérêt soudain ?

– C'est pas de l'intérêt. Quelqu'un est venu me voir. La fille qui me l'avait présentée.

– Ah ouais ?

– Elle avait l'air un peu effrayée. Même encore maintenant.

– Eh bien, je me souviens qu'il y avait des rumeurs comme quoi Jeannie aux cheveux brun foncé – c'est comme ça qu'ils voulaient l'appeler si on entamait une seconde semaine avec cette histoire – faisait du trampoline avec deux durs de l'équipe de Mickey Cohen, donc je ne suis pas surpris que sa copine soit effrayée.

– Mais tu n'as jamais pensé que ça pouvait être un contrat du milieu, sa disparition ?

– Ça se pourrait. C'est ce que pensait cette fille ?

– J'en sais rien. Qui... tu te rappelles quel reporter travaillait sur cette histoire pour toi ?

– Jim Mackie. Tu le connais ?

– Oui. Je crois que je le connais...

– Mais, dis-moi, tu l'as *bien* connu ?

Hop sourit. « Les gentlemen sont discrets, Jerry. Tu le sais. »

Jerry lui fit un clin d'œil et Hop ressentit soudain, et en même temps que la première bouffée du gin, la chaleur rassurante de son plus vieil ami, son meilleur pote, qui feignait un regard triste. Il résista à l'envie de le bousculer pour rire, de serrer son bras avec son poing.

« Alors, mon beau, comment va ma femme ? dit-il à la place.

– L'enfer sur roues, Hop, répliqua Jerry, sans ciller. Tu devrais le savoir. »

Hop redressa la tête et acquiesça.

« Après tout, continua Jerry, elle a tout appris de toi. » Avalant une rapide gorgée, il ajouta avec une lueur dans les yeux : « Mais quand elle est d'humeur, c'est si agréable de rentrer à la maison.

– Vraiment ? » dit Hop, puis il ajouta, avec un haussement d'épaules : « Je ne me souviens pas de ça. »

Après le départ de Jerry, Hop prit un siège dans une cabine téléphonique. Il avait besoin d'aller au fond des choses. Pourquoi spéculer ? Ce n'était pas le genre de truc à laisser suppurer. Il appela Central Casting. Ils avaient un numéro pour Iolene Harper, et l'indicatif correspondait à Lincoln Heights. Il composa le numéro.

« J'essaye de joindre Iolene.

– L'est pas là, dit une voix d'homme.

– Quand est-ce qu'elle doit revenir ?

– Mec, elle reviendra pas. »

Hop sentit quelque chose se décoller à l'intérieur de sa poitrine.

« Qu'est-ce que vous voulez dire ? Où est-elle allée ?

– Où elles vont toutes », dit-il puis il éclata d'un rire sans la moindre trace d'hilarité. Triste ou cruel. Hop n'aurait su le dire.

« Qu'est-ce que ça veut dire ? »

L'homme soupira et ça faisait comme un sifflement lointain. « Écoute, mon pote, elle est partie. Partie pour de bon, tu vois c'que j'veux dire ?

– Mais je viens de la voir ! » Hop était surpris de l'étrange montée de sa propre voix. Soudain, les choses paraissaient plus urgentes.

« Elle était ici hier. L'est partie aujourd'hui, blanc-bec. On dirait que t'as loupé ta chance. »

Hop sentit sa gorge s'assécher. Qu'est-ce qu'il entendait par « loupé ta chance » ? Est-ce que ce type savait qui il était ? Il ne l'avait pas dit, non ?

« Qui est à l'appareil ? » demanda Hop.

Le type se remit à rire, encore plus fort. Tout à coup, Hop pouvait quasiment voir, comme s'il l'avait devant les yeux, la pièce sombre, la bouteille brune d'Old Crow, les rideaux tirés et les tiroirs ouverts. Les conséquences terribles d'un départ hâtif. Un homme dans un fauteuil avec une pinte ou deux de bourbon dans le sang. Un homme voyant tout se fracasser d'un seul coup.

« Mon pote, dit-il d'une voix trouble, tu avais *ta* chance. »

Dans l'oreille de Hop, le clic fit comme s'il venait de son propre estomac. Qu'était-il arrivé ? Et qu'est-ce que ça avait à voir avec lui ?

Faisant un saut dans une soirée suivant une première à l'Ambassador ce soir-là, tournant autour d'actrices très nerveuses, qui exhalaient la même odeur de Forever Amber n° 2 et qui portaient la même robe de chez Dior, et sortant le rôle principal masculin de la cuisine où il donnait à une starlette son premier sniff de cocaïne, Hop était tout sourires, cheveux brillants et plein de petites attentions pour chacun. Mais à chaque fois qu'il se retournait, il s'attendait à moitié à voir Iolene debout dans un coin, les cils baissés, sexy, dégoûtée : *C'était toi, Hop. Tu ne rates jamais une occasion de grimper, hein ? Tu savais ce qu'un petit graissage de patte pourrait t'apporter, pas vrai ? Tu leur as montré de quoi t'étais fait, en tirant rideau après rideau sur cette fameuse nuit, masquant Jean Spangler jusqu'à ce que personne ne puisse plus rien voir. Un magicien, sans les roulements de tambour. Et les magiciens ne révèlent jamais leurs secrets.*

*

Le lendemain matin, Hop s'éveilla avec la voix d'Iolene comme une démangeaison dans sa tête, l'accusant, l'implorant, essayant de l'entraîner dans sa peur, sa culpabilité, ce poids dans ses yeux. Si elle avait quitté la ville, pourquoi l'avait-elle fait ? De quoi avait-elle si peur ? Quel pouvait être le danger aujourd'hui ? Et pouvait-il être menacé aussi d'une manière quelconque ?

Hop appela le bureau de l'*Examiner*, essayant d'avoir Jim Mackie au téléphone.

« Il n'est pas là. Essayez le tribunal, ou Moran's, ou le commissariat de... »

Il trouva finalement Jim Mackie au Garde-Manger, sur Figueroa et la Neuvième, en train de lire le *Mirror* en engouffrant une assiette de gaufres.

« C'est ici que tu te planques pour lire la concurrence ?

– Ce putain de mondain de Hop ! Que je sois damné ! Je pensais pas que tu reviendrais un jour faire de l'ombre dans cette turne. Est-ce que tu ne traînes pas exclusivement au Romanoo's ces derniers temps ?

– T'as du sirop sur le menton, Mack. Et sur le cou.

– T'as une putain de chemise pourpre.

– Lilas, espèce de cruche.

– Pardonnez-moi, enculé de votre mère.

– Bon, Mack, je ne suis pas là pour flirter, dit Hop, en s'asseyant au comptoir près de lui. Est-ce que tu peux m'aider ? C'est toi qui as couvert l'histoire Jean Spangler en 1949, je me trompe ?

– Spangler... Spangler... » Il avala une longue gorgée de café avec de la crème. « Call girl ? Non, l'actrice qui a fait un plongeon par la fenêtre du Biltmore ?

– Non, non. Celle qu'on n'a jamais retrouvée. Juste son sac à main et un petit mot dans Griffith Park.

– Putain de moi, je me rappelle. Celle avec les guibolles de dix pieds de long. La gonzesse à Ogul.

– Ogul ? » Hop se souvenait du nom. Little Davy, ils l'appelaient. Un truand de l'équipe de Mickey Cohen. Un de ses Sept Nains, comme on les surnommait.

« Ouais. Juste avant qu'il ne prenne un aller simple pour l'oubli. Il allait tomber pour association de malfaiteurs et il a quitté la ville, ou la vie, pas longtemps après l'évaporation de Spangler.

– Vraiment ? » Hop se frotta le visage. Dans quoi est-ce qu'il s'aventurait ? Cohen venait d'être expédié au trou pour évasion fiscale, mais Hop voulait-il vraiment aller frayer dans ces eaux-là ?

« C'est bien ça, mon ami.

– Tu avais suivi la piste Kirk ? Tu sais le "Cher Kirk" sur le message trouvé dans son sac ?

– Ouais. Parce que c'était un angle sexy, j'ai passé pas mal de temps à patauger dans les douves qui entourent Kirk Douglas. Mais il était à Palm Springs à ce moment-là, et donc, même s'il mentait sur le fait de la connaître ou pas, il n'avait pas besoin de mentir pour éviter d'être un vrai suspect.

– Tu penses à un avortement foiré ?

– C'est le truc qui paraît le plus probable, Hoppy. Et c'est à ça que les flics se sont résolus, d'ailleurs.

– Mais tu n'achètes pas ça ?

– J'ai pas eu besoin de l'acheter, dit-il, en essuyant un filet de sirop sur son menton. Ça a été acheté, vendu et mis au placard.

– On t'a écarté de l'histoire.

– Pas en ces termes, dit-il en agitant sa fourchette. Il y avait d'autres histoires plus excitantes, tout simplement.

– Si tu avais eu deux jours de plus dessus, où est-ce que tu aurais été fouiner ?

– Au Little New Yorker, ou chez Sherry's pour parler à deux trois mecs de Cohen. Mais je doute que ça m'aurait mené quelque part.

– Pourquoi ?

– Ils faisaient tous profil bas à cause de l'évaporation de Davy Ogul. Spangler avait badiné avec Ogul, du moins c'est ce qu'on disait à l'époque. Mais ils avaient rompu depuis un bon moment déjà. Je ne pouvais pas découvrir grand-chose de plus, puisque les deux parties avaient si commodément quitté la surface de la terre.

– Sacrée coïncidence, hein, qu'Ogul devienne invisible la même semaine ?

– D'après mes sources à la police, la dernière fois que Spangler a été vue, ce n'est pas quand elle a quitté la maison de sa cousine. Plus tard cette nuit-là, elle a été aperçue dans un restaurant – le Cheesebox, je crois – avec quelques malfrats.

– Ah ouais ? » dit Hop, essayant de se souvenir de tous les baratins qu'il avait disséminés auprès des journalistes et même de quelques flics. Il était presque sûr que ça pouvait être l'une de ses fictions qui lui revenait. Putain, Hop, tu te fabriques vraiment tes propres ennuis.

« Donc, elle n'est plus la possible victime d'un élégant criminel sexuel. À la place, elle devient, eh bien, tu vois, une pute de gangster à deux balles.

– Et une affaire bien moins intéressante pour la presse, qui avait des mines Cohen plus riches à creuser ?

– Quelque chose comme ça. Et tu sais, ça se passait au moment où ça saignait vachement au sein de l'ancien LAPD. Mais je ne suis pas resté pour le spectacle. Le patron m'a envoyé couvrir le démantèlement de l'équipe Cohen. Il a donné Stanger...

– Spangler.

– ... Spangler, à cette fille.

– Quelle fille ?

– La gonzesse. Frannie Adair. »

Vingt minutes plus tard, dans la salle de rédaction de l'*Examiner*, Hop rajustait sa cravate.

« Dites-moi, mademoiselle Adair, qu'est-ce que ça vous fait d'être l'unique dame du pénitencier ? »

Pour Hop, elle avait été facile à repérer, la seule paire de talons hauts et le seul cul méritant un regard dans l'agitation de cette salle pleine de mecs tachés de sueur et pas rasés. Frannie Adair, tout en boucles rousses et en joues rondes, comme si elle venait d'arriver de sa ferme, jusqu'à ce qu'elle ouvre la bouche. Retroussant son nez taché de son, elle lui envoya : « Et qu'est-ce que ça vous fait de passer à l'ennemi pour devenir laquais de l'usine de beauté ?

– Ça a ses avantages », dit Hop, en suivant le mouvement. Cette fille n'avait pas l'air du genre à supporter les idiots.

« Pareil, dit-elle, en hochant la tête avant de la relever vers la salle de presse enfumée. Ces garçons ne soulèvent pas leurs chapeaux et il y a le pince-fesse occasionnel dans l'ascenseur, mais je n'ai encore jamais payé la moindre de mes bières. Et vous ?

– Pareil. Seulement, elles soulèvent leurs chapeaux pour moi.

– Je l'aurais parié, dit-elle d'un ton plein de sous-entendus. J'ai entendu dire que vous racontiez plus de bobards que Tom Sawyer.

– Si j'étais bon à ce point, vous ne le sauriez pas, non ?

– Eh bien, dit-elle en plissant les yeux, ce n'est qu'une rumeur, mais on aimerait tous savoir comment vous avez réglé ce deal pour Simmons. Une nuit, Mr. Wild West en personne cogne un flic en pleine mâchoire, résistant à une arrestation parce qu'il avait été surpris avec une seringue pleine de cheval[1] dans le cou. Et que se passe-il après ? Le *Herald Express*, notre si cher jumeau, sort une histoire selon laquelle monsieur le Flic à la mâchoire démontée n'est pas du tout un héros. En fait, il a envoyé sa femme aux urgences la semaine précédente, après l'avoir cognée si violemment qu'ils ont dû lui replanter le nez au milieu du visage. »

Marquant une pause, elle flanqua un petit coup dans le revers de la veste de Hop avec son stylo, avant d'ajouter : « Et puis, le lendemain, les charges contre Wild West Simmons s'évaporent. »

Hop essayait de ne pas sourire. « Je connais l'histoire dont vous parlez, mais de troisième main. J'ai entendu dire que c'était une méprise.

– J'en suis sûre. »

---

1. « Héroïne » en argot de l'époque. *(N.d.T.)*

En vérité, cela avait été un mélange de manipulation et de chance. Il n'avait jamais été certain que la femme du flic mentait (même s'il était plutôt sûr qu'elle le faisait). Pourquoi se serait-elle privée de refiler l'histoire à un reporter qui en salivait déjà ? Ce n'était pas son boulot de trouver qui disait la vérité. Il savait en quoi consistait son job.

« Donc il s'était avéré que la femme du flic avait une hache à affûter ? dit Hop en haussant les épaules. Ce reporter aurait dû vérifier les faits avant de condamner le flic. Je suis certain que vous l'auriez fait.

– Vous avez pleinement raison, monsieur Hopkins, dit-elle en remettant le bouchon de son stylo. Je ne me ferais pas avoir si facilement. Même si vous battiez vos longs cils comme ça pour moi toute la journée. »

Il l'emmena prendre un bol de *chop suey* dans une petite gargote au coin de la rue. Elle fumait en mangeant, fouillant parmi les légumes pour dégoter le porc filandreux. Ils étaient assis au comptoir sur des tabourets côte à côte. « Pour que je ne sois pas obligée de regarder vos grands yeux bleus », avait-elle dit.

« Spangler. Ouais, j'ai suivi l'histoire pendant à peu près une semaine », dit-elle, puis elle leva le nez de son bol et tourna la tête vers Hop. « Vous devez en savoir bien plus que moi. Elle travaillait pour votre studio, non ?

– Je ne travaillais pas pour eux à l'époque.

– Ça ne répond pas à ma question. Qu'est-ce que vous attendez de moi ? Qu'est-ce que je pourrais bien vous dire que vous ne pourriez pas lire dans les archives ? »

Hop repoussa son bol et posa les coudes sur le comptoir, tournant la tête vers elle.

« Rien. Peut-être. Je ne sais pas. » Il essayait de faire attention. D'établir un équilibre. Il voulait découvrir s'il n'existait pas des ficelles oubliées, rattachées à cette affaire, tout en évitant d'en tirer de nouvelles en farfouillant. Il dit : « Une amie à moi, qui connaissait la fille, est venue me voir. Elle avait l'air un peu secouée.

– Pourquoi ? C'était il y a presque deux ans. » Elle n'avait plus l'air intéressée. Il le voyait à la manière dont sa fourchette devenait moins stable.

« Je ne sais pas. Elle est partie avant que je ne puisse le découvrir.

– Eh bien, demandez-lui. Téléphonez-lui.

– Elle est partie. Sans laisser de numéro.

– Une amie à vous, hein ? » Elle s'essuya les lèvres avec sa serviette en papier. « Alors pourquoi est-ce que vous êtes si préoccupé ? »

Hop essayait de décider si cette miss Adair était attirante ou pas. Il pensait déjà à ça quand il l'avait repérée dans la salle de rédaction, seins durs comme de petites pêches coincées sous la veste de son tailleur. De grands yeux ronds et une bouche ferme. Des jambes musclées à force d'allées et venues.

Mais dans la façon dont elle s'exprimait, il semblait que chaque mot qu'elle prononçait mettait cent mètres entre eux. Ou qu'elle se tenait derrière une porte de verre. Et pas d'une manière qui lui donnait envie de la toquer pour demander à entrer.

« Le fait est, dit-il en posant un doigt sur le bout de sa manche de tailleur, qu'il semble que je n'arrive pas à deviner pourquoi elle était si secouée. Jc me dis que si j'arrive à mettre les pièces du puzzle en place, peut-être que je pourrai l'aider. » Ce n'était pas tout à fait vrai, mais c'était déjà assez proche de la vérité. Peut-être. Hop n'arrivait pas à démêler ses motivations. Il y avait quelque chose concernant la couverture de ses propres traces – traces qu'il pensait avoir effacées depuis longtemps. Et bien sûr, il y avait quelque chose d'autre. Quelque chose ayant trait aux accusations d'Iolene. Et quelque chose, aussi, venant de cette peur d'enfant dans ses yeux et de l'idée que lui – le combinard – pouvait la faire disparaître.

D'une secousse du bras, Frannie se débarrassa de son doigt et piqua un marron avec sa fourchette : « Monsieur Hopkins, j'aimerais vous aider... eh bien, en fait, non, je m'en fous. Mais je ne pourrais pas vous aider, même si je le voulais. Lisez mes articles. C'est tout ce que je sais. »

La façon si attentionnée avec laquelle elle revint à son *chop suey* congelé, l'un des pires qu'il ait jamais goûté, le rendit beaucoup plus certain de son intérêt. Elle avait quelque chose. Il se demandait ce que cela pouvait être, et comment il arriverait à obtenir ce genre de chose d'une fille comme elle.

« Comment est-ce que je pourrais obtenir quelque chose d'une fille comme vous ? dit-il, risquant l'approche honnête. Et remarquez bien que je ne bats pas des cils. »

Elle sourit, révélant une dent légèrement ébréchée. Bizarrement, cette vision remua Hop et quelques douzaines de mètres de distance tombèrent.

« Laissez-moi réfléchir à quelques trucs, monsieur Hopkins. » Elle posa sa fourchette et prit son sac à main, le sourire laissant place à la concentration. Lentement.

« Appellez-moi Hop.

– Je ne peux pas appeler un adulte Hop.

– C'est exact. »

À la fin d'un long après-midi au studio, essentiellement passée à essayer de convaincre une star adolescente au petit visage tout frais de ne pas se marier avec un Mexicain mariachi qu'elle avait rencontré à Tijuana, Hop partit en voiture jusqu'à Lincoln Heights, à l'adresse que Central Casting lui avait donnée comme étant celle d'Iolene.

En s'en approchant, il se rendit compte qu'il était déjà venu dans ce quartier, lorsqu'il avait brièvement bossé pour Jerry à l'*Examiner*, quand il venait juste d'arriver en ville. Il avait couvert une histoire sur une salle de jeu installée au-dessus de l'Armée du Salut. Les joueurs entraient, prenaient un peu de café, écoutaient un temps la bonne parole, puis se faufilaient à l'étage pour mettre quelques billets verts sur les Cardinals contre les Sox, à cinq contre un.

Il aurait pensé qu'Iolene crécherait dans un endroit plus classe. En fait, il avait un vague souvenir d'elle, mentionnant un petit appartement qu'elle partageait avec une amie dans l'un des immeubles gris et rose brillant de Westwood. « Le gérant pense que je suis sa bonne, mais ça m'est égal », avait dit Iolene avec un haussement d'épaules.

Cette partie de la rue était comme la porte d'entrée des quartiers les plus miséreux de la ville, et quand Hop s'y engagea, il se sentit un peu mal pour elle. Bien sûr, une fille noire, qu'elle soit splendide ou talentueuse, n'allait jamais devenir la prochaine Ava Gardner, mais Iolene avait toujours travaillé régulièrement dans le passé, elle avait joué des petits rôles, chanté dans des clubs et même dansé dans de grandes comédies musicales.

Quand il atteignit le bon numéro, il s'aperçut que c'était une maison, petite, divisée en appartements, avec un toit en surplomb affaissé. Une rangée de fenêtres était masquée de journaux jaunis par le soleil. Une poubelle métallique rouillée débordait sur l'étroite bande de gazon cramée par le soleil.

Conscient qu'on ne voyait que lui dans son costume de lin bien repassé avec sa pochette en soie jaune citron, Hop s'élança jusqu'à l'entrée le plus vite possible. Une liste des locataires, juste un bristol à moitié effacé collé à côté de la porte, ne fournissait aucun indice quant à l'appartement qu'habitait Iolene, si elle vivait bien ici. Son nom n'y figurait pas.

Hop hésita un instant avant d'essayer la porte, qui s'ouvrit en oscillant sur ses gonds. Il y avait deux appartements de chaque côté et un vieil escalier en pin menant au premier étage.

« Et puis merde », décida Hop à voix haute avant de frapper à la porte marquée d'un 1.

Pas de réponse.

Au lieu d'insister, il se tourna vers la porte marquée d'un 2, derrière laquelle il entendait un air de be-bop étouffé. Il avait à peine terminé de frapper que la porte s'ouvrit brusquement sur une minuscule femme de couleur, en peignoir rouge.

« Chéri, honnêtement, je sais pas où il s'est tiré. Il pourrait aussi bien se planquer à Chicago avec ces pierres, à ce que j'en sais », dit-elle en secouant la tête.

Hop la regarda, interdit. Est-ce que tous les habitants de cette maison avaient quitté la ville ? « Quelles pierres ? »

La femme plissa les lèvres, l'air de réfléchir. « Z'êtes pas le mec du Trésor ? »

Hop essaya un sourire. « Non, m'dame. Juste un autre Blanc.»

Elle éclata de rire, resserrant son peignoir sur sa poitrine, la main toujours sur la porte. « Z'êtes pas si blanc.

– Eh bien, aidez donc un pauvre frère de couleur, dit-il en souriant. Je cherche une vieille copine, Iolene. Elle vit toujours ici ?

– Oh, z'êtes son papa ? dit-elle avec un sourire narquois. Pas d'Iolene ici, gamin. Juste une autre fille de couleur.

– Vous êtes sûre ? Elle vivait avec un type. Je lui ai parlé au téléphone.

– Alors pourquoi que vous lui avez pas demandé où est partie votre nana ? » Ses yeux s'étrécissaient, imperceptiblement. « Z'êtes sûr que vous êtes pas flic ?

– Tellement sûr que ça me fait mal, dit Hop avec le plus de légèreté possible. On travaillait ensemble, en quelque sorte. »

Elle marqua un temps d'arrêt, les yeux rivés dans les siens. Puis : « Un type, Barber, vit au numéro 4 en haut. Il avait une femme là-haut, de temps en temps. Une dénommée Louise.

– Jolie, à peu près grande comme ça, peau claire ? »

Elle hocha la tête, d'un air entendu. « C'est comme ça qu'vous les aimez, monsieur Tout-en-jaune ? »

Hop ignora sa question. Il voulait s'assurer que Louise et Iolene étaient bien la même personne. « Avec une voix vraiment particulière, basse et douce ?

– Bon Dieu, mec, mais tu m'prends pour qui ? Arthur Godfrey[1] ? Ouais, Louise chantait. » Elle soupira, comme si elle prenait une décision. Puis : « Dans une boîte sur Adams, près de Jefferson Park. S'appelle le King Cole. »

Hop sentit comme une onde de soulagement. Ce n'était pas une impasse totale. Il regarda la femme, appuyée au chambranle. « C'est comment, votre nom ? »

Elle refit son sourire narquois. « Appelle-moi simplement Splendide, dit-elle en commençant à refermer sa porte.

– Merci, Splendide. » Hop sortit très vite un billet de 5 de sa poche. « Vous êtes sympa et... »

Son sourire s'effaça, elle s'empara du billet, claqua la porte.

King Cole

C'était un endroit assez vaste, tout en longueur, murs damassés de vert, tables étroites et box privés ornés d'épais rideaux. Sur le long mur derrière le bar, une peinture murale patinée par la fumée représentait un roi aux sourcils broussailleux couronné d'un saladier et fumant la pipe. Elle s'étendait jusque derrière la petite scène, où elle dépeignait trois violonistes qui ressemblaient plus à des barmaids allemandes qu'à des musiciennes.

Une Blanche en robe dorée pailletée chantait dans le style de Rosemary Clooney, accompagnée au piano par un Noir aux doigts immenses. La clientèle était mélangée dans d'égales proportions.

1. Arthur Godfrey (1903-1983), acteur et scénariste, très populaire à la télévision.

Hop se glissa sur un tabouret devant le comptoir et commanda un soda pour faire simple. Le barman ne roula pas tout à fait des yeux devant cette commande, mais se ragaillardit quand Hop laissa 2 dollars de pourboire.

« Est-ce qu'Iolene chante ce soir ? »

Le barman haussa les sourcils, s'arrêtant au milieu de l'essuyage d'un verre.

« Pas ces derniers temps, mon pote. Elle ne vient plus ici. Pas depuis des semaines.

– Sans blague ? Comment ça se fait ?

– La plupart des gens l'appellent Sweet Louise. J'pense que vous êtes un genre d'ami ?

– Oui. Mais je l'ai pas vue depuis longtemps.

– Pas un véritable ami si vous ne savez pas.

– Si je ne sais pas quoi ? »

Le barman posa le verre et désigna, son torchon à la main, un type assis tout seul tout au bout du long comptoir. Il avait l'air d'être en train de picoler depuis plusieurs heures, ou plusieurs années.

« C'est à lui que vous devriez causer. Jimmy Love. Il l'accompagnait au piano quand elle passait ici. »

Hop le remercia et se fraya un chemin le long du bar. L'homme repéra son approche et le fixa des yeux, sans ciller, tout le temps qu'il mit à le rejoindre.

« Vous vous appelez pas Hippity Hop, par hasard ? » marmonna-t-il. Et dès qu'il se mit à parler, Hop reconnut la voix de l'homme au téléphone quand il avait essayé de joindre Iolene.

« Heu, non, Gil Hopkins. Mais on m'appelle Hop, des fois.

– On vous appelle, hein ? Qui c'est, "on" ? »

Hop sourit. « À peu près tous les "on".

– Oh, alors vous êtes le bon ! » dit lentement Jimmy Love. Sa voix pâteuse d'alcool avait encore une étrange sorte de dignité qui fit que Hop se redressa sur son tabouret. « C'est ce que j'ai pensé quand vous avez appelé.

– Le bon quoi ?

– Celui qu'Iolene est allée voir. Elle a dit qu'elle vous avait fait une faveur, une grosse, du genre "bouche cousue", et que maintenant, avec toutes ses emmerdes, vous alliez avoir de l'avancement. » Ses yeux se détournèrent du miroir derrière le bar pour se fixer sur Hop.

« Je ne sais pas ce… » Hop se sentait à un cheveu du niveau de la mer, en train de couler très vite.

« Ces types se rapprochent. Des types dont il vaut mieux ne pas se faire des ennemis, Hoppity.

– Des voyous ?

– Putain, est-ce qu'on l'est pas tous un peu ? » dit-il en haussant les épaules. Il sortit un mouchoir de sa poche. « On ne peut pas vivre dans cette ville sans que ça vous colle à la peau comme du papier tue-mouches. Mais non, ces mecs sont plusieurs crans au-dessus. »

Hop baissa la voix. « Liés à Cohen ? »

Essuyant une goutte de Jack Daniel's sur sa lèvre supérieure, Jimmy Love secoua la tête. « Qu'est-ce que j'viens de dire, blancbec ? T'es plus lent qu'elle disait. Elle s'comportait comme si tu savais un putain de tas de trucs.

– Elle se trompait », dit Hop. Bon Dieu, et à quel point.

« Tu l'as pas aidée à se planquer, planqué ! dit-il, secouant à nouveau la tête en remettant son mouchoir dans sa poche. Maintenant, il est plus tard que tu penses. »

Comprenant qu'il était congédié, Hop s'écarta de Jimmy Love et regagna son tabouret. Il commençait à en avoir marre de ces conversations où il ne parvenait à suivre que des murmures de sens. Chaque pas qu'il faisait dans le monde d'Iolene lui donnait la sensation de soulever voile après voile, sans jamais se rapprocher de sa peau de miel. C'était ce qu'il avait toujours ressenti avec Iolene. Et avec quelques autres femmes aussi. Ces derniers temps, il en était arrivé à préférer celles dont les secrets ne se cachaient que sous une fine couche de nylon, pour dire.

Tout en regardant Jimmy Love balancer quelques billets sur le comptoir et s'en aller sans prononcer un mot de plus, Hop fit signe au barman.

« Bourbon, soupira-t-il, en repoussant son soda sur le comptoir. Bourbon.

– Ça veut dire deux bourbons, ou c'est juste pour accentuer ?

– Vous avez des pourboires supplémentaires quand vous essayez d'imiter Oscar Levant [1] ?

– Pas de la part de mecs comme vous. »

Lui avait-il fait une quelconque promesse ? Pas qu'il s'en souvienne. Il avait toujours pris grand soin, toute sa vie, d'éviter de faire la moindre promesse aux femmes. Il se souvenait d'Iolene débarquant au bureau de *Cinestar*, le lendemain du jour où Jean Spangler avait été déclarée disparue, yeux rouges comme de la grenadine, mains tremblantes, faisant cliqueter le fermoir en turquoise de son sac à main. À l'époque, il était certain que la fille – cette Jean – allait réapparaître. Qu'elle était juste partie se faire une de ces virées pour lesquelles ces starlettes vivaient, respiraient et se déglinguaient dans toute cette ville.

« Écoute, Iolene, qu'est-ce que tu pourrais bien dire aux flics qui les aiderait à la retrouver, vraiment ? Reste en dehors de tout ça. Tu veux te retrouver en couverture du *Mirror* de demain avec les menottes aux poignets ? Coupable de complicité, ma belle. Qui a besoin de ça ? Laisse-moi parler pour nous. Et tout arranger vraiment bien. »

Et il l'avait fait. Il savait quoi faire pour que tout disparaisse. Lâcher quelques idées, des idées codées pour « une fille aux habitudes douteuses ». « Une fille fréquentant des cercles dangereux. » « Une fille qui ne fera pas long feu dans cette ville. »

1. Oscar Levant (1906-1972) : pianiste, compositeur et acteur, plus célèbre pour son mordant à la radio et à la télévision que pour sa musique.

Il n'en fallait pas beaucoup. Ça aussi, il le savait. Des filles comme ça se changeaient en fumée tous les jours.

« Je crois que je vais rentrer chez moi », dit Hop au barman du King Cole, en repoussant son verre vide avec ses deux index. La tête lui tournait, et il savait qu'il avait bu au moins deux verres de trop. Putain de moi, je suis innocent.

« Il est même pas 2 heures. Le King Cole bat son plein jusqu'à la fermeture, à 4 heures.

– Même. » Hop laissa quelques billets sur le comptoir. Il y voyait un peu double, du mal à faire le point. « J'ai quelqu'un qui m'attend.

– Une fille ?

– En quelque sorte. Ma femme. »

Ce n'est que là, dans les brumes du bourbon, que Hop se souvint qu'il n'y avait pas de femme. Qu'il n'y en avait pas eu depuis presque un mois. Le seul endroit où il pouvait voir Midge désormais, c'était dans la garçonnière aux murs marron où habitait Jerry, sur Bronson. C'était la première fois qu'il l'avait oublié et il se sentit soudain perdu, un bateau cognant contre un quai, encore et encore, et que personne n'entendait.

C'est l'alcool qui parle, se rassura-t-il.

En roulant vers chez lui, il rata une sortie et finit par se retrouver en direction de Bronson. Une petite voix au fond de son crâne chuchotait : *Mais seulement si les lumières sont encore allumées*. Puis il se dit : *Bon sang, jusqu'à quelques mois auparavant, il n'aurait pas hésité à débarquer chez Jerry à cette heure-là. Ils auraient bu du brandy, se seraient re-raconté leur guerre, parlé de Jersey Joe Walcott*[1] *ou de n'importe quoi. C'était à l'époque où Hop aurait tout fait pour éviter de rentrer chez lui. Un peu comme maintenant.*

1. Jersey Joe Walcott (1914-1994) : champion du monde de boxe poids lourd en 1951.

Quand il arriva là-bas, il n'était pas très sûr de ce qu'il allait faire. Mais cela ne l'empêcha pas de laisser sa voiture à moitié sur le trottoir, et d'emprunter l'allée en courant avant d'escalader les trois étages jusqu'à la porte de Jerry, ratant si bien les quatre dernières marches qu'il manqua de déchirer une jambe de son pantalon, du genou à la cheville. Il voulait voir Jerry, absolument, comme il le faisait toujours, mais maintenant Midge était là et c'était pas juste. C'était pas juste du tout.

Il lui sembla n'avoir frappé qu'une seconde, mais quand le visage de Jerry apparut, il réalisa que ses phalanges lui faisaient mal.

« La vache, t'es fin saoul », fut ce que dit son ami, et avant que Hop ne puisse lâcher par sa bouche le flot qui était sous presse dans le tumulte sombre de sa tête, il entendit cette voix nasillarde si familière. Une voix venue de derrière Jerry, s'élevant pour se faire entendre.

« Taille-toi d'ici tout de suite, Gil. Personne n'a envie de te voir. » C'était Midge.

« Ah ouais ? » Hop se retrouva en train de pousser la porte, très fort, faisant reculer Jerry à l'intérieur.

Quand il entendit sa propre voix, elle n'avait pas le ton calme qu'il avait imaginé dans sa petite tête en grimpant tous ces escaliers. Elle n'avait pas l'air de sa propre voix. Il était devenu le Hop que seule sa femme pouvait générer, spontanément, comme une maladie.

« Peut-être que Jerry veut me voir, lui », dit-il. Puis, surpris par sa mauvaise humeur, il se fit plus désagréable encore. « Peut-être que je ne suis pas là pour encaisser des conneries. » À peine avait-il dit ça, qu'il le regrettait déjà. Ce n'était pas comme ça qu'il voulait être, pas devant eux, pas maintenant.

Pourtant, il continua à avancer, comme un boxeur. Il passa devant Jerry, qui portait un pyjama à rayures que Midge devait lui avoir acheté – exactement le genre de truc doux et brillant que Midge achetait toujours.

Il entra dans cet espace si familier, cette grande pièce marron avec son tourne-disque en bois et ses lumières tamisées et ses piles de livres, longues, sa grande bouteille de scotch et ses verres brillants. Et une nouvelle paire de coussins jaune acide que Midge devait avoir achetés pour éclaircir les lieux, une tache criarde qui lui heurtait les yeux, comme de la moutarde sur des côtelettes.

Ce n'est qu'à cet instant qu'il vit réellement sa femme, les bras levés vers le chambranle de la porte de la chambre, le serrant à deux mains. Dans son long peignoir avec chemise de nuit assortie, noire et soyeuse, elle avait l'air d'une pute de haut vol.

Et aussi à cet instant qu'il s'aperçut qu'elle était différente. Ses cheveux tirés et attachés si serrés, comme une institutrice, en contradiction flagrante avec son costume et le mascara de ses yeux.

Il y regarda de plus près, et quelque chose se mit à battre très fort en lui et à se dérouler sur des kilomètres, en dégringolant, de plus en plus vite.

« Tu as coupé tous tes cheveux, Midge, murmura-t-il, la voix brisée, cassée en morceaux. Qu'est-ce que tu as fait à tes si beaux cheveux ? » dit-il, en titubant vers elle à travers la pièce, son tibia heurtant la table basse.

Et là, malgré l'air choqué qu'elle affichait, il n'arriva pas à empêcher ses doigts de plonger dans les boucles blond platine, brillantes et comme du satin sous ses ongles, dans les poches de chair entre ses doigts. Bon Dieu, à quel degré d'ivresse était-il ?

« Stop, arrête. Tu abîmes... tu abîmes... balbutia-t-elle, posant une main sur sa poitrine pour le repousser, fort.

– Tous tes beaux cheveux », dit-il, se répétant en vain, remarquant avec un frisson la mèche de platine égarée au bout de ses doigts.

En le fixant, elle finit par dire : « Tu abîmes tout ce qui est beau. »

Les mains de Hop retombèrent de chaque côté. « Mais, baby... »

Elle resserra son peignoir et se redressa. « Tu as perdu, tu ne le vois pas ? dit-elle d'une voix hérissée en secouant la tête. Tu as tout perdu.

– Oh ! » fit Jerry, et tous deux se souvinrent soudain qu'il était là.

Midge et Hop se retournèrent vers lui, attendant qu'il en dise plus. Mais ce fut tout ce qu'il dit.

La première fois qu'il vit Midge, il pensa qu'elle était la chose la plus adorable au monde, son visage en forme de cœur, son petit menton pointant, ses lèvres arquées, exactement comme une poupée de porcelaine. Mais quand vous touchiez sa peau, elle n'était ni froide ni dure, mais tout en terminaisons nerveuses, chaude et élastique, et comme chargée d'électricité – une taille que l'on pouvait serrer entre ses deux mains (vous pensiez même pouvoir faire deux fois le tour) et son dos se cambrait, et elle frissonnait, gazouillait et ondulait comme une espèce d'animal électrifié. C'était une vraie défonce, laissez-moi vous dire. Qui aurait pu imaginer que le prix serait si exorbitant ? Oh, Midge, j'étais dingue de toi !

« Opératrice, j'écoute.

– Ouais, poupée. Pourriez-vous me donner le numéro de, hum, Adair, Frannie ? A-D-A-I-R.

– J'ai un Adair, F. 812 Laveta Terrace.

– Ça ira. »

Il n'allait pas se fatiguer à appeler. Ça le ralentirait. Il sortit de la cabine sur Hollywood Boulevard et reprit sa voiture. Plus seulement ivre, mais ivre et cassé en deux par les piques terribles de sa femme.

Ce n'était pas un long trajet, ce qui dans sa condition était plutôt dommage parce que cela ne lui donnait pas assez de temps pour réfléchir à ce qu'il était en train de faire. Il savait juste que, après cette altercation avec Midge, il n'avait ni le cœur ni l'estomac de rentrer chez lui.

Quand il approcha du bungalow, il sentait le poids de sa propre méconduite, mais ça ne l'arrêta pas.

Il marcha jusqu'à la porte et frappa.

Un instant plus tard, une lumière s'alluma et il aperçut les cheveux roux de Frannie par la fenêtre de devant, à côté de lui. Il pouvait presque l'entendre le maudire à travers le mur.

Elle ouvrit la porte à la volée.

« Je m'attendais à un peignoir en satin. Ou peut-être en coton fin », dit Hop. Il était certain qu'il allait la réveiller. Il était très tard, il le savait aussi. Et en fait, il pouvait dire, grâce à une longue ligne sur le côté de son visage, et au regard furieux qu'elle affichait, qu'elle était profondément endormie. Mais elle portait une petite robe chemisier verte froissée, et des bas. Rien aux pieds.

Elle baissa les yeux sur sa robe et passa une main fatiguée dans ses cheveux emmêlés. Puis elle releva les yeux vers Hop.

« Qu'est-ce que je devrais expliquer ? C'est vous qui êtes à ma porte à... » Elle regarda son bras nu. « Je ne sais pas où j'ai mis ma montre.

– Vous tenez à alerter les voisins ou est-ce que vous pouvez laisser entrer un copain ?

– Vous sentez comme mon vieux. Vous en avez descendu combien ? À vue de nez, je dirais quatre heures de bourbon non-stop.

– Ouais ? Et vous ?

– Une fille se doit d'avoir une vie mondaine. Mais là, je suis dessaoulée. Ce qui n'a pas l'air d'être votre cas. » Elle ouvrit plus grand la porte et regagna son living-room. Hop suivit.

Se laissant tomber dans son canapé, il la regarda, essayant de se tenir. Bon Dieu, combien en avait-il sifflé ? Et qu'est-ce qu'il foutait là ?

D'une main, elle essaya de défroisser un peu sa robe.

Il était déchiré entre sa propre misère personnelle et son instinct naturel qui le poussait à lui demander ce qu'elle avait fait de sa nuit, sur le genre de soirée que Frannie Adair avait passé qui l'avait envoyée au lit avant de pouvoir se débrouiller pour dégrafer sa robe.

« Vous avez enlevé vos chaussures, remarqua-t-il, son instinct reprenant le dessus.

– Je crois qu'elles sont tombées quelque part, dit-elle en se levant. Je vais boire un peu d'eau. Vous voulez quelque chose, "yeux flous" ?

– Un petit coup à boire ? J'ferais aussi bien de continuer, oui », dit-il en s'appuyant sur les coussins pour retrouver son équilibre.

Pendant qu'elle servait à boire, et qu'il était seul une minute, il recommença à se sentir pourri, perdant pied, se remémorant la scène chez Jerry, et la scène d'avant, au King Cole.

Et puis elle fut là, lui tendant un petit verre de brandy, et buvant un grand verre d'eau, et quelque chose se produisit. Quelque chose lâcha en lui, et soudain il entendit sa propre voix parler, parler sans s'arrêter, racontant comment il avait vu Jean Spangler la nuit où elle avait disparu, comment Marv Sutton et Gene Merrel – oui, ces Sutton et Merrel-là, ces crooners à la langue déliée, danseurs au pied léger, rois de la chanson et de la danse – les avaient rejoints dans une gargote appelée Eight Ball. Et comment elles étaient parties avec eux et comment il ne savait plus très bien ce qui était arrivé, mais qu'il savait que tout avait très mal tourné, d'une manière ou d'une autre.

Elle écoutait. Elle écoutait avec grande attention. Elle regardait les mots qui sortaient de sa bouche en longues cordes collantes. Elle le laissait se pendre lui-même, phrase après phrase. Puis, finalement, elle dit :

« Qu'est-ce que vous me racontez exactement ? Que Sutton et Merrel étaient impliqués dans sa disparition ?

– Impliqués, impliqués... Qu'est-ce que ça veut dire ? Du peu que j'en sais, ils étaient juste en train de s'arranger pour prendre leur tour, c'est tout. J'en sais rien. J'étais parti. J'étais déjà parti, Frannie Adair. Je ne l'ai su que le lendemain. Et je n'avais jamais pensé que ça pouvait être mal à ce point. Ce que j'avais fait. Mais maintenant, je pense que j'ai peut-être raté quelque chose. Je ne me suis peut-être pas rendu compte de ce que je faisais. Est-ce que je pouvais être comme elle disait que j'étais ?

– Elle ? Spangler ?

– Non. Non.

– Qui, alors ?

– Je ne vais pas raconter tout ça », dit-il, pendant que quelque chose lui chuchotait : *Ne révèle pas son nom. Ne prononce aucun nom. Iolene, ou qui que ce soit. Tu as déjà assez merdé comme ça, Hop, pourquoi est-ce que tu ne peux pas t'arrêter de parler ?* « Pourquoi suis-je ici, de toute façon ? marmonna-t-il. Je n'arrive pas à croire que je suis venu ici. Quel crétin ! Je ne devrais jamais boire. J'ai l'impression que ma tête est une éponge pleine de quinine. Je suis qu'un pauvre minable, Frannie Adair. Pourquoi vous m'avez laissé entrer ?

– Écoutez, au déjeuner vous disiez que quelqu'un était venu vous voir. C'est la fille avec qui vous avez quitté le Eight Ball ?

– Non, non. Pas elle. Laissez-moi vous dire quelque chose, chérie, dit-il en se penchant en avant. Midge, elle avait les plus beaux cheveux du monde. J'aimerais pouvoir vous expliquer. Comme une... une rivière d'or cascadant sur son dos. Eh bien, elle a tout coupé, vous arrivez à le croire ? » Il entendait les mots qui sortaient de sa bouche, mais ils n'arrêtaient pas de le surprendre. C'était tellement confortable ici – le divan moelleux, Frannie qui écoutait, cheveux ébouriffés, sentant les draps frais –, il ne pouvait pas s'arrêter.

« Qui est Midge ? C'est la fille qui est venue vous voir ? Celle qui avait peur ?

– Midge n'a jamais eu peur une seule fois dans sa vie. Midge est ma femme.

– Vous êtes marié, dit-elle, en se renfonçant dans son siège. Ça cadre assez bien dans le tableau.

– Et le truc, Frannie Adair, c'est que je n'avais jamais pensé que moi, Gil Hopkins, que tout le monde aime toujours, aime vraiment, j'arriverais à mettre qui que ce soit – une femme – dans une telle colère. »

C'était vrai. Il s'était toujours considéré comme le type doux, aux yeux brillants, qui supplie qu'on le caresse d'un amour maternant. Le genre dont les femmes désiraient se lover à ses pieds, comme de petits chatons adorables. Tristement, comme cela s'était avéré, il n'était pas du tout ce genre d'homme. D'une certaine manière, il était le type des dessins animés, des bandes dessinées, celui qui sort en courant par la porte d'entrée, le pantalon à moitié enfilé, avec une poêle à frire qui vole vers sa tête – zzzing – et paf. Il se disait bien que ce n'était pas Midge qui avait commencé tout ça, mais c'était pourtant bien l'impression que ça donnait. Son amour comme un dépôt au fond de votre verre.

« Je me demande pourquoi Jerry l'a laissée se couper les cheveux, dit tout à coup Hop.

– Qui est Jerry ? Son coiffeur ?

– Non. Jerry Schuyler.

– Notre Jerry ? Celui de l'*Examiner* ? Qu'est-ce qu'il a à voir avec ça ?

– Tu sais, Frannie – je peux t'appeler Frannie ? –, tu sais ce que Midge m'a dit ? La dernière chose avant de me quitter. Elle a dit : "Quoi ? Tu croyais que tu pouvais continuellement nous envoyer l'un vers l'autre, encore et encore, Jerry et moi, me parlant de Jerry et parlant de moi à Jerry, en nous poussant pratiquement sous les couvertures, et que ça ne se terminerait pas comme ça ?" Et pourtant, Frannie, le plus drôle, c'est que *j'étais* surpris. »

Elle lui lança un long regard, réagissant à quelque chose dans sa voix. Quelque chose de bizarre.

Puis elle dit, gentiment : « Jerry ne semble pas être du genre à piquer la femme d'un copain.

– C'est un type droit », dit Hop, et il le pensait. Ça lui faisait bizarre de s'entendre dire quelque chose qui avait autant de sens. « Un type honnête. Il me donnerait sa chemise.

– Donc vous lui avez donné votre femme en échange ?

– Bon sang, comme tu sais y faire. » Il finit son verre et le leva au-dessus de sa tête, en disant : « À la santé des crétins. »

Quand il s'en alla (« Je préfère partir avant de ne plus être bienvenu »), il ne parvenait plus à endiguer une sensation de nausée, mais il s'en dégagea en observant Frannie qui le raccompagnait à la porte. Il s'arrêta sur le seuil et la regarda dans les yeux. Elle semblait dotée du visage le plus ouvert qu'il ait jamais vu, du moins depuis ces filles de Syracuse, de la neige dans leurs anglaises, patinant autour de l'étang derrière l'église, faisant des cercles de plus en plus larges, des figures, des huit, tournant sans fin, lui souriant et le saluant de la main.

« Bonne nuit, Gil Hopkins. Oublie tout ça en dormant.

– Toi aussi », dit-il et, incapable de résister à cette envie, il avança la main pour caresser le pli des draps qui s'estompait sur sa joue.

Le lendemain, il n'arrivait pas à se rappeler si elle avait souri ou simplement fermé la porte.

Il s'éveilla plusieurs fois dans la nuit, projeté hors de rêves si vivaces qu'il était certain que Jean Spangler était là, roulée en boule à côté de lui sous ses draps froissés. Dans tous les rêves, elle était de la même pâle beauté, un visage magnifique mais vide. Même dans son inconscient, il n'arrivait pas à lui imaginer une personnalité, un seul trait même. Elle était Ce qui a mal tourné. Dans un autre rêve, il nageait et plongeait jusque dans sa splendide bouche violette et se retrouvait instantanément là d'où il était parti, écoutant sa voix plate, sans inflexions, dire mot après mot des mots qu'il ne parvenait pas vraiment à discerner – comme une longue et morne suite de néant.

Le chaud et froid d'un sommeil ivre le recouvrait des pieds à la tête, traversé périodiquement par la lente prise de conscience de tout ce qu'il avait dit et fait la nuit précédente. Il n'avait quand même pas pu aller vraiment *dans la maison* de cette journaliste, si ? Lui, le reporter jonglant avec les professionnels, l'artiste des clairs-obscurs qu'il faisait miroiter, puis retirait sans cesse, promesses de secrets sexy, et de mensonges encore plus sexy, ne pouvait décemment pas être allé chez une journaliste pour lui étaler sur le tapis, gratuitement, sans aucun deal, des histoires assez sombres pour tuer une demi-douzaine de carrières, la sienne y compris. Pas lui. Il était le maître de la bouche cousue, il pouvait pratiquement compter sur deux doigts le nombre de gens de cette ville qui connaissaient son nom en entier. Le pouvoir de retenir. C'était ce que chaque femme intelligente lui avait appris, et même les pas si malignes que ça, aussi, par leur mauvais exemple. Si vous donnez quelque chose, vous pouvez aussi bien tout donner.

Pourtant, plus il reprenait ses esprits et parvenait à distinguer ses souvenirs de la frénésie de ses rêves – les choses qu'il avait dites des choses qu'il avait seulement *pensées* tout en disant autre chose –, plus il devait faire face à l'affreuse vérité.

Il en avait beaucoup trop dit à miss Frannie Adair. Et il allait devoir arranger ça, et vite.

Il ne trouvait personne d'autre à blâmer pour ça, hormis ces deux femmes si dures avec lui ces derniers jours – Iolene et Midge, l'accablant de tout le poids du monde, lui qui dépendait tant de sa légèreté, sans cesse en mouvement, jamais immobile.

Quand le soleil finit par ramper sous ses volets, Hop, à moitié réveillé, oublia tout pendant une seconde, excepté une brève vague de plaisir devant l'image scintillante des jambes café au lait d'Iolene. Mais cette image ne s'éveilla pas avec lui, elle s'installa dans son corps, ses os et ses articulations, fouina un instant, puis disparut. Remplacée par le souvenir convulsif des cris de Midge. Ça le réveilla pour de bon. Son réveil marquait 7:30. Il fallait qu'il se débarrasse de ce qui obscurcissait sa tête. Il fallait qu'il sorte du lit. On était samedi, non ? Oui. Dieu merci.

Dix minutes plus tard, il avait réussi à atteindre la salle de bains, la douche à pression réglable, puis l'armoire à pharmacie pour débarrasser son visage d'une nuit de mauvaise vie. Tandis que la buée du miroir s'évaporait peu à peu et que la mousse à raser disparaissait pour révéler son visage radieux, radieux pour toujours, il commença à penser correctement pour la première fois depuis douze heures. Pendant une seconde au moins. Puis : cette satanée femme, comme une petite fille arrachant les pattes d'un insecte, une par une. D'abord elle lui pique son meilleur ami, puis elle le met dans un tel état qu'il va étaler ses tripes devant un mégaphone professionnel.

Et qui était cette Iolene, après tout ? Bon Dieu, il connaissait à peine cette fille et elle avait réussi à balancer sa vie dans une espèce de labyrinthe de miroirs déments, en quelques jours à peine. Elle avait ouvert le robinet d'un minuscule réservoir de culpabilité, de sympathie, d'autre chose, et maintenant il ne pouvait plus le refermer. Iolene.

Pourtant...

Le fait est, Hop, que tu as merdé. Faut que tu l'admettes : tu ne peux t'en prendre qu'à toi-même. Faut arranger ça.

D'abord, Frannie Adair. Que sait-elle exactement, et qu'a-t-elle l'intention de faire avec ?

« Salle de rédaction.

– Frannie Adair est là ?

– Pas encore, mon pote. Rappelez plus tard.

– Elle vient aujourd'hui ?

– Elle viendra pointer. Elle doit aller au tribunal aujourd'hui. Dites, vous êtes qui ? »

Okay. Okay.

Il se fit du café et s'habilla.

Tout en buvant une tasse, bouillante et tonifiante, il réfléchissait dur.

Okay, je suis Frannie Adair, jeune reporter prête à tout pour prouver ma valeur. Qu'est-ce que je sais ? Je sais que Jean Spangler a rencontré des superstars, Sutton et Merrel, la nuit où elle a disparu. Je sais qu'ils essayaient de se faire une fête avec elle. C'est tout.

Qu'est-ce que je ne sais pas ?

Il réfléchit à ça. Il n'avait jamais dit à Frannie où Jean Spangler et les autres étaient allés après avoir quitté le Eight Ball. Le nom « Red Lily » n'avait jamais franchi ses lèvres, il en était sûr. Il n'avait jamais dit non plus qui était là, sauf qu'il y avait une autre fille avec laquelle il était lui-même parti. Elle ne sait pas qui était cette fille (et, évidemment, lui non plus ne le sait pas). Il n'a jamais rien dit à la police sur cette histoire, sur ses mensonges, demi-mensonges, et tout ce qu'il pouvait utiliser d'autre parce que, soyons honnêtes, il avait utilisé tout ce qu'il avait.

Donc, si je suis Frannie, se dit-il, et que je suis aussi futé qu'elle pourrait bien l'être, qu'est-ce que je fais de ce que je sais ? Je ne vais pas directement voir les gens de Sutton et Merrel. Je travaille plutôt les angles, les courbes, les recoins. Je travaille les flics sur la manière dont ils ont raté la virée nocturne de Spangler. Je travaille sur le Eight Ball. Je travaille sur moi, Hop. Bonne chance à toi, là, Frannie Adair. La nuit dernière tu as eu de moi le meilleur morceau que tu auras jamais.

Il décida d'appeler le manager de Sutton et Merrel, Tony Lamont. Hop l'avait rencontré une demi-douzaine de fois, avait occasionnellement bu des verres avec lui. Un type sympa. Très discret. Pas le genre à se mettre en rogne.

« Écoute, Tony, il y a une journaliste qui fouine autour d'une vieille histoire de personne portée disparue. Une, euh, certaine Jean Spangler. Elle essaie d'en sortir une histoire.

– Qu'est-ce que ça a à voir avec moi ?

– Rien, et il faudrait que ça reste comme ça.

– Tu veux me mettre au courant ?

– Tu sais, Tony. Jean Spangler. » Il savait que Tony se souvenait. Ils avaient échangé pas mal de coups de fil la semaine suivant sa disparition.

Tony se tut un moment. Puis : « Tu la joues extrêmement prudent, ou est-ce qu'il y a une raison valable pour que je commence à me mettre à l'abri de la pluie ?

– Nan, nan. C'est juste que cette journaliste a découvert, je ne sais pas comment, que Spangler était au Eight Ball cette nuit-là. Si elle parle à des employés là-bas, tes garçons pourraient apparaître. Tu vois ce que je veux dire ?

– Elle n'a pas encore parlé à qui que ce soit là-bas ? »

Hop pouvait presque entendre les rouages tourner, s'entrechoquer, accélérer dans la tête de Lamont.

« Je ne pense pas. »

Il y eut un clic à l'autre bout de la ligne.

Trois minutes plus tard, son téléphone sonna :

« Hop ?

– Ouais.

– Problème résolu. J'ai renégocié certains arrangements, si tu veux. Nos garçons ne sont jamais allés au Eight Ball cette nuit-là. Ni aucun autre soir. Personne ne se souvient de les avoir jamais vus là-bas. Ni d'avoir vu qui que ce soit d'autre, jamais.

– C'est étonnant que cette turne continue à faire du business.

– N'est-ce pas ? À qui d'autre devons-nous rappeler qu'il n'y a rien à se rappeler ?

– Je vais travailler un peu sur ça.

– Putain, ouais. Je ne peux pas continuer à faire ton boulot à ta place, Houdini. C'est pas pour ça que ton studio te paye grassement ? » Il rigolait, maintenant.

« Juste au cas où, où étaient Marv et Gene cette nuit-là ?

– Ils étaient avec leurs femmes à un spectacle, suivi d'un souper tardif chez Chasen's, et, pour finir, un dernier verre chez moi, avec ma femme et sa sœur. Tu peux demander à Freddie Condon, le maître d'hôtel, Tino, le chef de rang qui les a servis, Loretta, la fille du vestiaire à qui ils ont filé 25 dollars de pourboire, Georges Thomas, leur chauffeur, qui les a déposés chez eux à 2 h 30 du matin, heure à laquelle Jessie et Iris, leurs domestiques respectives, les ont accueillis et bordés dans leurs petits lits douillets juste avant 3 heures. »

Hop sourit. « Joli. Tu pourrais pas t'occuper de ma vie, chéri ?

– Certains défis sont trop durs à relever, mon ami. »

Après avoir raccroché, Hop marqua un temps d'arrêt. Comme Tony était rapide pour fabriquer une histoire... À propos d'une nuit remontant deux ans en arrière. Et comme il avait dû en sentir l'urgence. Était-ce un alibi qu'ils avaient déjà préparé, sachant qu'un jour on allait peut-être leur demander des comptes sur cette nuit ? Ou était-ce juste une excuse toute faite parce que des circonstances comme celles-là étaient si abondantes, comme du rouge à lèvres sur leurs oreillers ? Combien de nuits perdues dans des gargotes puant la bière avec des entraîneuses prédisposées, ou pliables, ou qu'on faisait plier ? Peut-être des centaines.

Il haussa les épaules. Moi aussi, je fais mon beurre avec ça, après tout. Balançant des draps pour planquer les polissonneries des vedettes. S'ils n'avaient pas perdu leurs nuits dans des boîtes puant la bière avec des filles comme ça, il n'aurait plus de boulot. Ou serait encore en train d'écrire sur les conseils de Susan Hayward pour les jeunes mariées.

Mais une pensée ne cessait de revenir : Lamont n'avait même pas eu l'air surpris.

Il n'existait que quelques possibilités. Soit ces mecs faisaient des trucs comme ça tout le temps, soit ils en savaient un peu, ou beaucoup, sur ce qui était arrivé à Jean Spangler. Ou alors, ils ne savaient rien, mais ils ne voulaient pas voir leurs égarements conjugaux étalés dans la presse. C'était forcément ça, bien évidemment. Bon Dieu, Hop, arrête avec tes divagations sinistres.

Donc, si Frannie Adair se retrouvait dans une impasse dure comme le roc avec Sutton et Merrel, où pourrait-elle avoir plus de chance ? Il se versa une dernière tasse de café et regarda les bleuets sur la cafetière. Il se souvint, comme un flash, des nombreuses fois où Midge tournait et virait dans la cuisine dans une chemise de nuit en mousseline de soie fuchsia, ou en robe longue soyeuse, ou dans sa robe de chambre chartreuse, inclinant ou faisant tourner cette cafetière, faisant peut-être cliqueter ses ongles sur la céramique, essayant d'attirer son attention. Probablement plus d'une fois, elle avait soudain posé violemment la cafetière devant lui tout en sifflant, comme un serpent (ou en gémissant, tout doucement – c'était vrai aussi) : « Fils de pute » ou « Pauvre minable ». Toujours à cause des femmes, des filles, de la fille, de cette femme.

Mais bon Dieu, qu'est-ce qu'il était supposé faire pour s'en sortir quand elles étaient là, tout jasmin et peau étincelante, avec comme une aura de douce rosée suspendue au-dessus d'elles, faisant miroiter leurs visages, leurs mains, leurs poignets, le rose foncé derrière leurs oreilles nacrées ? Bon Dieu, un peu de sérieux. Qui aurait pu vraiment lui en vouloir, avec la manière dont elles se penchaient vers lui, dégageant une telle chaleur accueillante, un four à charbon en plein hiver, et leur souffle tendre et laiteux sur son visage quand elles se serraient contre lui pour lui montrer où poser son chapeau, son manteau, son quoi que ce soit pendant qu'il attendait ?

Vraiment, si elles portaient ces chemisiers à pinces si ajustés dans ces jupes longues enserrant leur cul en forme de cœur, des jupes si serrées qu'elles tournaient quand elles marchaient, faisant claquer leurs hauts talons dans les couloirs, pleinement conscientes – et *intentionnellement* – qu'il les regardait, même si son visage ne trahissait rien, pas l'esquisse d'un tic, ni la moindre trace de salive sur ses lèvres décidées à ne pas frémir. Ce n'était pas lui qui était *bizarre*, si plein de désir ou si insatiable. C'était elles qui s'emballaient avec une telle effronterie pour avoir le plus de chien, pour lui tout seul, vraiment, même si elles ne l'avaient pas encore rencontré le matin même quand elles se glissaient dans leurs traîtres bas arachnéens, même si elles n'avaient pas su pourquoi elles avaient resserré les coutures de leurs chemisiers pour qu'ils tombent parfaitement sur leurs seins qui attendaient, attendaient...

Bon Dieu ! Bon Dieu, personnifiait-il vraiment un tel cliché ? À dire vrai, parfois sa propre personne l'ennuyait.

Et, s'il y pensait, même en essayant de ne pas le faire, des tas de choses – et pas seulement Midge – pouvaient lui être directement reprochées à lui, et sa foutue manie de toujours gratter, fouiner, chercher la faille. C'est quoi, la faille ? Où est la faille ? Comment est-ce que j'obtiens l'histoire, le truc délictueux, la bouche cousue, la fille ?

Et puis il y avait Iolene aussi, et le mystère selon son angle, ses failles. Celle qui s'était échappée, de l'air qui lui filait entre les doigts. Et s'il ne lui avait pas tourné autour comme un gamin en rut, il ne serait jamais parti avec elle et Jean cette nuit-là.

Mais du coup, il n'aurait jamais eu le reste non plus... le boulot éclatant, avec toutes ses récompenses, et ses riches promesses. Un jour, un jour s'il était patient, qu'il bossait dur, qu'il bousculait un peu les choses, sortait son grand sourire et jouait de son bagout, on lui offrirait les clés du royaume, et il serait ravi de les prendre.

Donc, quelque part, son propre désir irrésistible l'emprisonnait et le libérait à la fois – mais n'était-ce pas toujours le cas ?

« Salle de rédaction.

– Frannie Adair est arrivée ?

– Adair ! »

Une pause, puis :

« Ici Adair, chantonna sa voix.

– Je suis rouge de honte, mademoiselle Adair.

– Oh, mais c'est mon Roméo de minuit !

– Tu reconnais déjà ma voix ?

– Tu fais assez forte impression.

– Je promets de ne pas faire une habitude de ces confessions de coulisses d'hier soir. » C'est ça. Reste léger, tranquille.

« Tu aurais du mal à faire mieux que celles-là. Sauf si tu voulais partager ton scoop sur l'assassin de William Desmond Taylor[1]. Mais tu ne pourrais pas avoir traîné dans ces eaux-là. Tu étais encore en culottes courtes. »

Hop rit, essayant de lire en elle, le cœur battant si fort qu'il était certain qu'elle pouvait l'entendre. « J'ai débandé. Suffit que je boive quelques verres, et, soudain, je m'imagine que je suis monsieur Hollywood.

– Exact, dit-elle, et il savait qu'elle essayait de lire en lui, elle aussi. Alors, est-ce que tu as eu des nouvelles de ton amie qui avait peur ? Comment elle s'appelle, déjà ?

– Mae West, dit-il, sans tomber dans le panneau.

– Allons, donne donc une chance à une pauvre journaliste.

– Je serai toujours à ton service, Frannie, dit-il. Okay, écoute bien. Scoop. Voilà un tuyau : la comédienne condamnée, Mabel Normand, avait bien descendu William Desmond Taylor. Les rumeurs étaient totalement vraies.

– Rabat-joie.

---

1. Réalisateur assassiné en 1922. Affaire jamais élucidée, à l'origine d'une certaine presse hollywoodienne à scandale.

– Oh, Frannie, ma Frannie, c'est déjà "Sésame, ferme-toi !" Ce fut bref mais intense. À moins que je ne trébuche sur une bouteille de bourbon, et que je me sente à nouveau horriblement sentimental. Mais je ne suis pas un mec sentimental de nature.

– Je parie que tu dis ça à toutes les filles chez qui tu débarques au beau milieu de la nuit.

– Peut-être, mais, en général, pour ça j'obtiens le privilège de dormir sur place. » Pourquoi dépensait-il tant d'énergie dans ce ping-pong verbal ? Reprends-toi, Hop.

Bats-toi pour tes propres décisions, bon sang. « Bon, en fait, tout cela n'était qu'un mélange de rumeurs, spéculations, et de culpabilité mal placée. Désolé de t'avoir ennuyée avec tout ça.

– Mais de rien. Reviens quand tu veux. »

Assis là, Hop essayait de penser à ce qu'il allait faire après. Rien qu'une nuit, et maintenant on allait le pendre pour ça ? Il entendait encore Bix Noonan au téléphone, cet infortuné attaché de presse qui avait la charge de Sutton et Merrel, la voix tendue comme une corde de piano.

« Si Marv et Gene se font interroger sur ce truc, Hop, je suis plus mort que la banlieue de Pomona un samedi soir.

– Je ne dis rien. Tu ne dis rien. Ils ne disent rien.

– Et cette fille de couleur ?

– Je peux lui causer.

– Et la fille avec qui tu es parti ?

– Bah... elle n'a rien vu et, de toute façon, elle était trop saoule pour remarquer quoi que ce soit.

– Hop, faut faire quelque chose. Les flics...

– Comment est-ce qu'ils pourraient bien recoller les morceaux ?

– On ne sait jamais. C'est des flics.

– Exactement.

– Hop, on ne sait pas ce qu'ils ont fait avec elle. Je suis parti une heure après notre arrivée au Lily. Elle était toujours là-dedans avec eux.

– J'ai des amis dans la police. Si jamais quelque chose émerge, je verrai quelle piste ils suivent. »

Et c'est exactement ce qu'il avait fait. Son angle d'approche lui vint assez rapidement. Quand les flics avaient trouvé le sac de Jean Spangler dans Griffith Park, le message qu'il renfermait donnait vraiment l'impression d'une fille qui allait se faire avorter : *Kirk, je ne peux pas attendre davantage, je vais voir le Dr Scott. Ce sera bien mieux comme ça, pendant que ma mère est absente.*

Hop n'aurait pas pu en écrire un meilleur lui-même. Donc, pourquoi ne pas abonder dans cette direction ? Et la faire disparaître le plus vite possible du studio, du Eight Ball, et, surtout, des abords de Sutton et Merrel ? Il s'était rendu au studio, et Bix et lui avaient enlevé son nom des feuilles de présence pour la nuit en question. Pas de tournage de nuit du tout. Désolé, elle avait menti à sa belle-sœur. Ne devait pas vouloir que sa famille sache. Bix et lui avaient fermé toutes les portes, balancé un peu de fric de-ci de-là.

Et Hop avait appelé le LAPD lui-même.

« J'ai vu les articles sur Jean Spangler dans les journaux. J'ai quelques informations. Je ne sais pas bien si ça pourrait vous aider.

– Vous avez quoi ?

– Je l'ai vue vendredi soir.

– Vraiment ? Okay, mon pote. Il ne reste plus que ma vieille tante Gertie à ne pas l'avoir vue.

– Plein d'appels de cinglés, hein, c'est ça ?

– Vous pouvez même pas en imaginer la moitié. Laissez-moi deviner. Les toilettes pour hommes à la gare centrale, la troisième chiotte en partant de la gauche, elle vous attendait là ?

– Je n'ai pas eu cette chance. Écoutez, je sais que vous en avez plein les oreilles, sergent, mais mon info est valable. Je suis reporter pour le magazine *Cinestar*. J'avais déjà rencontré Jean au studio. Et vendredi soir, je suis tombé sur elle au Cheesebox. »

Donc Hop avait dit qu'il avait reconnu Jean à cause de ses yeux verts et de ses jambes mortelles. Elle attendait dans une cabine téléphonique, et elle avait semblé se souvenir de lui. Ils avaient bavardé quelques minutes pendant qu'elle attendait un appel. Elle avait l'air un peu affolée. Et puis le téléphone avait sonné. Elle s'était excusée pour répondre. Étant poli, il lui avait dit au revoir. Le temps qu'il s'installe dans sa voiture un peu plus loin dans la rue, et qu'il revienne vers elle, elle était sortie de la cabine. Elle lui avait fait signe de la main, comme si elle voulait qu'il s'arrête. Il avait garé sa voiture le long du trottoir et elle s'était approchée. Elle semblait soulagée. « Désolée pour tout à l'heure, elle avait dit. Tout va bien maintenant. » Il pensait qu'on lui avait posé un lapin, et que finalement son rendez-vous l'avait appelée. « Je peux vous déposer quelque part ? » Il avait demandé. « Non, quelqu'un me prend. Il sera là dans une minute », elle avait répliqué, en souriant – magnifiquement.

« Me prend ? avait souligné le sergent. Elle a dit "me prend" ?

– C'est ça qu'elle a dit, oui. Je m'en souviens parce que j'ai pensé que c'était une manière bizarre de s'exprimer. Mais vous connaissez les actrices...

– Oh, oui, j'en connais des tonnes !

– Donc j'ai dit : "Et où est-ce qu'il emmène une jolie fille comme vous ? Un endroit chic, j'espère." Et elle a arrêté de sourire."Pas si chic, mais ce sera terminé avant même que je ne m'en aperçoive", elle a dit. Je lui ai dit qu'elle me faisait penser à ma femme.

– Pourquoi elle vous a dit ça, mon pote ? Vous êtes père confesseur, ou quoi ?

– C'était comme si elle pouvait pas s'en empêcher. Elle était très nerveuse et il fallait qu'elle le dise à quelqu'un.

– Et elle le dit à un reporter ?

– Je ne suis pas ce genre de reporter. J'explique aux ménagères quelle crème démaquillante utilise Linda Darnell.

– Et quelle crème est-ce qu'elle utilise ?

– Oh, vous, vous êtes un comique, hein ?

– Hé, demain c'est l'anniversaire de ma femme. »

Se remémorant tout ça maintenant, se souvenant de tout son travail, Hop se dit que la personne à qui parler, c'était Bix Noonan. Bix pouvait l'aider à démêler quelques trucs. Confirmer ses souvenirs, l'aider à les raccorder avec l'histoire échevelée d'Iolene.

Il appela Bix et lui demanda s'ils pouvaient se retrouver pour boire un café. Quand Hop avait été engagé par le studio, Bix avait été rétrogradé et avait rejoint un autre studio, réduit à balancer des communiqués de presse. Hop se sentait assez mal à cause de ça, mais tout mec qui avait besoin d'autant d'aide pour faire son job n'avait pas l'estomac requis pour ce business.

Tout en conduisant, Hop souffrait grandement d'une sorte de réflexion introspective, chose dont il n'avait fait qu'entendre parler jusqu'ici. Bien évidemment, il avait aidé à effacer des traces. Parce que oui, aider Bix allait l'aider, lui, à aller tellement plus loin. Et deux semaines plus tard, il avait reçu l'appel du chef de la communication. « Nous avons beaucoup entendu parler de vous. Nous apprécions votre style. Nous aimerions que vous rejoigniez notre petite écurie. Est-ce que cela vous plairait, monsieur Hopkins ? » Oui, m'sieur, ça lui plairait. Il était très reconnaissant à *Cinestar*, il aimait son job, mais est-ce qu'il allait vraiment passer encore trois, cinq, dix ans à courir après les acteurs pendant qu'ils essayaient de chasser la dinde dans leurs ranches de cinq cents acres dans la mortelle Chatsworth ? Ils étaient tous pareils, tous autant qu'ils étaient, des filles anxieuses et des mecs vantards, des garçons au visage de plastique et des salopes de haut vol, cachant tous les sagas personnelles d'une misère abjecte dans des appartements sans eau chaude, ou l'ennui abject de petits patelins et de petites villes sur toute la surface du pays. Aucun d'eux n'avait jamais lu un livre ni même eu une pensée. Quand on les laissait se débrouiller tout seuls, ils buvaient trop et racontaient à Hop des histoires de maîtres-nageurs les caressant, de viols collectifs par l'équipe de football, d'avortements matés aux bains d'acide, de mères les brûlant avec des fers à friser, de pères les fouettant avec leurs ceinturons...

La plupart du temps, néanmoins, on ne les laissait pas se débrouiller seuls. Au contraire. L'attaché de presse – parfois ils étaient deux – s'asseyait juste à côté de l'acteur ou de l'actrice, nuançant les réponses, faisant des corrections, riant très fort pour masquer les gros mots ou les mauvaises tournures. Ces mecs fascinaient Hop. Quel genre d'hommes obtenaient ce boulot ? Protéger la forteresse, garder les portes. Et si mauvais dans tout ça. Si transparents. Et si peu subtils que même un reporter de *Cinestar* ne pouvait que rouler des yeux, et prendre le communiqué de presse à la place. Pourquoi écrire l'interview, pourquoi essayer de les cajoler pour tirer des réponses intéressantes de cette andouille de péquenaud d'acteur, ou de cette actrice qui fait éclater ses bulles de chewing-gum en montrant ses jarretelles, alors qu'il n'avait qu'à prendre un exemplaire de leur dossier de presse et aller se cuiter ?

Mais il y avait aussi les gros poissons, surtout les meilleurs d'entre eux, ceux comme Howard Strickling ou Eddie Mannix chez MGM, ou Harry Brand à la Fox – les mecs si bons dans ce qu'ils faisaient qu'ils ne s'occupaient plus de la pub, ne poursuivaient plus non plus les chroniqueuses de potins, et ne se salissaient plus les mains avec des communiqués de presse. Leur travail ne consistait plus à obtenir de la publicité. Il s'agissait plutôt de recueillir des secrets et d'ériger, autour, une forteresse en acier blindé. Il avait connu des mecs comme ça à Syracuse, où son papa était plombier pour la municipalité. Syndicaliste pur et dur, le p'pa était toujours en première ligne, se battant contre la municipalité, les hommes du maire, les combinards aux dents étincelantes. Les combinards qui s'occupaient de tout.

Ils avaient rendu son père malade chaque jour pendant quarante-deux ans, jusqu'à ce qu'un plafond lui tombe dessus sur un chantier, quand Hop était à l'étranger.

Il retrouva Bix dans un coffee-shop quelconque sur La Cienega.

« T'as une raison précise pour choisir un trou comme ça ? Que j'bosse avenue de la Pauvreté ne veut pas dire que je peux pas me payer un sandwich corned-beef au Derby. »

Hop avait du mal à savoir si Bix plaisantait ou pas, et il décida de ne pas chercher à savoir.

« Tout va bien, mon chou, c'est juste que je veux pas que qui que ce soit nous entende, tu piges ?

– Je suis pas branché sur les garçons, si c'est là que tu veux en venir. Même ceux qui sont aussi mignons que toi.

– Mince, mon premier plan s'effondre, lança Hop en souriant, faisant tourner la crème dans son café. Okay. Plan B. Écoute, tu te souviens de cette nuit-là... ? »

Bix le regarda. « Tu parles de la nuit qui t'a installé dans mon studio comme pute numéro 1 et qui m'a transformé en mendiant d'articles pour des stars aussi glorieuses que Regis Toomey[1] ?

– Oui, c'est bien celle-là, répondit Hop du tac au tac, devinant que la sympathie n'était pas un choix avisé avec un type aussi amer.

– Et alors quoi, sur cette nuit-là ? dit Bix, les épaules redressées, les mains en coupe autour du sucrier.

– Ils n'ont jamais retrouvé cette fille, tu le sais.

– Je sais. Tu as fait du bon boulot, mon ami.

– Qu'est-ce que tu veux dire ? fit Hop, sentant un fourmillement gagner son visage. C'est pas ma faute s'ils ne l'ont pas

1. Regis Toomey (1898-1991) : voué aux petits rôles dans 200 films, il se tourna vers la télévision où il joua des rôles importants dans des séries jusqu'à plus de 80 ans.

retrouvée. Tout ce que j'ai fait, c'est les empêcher de trouver nos garçons.

– Raconte-le toi comme tu veux, Hopkins, dit Bix en relâchant ses épaules, même si ses mains continuaient à tripoter le sucrier. Et alors, cette soirée ?

– J'y repensais récemment. Je suis tombé sur cette fille de couleur qui était avec nous cette nuit-là, Iolene. Elle m'y a fait repenser.

– Qu'est-ce que ç'a à voir avec moi, Hopkins ? Allons...

– Quand tu es parti, qu'est-ce qui se passait, en fait ? »

Bix s'enfonça dans la banquette du box, en souriant. « Alors, on s'est découvert une conscience, d'un coup ?

– Ne cédons pas à l'hystérie.

– Et pourquoi je devrais fouiller dans ma cervelle pour toi ? Pour que tu te sentes mieux ? »

Hop haussa les épaules. « Et si je parlais de toi ? Tu sais. Chez les gros requins. »

Bix le scruta avec violence, le dégoût se mélangeant avec une espèce de faim que Hop connaissait bien.

Au bout d'une minute, il se pencha en avant et eut un haussement d'épaules. « J'ai aucune fierté, sinon j'serais pas dans cette ville, pas vrai ?

– Hé, moi pareil, j'en suis sûr, dit Hop, essayant à nouveau la camaraderie.

– Okay, okay. Mais faut que tu les appelles maintenant. Je l'ouvre pas tant que je t'aurais pas vu faire.

– On est samedi.

– Et depuis quand ça change quelque chose ? Surtout pour un gros bonnet comme toi. »

Hop leva les deux mains comme s'il se rendait. Tandis que Bix le surveillait, visage de marbre, il se glissa hors du box et s'avança jusqu'à la cabine téléphonique dans le coin de la salle.

Il composa le numéro personnel de la secrétaire du chef de la communication, Lil. Tout en attendant qu'elle réponde, il secouait la tête. Bix devait être sacrément éloigné des pontes pour penser que Hop pourrait avoir ses patrons au téléphone un samedi pour leur demander une faveur.

« Allô ?

– Salut, c'est moi.

– Bon sang, Hoppy, j'ai un rencard dans une heure et je ne peux pas…

– C'est rien. Laisse-moi juste te parler pendant une minute. Tu piges ?

– Non, mais depuis quand est-ce que ça vous arrête ?

– Je veux vous parler d'un type vraiment bien. » Hop éleva fortement la voix. Bix leva le nez, plissant les yeux.

« Peu importe, je sors avec qui je décide, dit Lil. Et je ne fais pas de faveurs aux gens du service de presse. J'ai appris comment ça marchait la première semaine où j'ai bossé. Ils vous demandent d'aller dans l'appartement d'un acteur et, le jour suivant, quand ils décident de ne pas signer le type, vous n'obtenez même pas le bonus promis.

– Oui, monsieur, il travaillait pour nous et il fait du très bon boulot chez Monogram et on devrait le réengager, dit Hop.

– Oh, je comprends ! dit enfin Lil. Vous ne pouvez pas juste faire semblant de téléphoner pour ça ? Pourquoi faut-il que vous gâchiez mon samedi ? D'abord Mr. Solomon m'appelle parce qu'il vous cherche partout, et…

– Il a appelé ? » laissa échapper Hop, puis, baissant la voix, il demanda : « Qu'est-ce qu'il voulait ?

– Faut que vous le rappeliez.

– Magnifique. Donc, on en reparlera quand vous reviendrez en ville. Je vois de grandes possibilités pour ce monsieur. De grandes choses.

– Je vais raccrocher maintenant.

– Passez un bon week-end aussi. » Hop raccrocha et revint à leur table, d'un pas désinvolte.

« Ils sont vraiment très excités, Bix, dit-il avec un sourire triomphant. Toujours avides de ramener le fabuleux poisson qui s'est échappé.

– Quand est-ce que tu sauras si c'est vraiment sûr ? demanda Bix, plissant toujours les yeux.

– Bah, dans une semaine ou deux, maxi. Ils vont faire un tour de table à la fin du mois pour d'éventuelles embauches. Ils vont se débarrasser d'un peu de bois mort, de quelques gars que je passe mon temps à traîner.

– Mmh.

– En moins de temps que tu ne le crois, tu vas sortir du cimetière et regagner le palais, mon pote. »

Les yeux de Bix commençaient à luire. Hop n'arrivait pas à le croire. Ce mec était le type le plus facile à berner de la terre.

« Maintenant, à toi, mon pote », dit-il.

Finalement Bix se détendit et prit même une gorgée de café en faisant claquer sa langue.

« Ces mecs, c'étaient comme des bombes à retardement. Il fallait sans arrêt que je nettoie leur bordel. »

Hop feignit d'être surpris.

« C'était pour ça que j'étais là-bas cette nuit-là, dit Bix, en croisant le regard de Hop. J'étais censé leur éviter de se créer des ennuis. Je pense que tu le savais, non ?

– Quel genre d'ennuis ?

– Quel genre ? »

Bix regarda autour d'eux d'un air anxieux. « Faut que je le dise, hein ? Des trucs bizarres, Hopkins. Et pas seulement l'aiguille et la pipe à op.

– Non ?

– Non. » Il baissa encore un peu plus la voix : « Merrel louait une maison près de Seal Beach. Un jour, cet enfoiré m'appelle et me dit d'y aller pour ramasser des cartons qui avaient été expédiés là-bas par erreur depuis sa maison de la côte est.

– Et ?

– Au début, je trouvais pas les cartons. Je suis même allé dans la cave à vins.

– Et alors ?

– Pas de vin dedans. Mais j'ai trouvé une fille attachée à une chaise. » Il attendait la réaction de Hop. Hop était trop occupé à réfléchir, frénétiquement, pour lui accorder une bouche bée.

« Et elle était vivante ? demanda Hop soudain affolé.

– Oui... dit Bix en le regardant d'un air un peu bizarre. Mais en piteux état. Je l'ai détachée, transportée jusqu'en haut. Et quand elle est revenue à elle, elle m'a dit que Merrel l'avait laissée comme ça pendant presque quarante-huit heures.

– Putain. Tu penses que c'est ce qui est arrivé à Jean Spangler ? »

Bix releva les épaules et détourna la tête. « Je ne suis pas un vrai fils de pute. J'ai passé un coup de fil anonyme aux flics sur cette maison. Je ne sais pas s'ils y sont allés. »

Crétin, songea Hop. À quoi ça sert un coup de fil anonyme ? Tout le monde pouvait deviner que c'était toi, non ? Ou tu couvres tes traces, ou tu ne joues pas au héros, connard.

« T'es un brave mec, Bix.

– En fait, oui.

– Et donc, quand tu es resté ce soir-là après mon départ, t'as essayé de te faire Iolene ? » Hop ne savait pas pourquoi il avait demandé ça. C'était sorti tout seul.

Bix souleva les sourcils. « Si j'avais pensé avoir une chance... mais je connais bien mes limites.

– Alors pourquoi tu es resté ? Parce que ça t'excitait ?

– Bien sûr. Tu sais bien, et... » Il mordit une bouchée de son sandwich et regarda dehors. « Et tu comprends, je ne voulais pas la laisser seule avec eux. Je veux dire, la petite Spangler semblait prête à y aller, mais pas l'autre. Et, eh bien... » Il regarda Hop. « Ces types paraissaient être du genre... pas de limites pour terroriser les filles. Tu piges ? »

Hop le regarda. « Ouais. » Il sentait quelque chose tressauter sous la peau de son sourcil. Cela ne l'avait pas frappé jusqu'ici, mais une des raisons d'Iolene pour vouloir qu'il reste avec elle avait à voir avec le fait d'être une fille de couleur, seule avec ces hommes. S'ils faisaient ce genre de choses à des Blanches, alors... Hop sentit immédiatement quelque chose s'échapper de lui, quelque chose qu'il croyait savoir de lui-même. Bix Noonan, va te faire foutre. Comment peux-tu être un tel connard et pourtant être un mec meilleur que moi ?

Bix but une autre gorgée, lui aussi perdu dans ses pensées. « Bon Dieu, qu'est-ce que tu crois qu'ils ont fait à la môme Spangler ?

– J'en sais rien, mon gars. J'en sais vraiment rien. »

Dix minutes plus tard, Hop s'enfonçait chez Scraft's pour utiliser leur téléphone.

« Ah, voilà mon brillant poulain. J'ai essayé de te joindre toute la matinée. »

C'était le patron, Solly. Celui qui lui avait donné l'ordre de ramener Barbara Payton dans l'écurie. Hop sentait battre son sang, gonflant ses veines sous sa peau.

« Je suis désolé, monsieur Solomon. Des problèmes personnels.

– Ah, avec ta casse-couilles.

– Vous êtes très perspicace. » Hop était surpris que Solly sache pour Midge. Des trucs comme ça se répandaient comme... eh bien, comme des trucs comme ça.

« Tu devrais t'estimer heureux qu'elle soit partie, mon gars, dit-il avec son imitation brevetée du paternalisme, entièrement travaillée en regardant des films d'Andy Hardy. De plus, depuis qu'elle a décampé, regarde toutes les pierres précieuses que tu as polies pour nous.

– Je fais de mon mieux.

– L'autre jour, quand je t'ai demandé de travailler cette petite fille facile – la môme Payton –, vraiment, je te jure, mon garçon, que je pensais que t'avais pas une chance. Les filles comme ça ne se calment pas facilement.

– Eh bien, c'est pas de sa faute si elle n'arrive pas à être si différente des autres. Mais je ne suis pas certain de l'avoir convaincue. Seul le temps dira...

– Le temps a parlé, petit futé ! Je pensais que tu savais. Quel attaché de presse pourri tu es pour ne pas commencer ta journée en lisant la chronique de Louella, même un samedi ! »

Hop étendit le bras le plus possible hors de la cabine téléphonique vers le comptoir de la boutique, saisit un exemplaire du journal et tourna la page pour arriver à la colonne de Louella Parsons.

« Eh ben, ça alors », dit-il, la jouant cool, mais dansant la gigue à l'intérieur.

Le titre annonçait : « Barbara Payton aux anges : noces annoncées avec Tone dans le Midwest. » Apparemment, Barbara Payton avait sauté dans le train pour le Minnesota avec Franchot Tone, seulement quelques minutes après le communiqué de presse plein d'espoir (c'est-à-dire prématuré) et ensoleillé de Hop, qui faisait allusion à une telle éventualité. Juste quelques minutes avant toutes les éditorialistes au cœur tendre que Hop avait rencardées, en priant pour que ça marche. Et tout le reste aussi, y compris le reporter attaché au studio que Hop avait envoyé de son propre chef couvrir l'événement de détails flagorneurs.

En vérité, même s'il aimait beaucoup Barbara, il commençait à se lasser de ce genre de filles. Les petites pouliches pleines de démangeaisons, toujours prêtes à foncer sur une barrière, un arbre, n'importe quoi. Barbara Payton, bordel, elle était tout en bouche et en nichons, et il en avait fréquenté assez, des comme elle, pour savoir qu'aucune quantité de « potentiel » au monde ne pouvait la sauver de son immortel désir de se détruire elle-même. Dans cinq ans, peut-être moins, il savait qu'il y aurait des veines cramoisies et arachnéennes sur ce visage de lait, et deux poignées de trop ou de trop peu sur ces hanches d'ivoire aujourd'hui, qui seraient gris cendre. Ce genre de fille se laissait toujours aller, vous pouviez presque l'entendre comme un serpent à sonnette à chaque fois qu'elle secouait sa brillante chevelure.

Jean Spangler était-elle de celles-là ? Ou le serait-elle devenue si elle avait eu un petit peu plus de succès, un petit peu moins de poussière d'étoiles dans ces yeux excessifs ? Il n'en était pas sûr. Il était simplement heureux qu'une bonne nouvelle vienne atténuer le cynisme suintant qu'il sentait couler en lui, aussi pesant que sa gueule de bois.

Le vent en poupe, il fit de la monnaie sur 10 dollars et passa des coups de téléphone pendant une heure, appela les éditorialistes, commanda un plein camion de fleurs pour la suite nuptiale de L'Auberge du Carrosse à Cloquet, Minnesota, s'arrangea pour que des photos du mariage soient transférées au studio, écrivit de tendres citations du ministre du culte local (« Je n'ai jamais vu un couple aussi amoureux ») et des parents de Barbara, Mr. et Mrs. Erwin Redfield (« Nous n'aurions jamais pu être plus heureux pour notre petite chérie. C'était écrit dans les étoiles, c'est une certitude »), pour alimenter les articles des journaux. Ce fut une heure démentielle, pendant laquelle il n'eut pas à penser aux starlettes disparues ni aux mauvais rêves.

Poussières d'étoiles plein les yeux

Pendant un bref moment, Hop avait réussi à oublier Frannie Adair. Mais sa vive inquiétude sur ce qu'elle pourrait bien découvrir, avec ses jolis ongles sans vernis, revint bien vite.

Il rappela le journal, mais la personne qui répondit lui affirma qu'elle était au téléphone. Peu disposé à attendre, il fit les vingt-cinq minutes de trajet jusqu'aux bureaux de l'*Examiner*, déterminé à utiliser tout son charme pour voir où ça le mènerait.

Il se gara devant l'immeuble. Puis, se souvenant que lorsqu'il avait déjeuné avec Frannie, ils étaient sortis par un escalier sur l'arrière, il se gara en double file au coin de la rue jusqu'à ce qu'une place se libère. Assis derrière son volant, il récapitula ce qu'il lui avait dit la nuit précédente. Il pensait se souvenir de tout, mais pas de l'ordre dans lequel il avait dit les choses, ni des nuances précises qu'il leur avait données.

Et de temps en temps, lui revenait comme un flash de l'instant où il l'avait regardée, fixant la délicate ligne qui traversait son visage, là où sa joue devait avoir été écrasée par l'ivresse sur ses draps froissés, ce souvenir désagréablement mélangé avec celui de la ligne faite par son propre doigt sur le visage de Midge, une heure plus tôt, touchant sa peau là où auraient dû se trouver ses longues boucles soyeuses.

Putain, Hop. Reprends-toi.

Au lieu de quoi, contre toute attente, sa cervelle se mit à faire du ping-pong avec les choses que Midge avait dites chez Jerry. Comment était-ce possible qu'elle le haïsse autant ?

« Tu ne peux t'en prendre qu'à toi-même. » C'était ce qu'elle lui avait dit avant de le quitter. Elle avait eu le culot de dire ça après deux ans ou plus durant lesquels Hop les avait sans arrêt poussés l'un vers l'autre, invitant Jerry à venir manger le fameux rôti de Midge, puis les laissant seuls avant le café – pendant qu'il allait ramasser une starlette dans une fumerie d'opium de Chinatown –, demandant à Jerry d'aller chercher Midge dans des night-clubs quand elle était trop beurrée pour rentrer en voiture, lui demandant à elle d'emmener son vieux pote Jerry acheter des nouveaux costumes chez Bullock's, lui demandant à lui de le remplacer à l'anniversaire de Midge, de lui offrir un steak Diane chez Perino's pour qu'il puisse aller jusqu'à Caliente payer la caution d'un réalisateur et le sortir de taule. Pouvait-il être réellement surpris ? Ou bien, maintenant qu'il y songeait, n'était-il pas simplement surpris par le pincement de colère, de frustration, le brin de regret (non, pas ça) qu'il ressentait maintenant que la transaction était complète ?

« La vie l'a touché, lui, avait dit Midge à la toute fin. Toi, elle ne fait que te passer au travers. » Comme dans tout ce que disait Midge, il y avait là une part de vérité, et pas mal de pure malveillance. Jerry, lui, avait cet empressement pour Midge que Hop n'avait jamais eu. Un empressement qui venait d'années et d'années passées à couvrir des histoires de maris étranglant leurs femmes avec le fil du téléphone, ou de jeunes filles se jetant sous un tramway, ou avalant du bichlorure de mercure, de petits garçons étranglés sous la jetée de Santa Monica, ou encore d'une miss Cœur solitaire réduite en cendres parce qu'elle s'était endormie, la cigarette à la main... À la fin, il s'avéra que Jerry ne voulait plus de ces beautés froides aux longs cous qu'il avait toujours à son bras, avec leurs visages aussi vides que leur histoire, qui ne lui demandaient rien de plus qu'une boîte de chocolats fins et une soirée civilisée, faite de cocktails, dîners, danses, draps de soie. Il s'avéra que plus Jerry passait de temps chez Hop, avec la femme de Hop (pas de visage vide, là, mais un visage beaucoup trop animé de colère, détresse, désespoir), plus il se rendait compte qu'il voulait une maison, des marmots accrochés à ses basques, un chien courant dans l'allée, une pelouse à tondre et par-dessus tout une adorable femme aimante – une femme avec tant de tristes histoires personnelles que, quand il rentrerait des ténèbres de la ville, elle serait là à l'attendre devant le porche de la maison, avec impatience, et reconnaissance. Une femme si heureuse de le voir qu'il pourrait en pleurer. Une femme comme Midge.

Hop savait quand tout avait vraiment commencé entre Jerry et Midge, le moment où plus rien d'autre ne pouvait se produire que ça.

Au mieux, c'était une tentative sans réelle conviction. Des écorchures au rasoir sur son poignet, plus une pleine poignée de cachets. Aucun n'aurait suffi seul, et ensemble les deux s'étaient annulés, les cachets réduisant sa pression sanguine à une espèce de mélasse. C'était Vicki, l'amie de Midge, qui l'avait découverte (Hop était en train de claquer du fric à Hollywood Park avec un autre journaliste, deux attachés de presse des studios et deux blondes de Pomona dont c'était la première défonce). Les médecins des urgences l'avaient obligée à rester en psychiatrie pendant trois jours avant de la laisser sortir. Le médecin qui avait signé l'autorisation de sortie avait lancé à Hop un long regard avant qu'il ne parte, et Hop s'était retrouvé en train de dire, bien trop fort : « Vous ne savez rien, mon vieux. Absolument rien de ce qui se passe. »

À la vérité, Hop n'aurait pas dû être trop surpris. Après tout, quand il était parti au champ de courses ce jour-là, la dernière chose que Midge avait dite, c'était, en agitant son coupe-chou : « Tu vas le regretter, mon petit bonhomme. » Il n'avait pas imaginé qu'elle allait réellement le faire, et maintenant que c'était fait, il le regrettait vraiment – et culpabilisa assez pour se prendre une biture de douze heures consécutives. Mais il ne pouvait pas lutter avec Jerry qui passa, pendant trois jours, chaque seconde des heures de visites autorisées, collé auprès du lit de Midge, lui lançant de doux ou de fermes avertissements, insistant pour qu'elle promette de ne jamais, jamais refaire une chose pareille. Hop regardait depuis le seuil les yeux de Midge fixés sur les yeux de Jerry sous ses sombres sourcils, écoutant chaque mot en hochant lentement la tête et perdant, tout aussi lentement, tout intérêt pour Hop – même celui de le faire souffrir, ce qui avait été son jeu préféré pendant si longtemps, le seul qu'elle appréciait.

Plus tard, Hop devait souffrir sans même qu'elle fasse quoi que ce soit – souffrir pour Jerry quand, dix mois plus tard, elle quitta leur maison pour emménager dans sa garçonnière, consommant quand il y pensait, ce qui avait été une éventualité probable depuis longtemps, une histoire d'amour commencée avant même qu'ils ne se rencontrent.

Il fut soudain sorti de ses pensées par un coup frappé sur la vitre côté conducteur. Il sursauta, tourna la tête et vit Jerry en personne, le reporter le plus soigné des deux côtes, dans un costume bleu magnifiquement coupé – vision de la perfection, légèrement détruite par trois marques rouges sur son visage, trois courbes délicates, l'immanquable marque des minuscules ongles de sorcière de Midge. Il avait porté ces marques lui-même, de nombreuses fois.

Il baissa sa vitre jusqu'en bas et offrit à Jerry un sourire entendu.

« Et à quoi ressemblait l'autre chat de gouttière ? demanda Hop.

– Tu es trop embarrassé pour montrer ton visage, alors tu me surveilles comme une femme qui trompe son mari ?

– Très mauvaise comparaison », fit remarquer Hop, en souriant à son ami, la jouant blagueur, en espérant que ça fonctionnerait. Après s'être si profondément humilié lui-même la nuit précédente, il avait du mal à le regarder dans les yeux. Mais les griffures l'aidaient.

« Ces marques, mon bonhomme, elles t'étaient destinées, dit Jerry.

– Ouais, mais d'une certaine manière je pense qu'elles sont toutes à toi désormais. C'est le prix à payer pour des seins aussi spectaculaires. »

Jerry baissa les yeux vers sa propre poitrine. « Oui, je pense qu'ils sont okay. » Puis, se penchant un peu plus vers la voiture, il dit : « Tu sais que je ne te demanderai pas pourquoi...

– Je sais, dit très rapidement Hop, avec un étrange grincement dans la voix.

– Tu bois un verre ?

– Ah ! je peux pas ! Je bosse. » Il voulait parler à Jerry du truc dans lequel il s'enfonçait. C'était ce qu'il faisait toujours avec Jerry. Mais lui dire quelque chose signifiait lui dire tout. Et il n'était pas prêt pour ça.

« Peut-être plus tard ?

– Oui, absolument.

– Chez Musso's à 7 heures ?

– Oui, ça ira.

– Okay. » Jerry continuait à le fixer, essayant de lire en lui. Ça rendait Hop nerveux et honteux. « Tu vas rester assis là longtemps ? »

Hop haussa les épaules en souriant. « Je prends une minute pour moi-même, mon grand.

– Tu mens très mal, Gil.

– Je pense que tu sais que ce n'est pas vrai, dit Hop, en regardant droit devant lui. Putain, Jerry... Okay. J'attends Frannie Adair. »

Les sourcils de Jerry se soulevèrent. « Oh... c'est comme ça, alors ?

– On verra. Je crois qu'elle m'aime bien, mon pote.

– Peut-être, Don Juan, mais elle vient juste de partir... »

Hop sentit son cœur marquer un bref arrêt. « Ah bon ? dit-il en regardant vers les portes vitrées de l'arrière du building, qu'il surveillait depuis plus d'une heure. Je pensais qu'elle était du genre à sortir par-derrière.

– Elle est partie pour ton studio, en fait. Peut-être pour te chercher ?

– Peut-être, peut-être. » Hop tourna sa clé de contact. « Je vais aller voir.

– On se voit à 7 heures. » Jerry s'écarta de la voiture quand Hop appuya sur l'accélérateur.

« Ouais, ouais, mon chéri. »

*

Se tenant à l'extrémité du plateau principal, Hop voyait Frannie parler avec Alan Winsted, vision qui lui donnait envie de rentrer sous terre. Alan, 22 ans, godiche au long cou et sans petite amie, n'allait-il pas sauter sur l'occasion d'aider cette Frannie Adair avec ses cheveux d'un roux aussi éclatant qu'une voiture de pompier ?

Hop s'approcha aussi près qu'il pouvait, enjambant les câbles, se faufilant entre les projecteurs, les grues et tous ces trucs quels qu'ils soient – des arcs ? Il en savait assez peu, en fait, sur la fabrication des films (« seulement la fabrication des stars », avait-il souvent dit à beaucoup de jeunes ingénues, avec un clin d'œil confiant).

Il parvenait juste à entendre le ton sincère de Frannie : « ... essayer de savoir quels films se tournaient un certain soir, il y a deux ans. Vous pourriez m'aider ? »

Et Alan, d'un ton officiel : « Faut passer par le bureau de presse. C'est eux qui s'occupent des journalistes. Moi, je... »

Brave petit gars, se dit Hop. Dis-lui, Al. Tous les reporters – même celles avec des rondeurs appétissantes – doivent passer par *nous*. Par moi, pour être précis.

« J'apprécie, mais je joue contre la montre et pensais que vous pourriez m'aider... une histoire très excitante sur Mickey Cohen. Vous joueriez un rôle dans une grande révélation... »

Elle prend un risque avec ce ringard, pensa Hop. Comment peut-elle savoir si ce mensonge particulier ne va pas lui flanquer la trouille ou au moins le tourmenter ?

« Bon sang, ça a l'air vraiment important. Je connais pas mal de gens qui connaissent des mecs comme ça. J'peux pas être allé aussi loin dans ce business sans avoir été témoin de trucs... »

Va baiser ta mère, songea Hop. Elle connaît son boulot.

« J'en suis sûre. Vous pourriez m'être d'une grande aide sur la longueur. Quelqu'un comme vous, qui êtes si bien introduit... »

Il l'apercevait, penchée vers cet avorton chétif, le laissant probablement sentir son parfum de journaliste, tout en encre d'imprimerie, énergie et culot.

« Donc, Mr. Winsted, la date en question est le 7 octobre 1949. Un associé de Mr. Cohen aurait bien pu se trouver au studio cette nuit-là, mais nous avons besoin de savoir si des productions se tournaient ce soir-là.

– Je comprends, je comprends. Un gars de Cohen dans le studio, hein ?

– Quelque chose comme ça.

– Il faut que j'aille voir les registres... Venez avec moi dans les bureaux... »

Hop les regarda s'en aller ensemble, Winsted plaçant sa main boutonneuse sur le dos d'Adair comme un cadre quelconque, ou un maître d'hôtel un peu trop amical.

Sachant vers où ils se dirigeaient, Hop prit un autre chemin à travers le bâtiment voisin pour pouvoir entrer dans les bureaux de production par l'autre côté.

Il repensait à ses travaux manuels avec Bix. Hop avait entièrement réécrit l'emploi du temps de ce jour-là dans le registre des productions, et jeté l'original.

En s'approchant, il vit que la porte du bureau était légèrement entrouverte, très probablement parce qu'on était samedi soir, et que les lieux étaient proches du vide.

Hop ne parvenait pas à entendre leur conversation, mais quand ils commencèrent à revenir vers la porte, la voix de Winsted devint audible.

« C'est pour ça qu'il ne suffit pas de vérifier seulement les registres journaliers, mademoiselle Adair, ou même les registres hebdomadaires ou mensuels. S'il y a une erreur, elle n'est souvent corrigée qu'une fois le tournage du film achevé, et que le bilan financier final est établi. On dirait bien qu'ils ont oublié de noter le tournage du 7 octobre à l'époque. D'après les notes sur le budget, là, on dirait qu'ils ont reporté une grande scène après l'avoir mise en place, mais je vous assure, mademoiselle Adair, ils avaient bien prévu de tourner ce soir-là. Acteurs convoqués, et tout le toutim.

– Eh bien, quelle surprise, monsieur Winsted. Ça explique pas mal de choses. »

Hop sentait comme des piqûres d'épingles danser sur sa poitrine. Mais que pouvait-elle tirer de bon de cette info ? Beaucoup. Aller parler à d'autres acteurs prévus ce soir-là, et quelqu'un mentionnera que Jean Spangler était copine avec Iolene...

« Monsieur Winsted, serait-il possible de voir la liste de toutes les personnes qui étaient sur le plateau ?

– Bien sûr, je ne vois pas pourquoi ce ne serait pas possible. Après tout, nous n'avons pas de secrets ici.

– Ça vous ennuie si je prends quelques notes ? »

Hop savait qu'il se tenait beaucoup trop près de la porte, mais que lui restait-il à perdre désormais ?

« Et les figurants ?

– Sur cette page, là.

– Spangler, Jean. Intéressant.

– Ah bon ? Vous la connaissez ?

– Ce ne serait pas la fille qui a été portée disparue il y a quelques années ?

– Celle qui a été coupée en deux ?

– Non, celle qu'on n'a jamais retrouvée.

– Me souviens pas de ça. Laissez-moi regarder son dossier.

– Pourquoi pas ? Par simple curiosité. »

Quelques minutes de feuilletage, avec Hop debout à un mètre de l'autre côté de la porte, se chuchotant à lui-même des « Je vous salue, Marie » pour la première fois depuis le catéchisme.

« Ouais, je crois bien que c'est ça. C'était son dernier boulot pour nous, ça c'est sûr. Ça file la chair de poule, hein ?

– Plutôt, oui. Vous ne vous souvenez pas d'elle ?

– En 1949, j'étais encore à Tustin, à déchirer les tickets dans le cinéma de mon père. »

Tout en écoutant, Hop songeait à foncer en avant, pour museler cette petite mocheté de Winsted. Arrêter Frannie Adair sur son audacieux petit sentier. Mais il choisit de prendre un risque : celui de ne pas abattre son jeu. Plus elle percevrait de la peur, plus elle penserait tenir quelque chose. Il fallait qu'il agisse comme s'il n'y avait rien à découvrir.

Avant de partir, il passa par le bureau des castings. Il avait dans l'idée qu'il aurait peut-être besoin de quelque chose. Un scénario « juste au cas où ». Dans ce bureau, le samedi, il y avait une secrétaire qui connaissait bien Hop. Cela faisait partie de son boulot de tous les jours de prendre des photos et des bios pour huiler la machine publicitaire, donc elle ne cilla même pas quand Hop lui demanda quelques tirages. Il espérait que Jean était encore dans les fichiers.

Ardmore, Jan
Clifton, Rod
Spangler, Jean
Bliss, Ann

« Voilà, monsieur Hopkins.
– Merci, chérie. »

De retour dans sa voiture, il sortit la photo de Jean et la posa sur la banquette à côté de lui. Jean, sensationnelle comme jamais. Cheveux sombres, taches de rousseur, des yeux brillant pour vous, comme pour vous demander d'entrer. Vraiment sensas. Mieux qu'en personne, songea soudain Hop. Cette nuit-là, il avait trouvé son air ennuyé assez sexy, mais pas vraiment de quoi s'exciter. Il se demanda si cette photo datait de plusieurs années auparavant, avant une vie difficile et des désespoirs, avant qu'une partie de son éclat ne soit effacé de ses yeux, la rendant un peu plus fatiguée et nettement plus méfiante.

Il remit la photo dans son dossier et alluma le contact. Tout en roulant, il se remit à penser : s'il parvenait à retrouver la fille ramassée cette nuit-là, s'il pouvait retrouver miss Hotcha, peut-être pourrait-il être certain d'avoir bouché tous les trous pour de bon. Il ne resterait plus personne avec une histoire qui vaille le coup d'être racontée. Personne pour permettre à Frannie d'aller au fond des choses, sauf si elle avait assez de chance pour tomber sur Iolene.

Miss Hotcha. Il se souvenait de quelques détails de son appartement – du moins pensait-il s'en souvenir, à moins qu'il ne confonde avec celui d'une autre fille. C'était au rez-de-chaussée, non ? Il y avait deux lits et il lui avait demandé qui était sa colocataire. C'étaient des lits jumeaux, et dès qu'il les avait vus, il s'était dit : une heure, pas plus. Vague souvenir de ses cheveux platine, un nuage doux contre son visage, sa tête allant s'écraser contre un abat-jour à fanfreluches sur la table de chevet. Une longue veine bleue sur sa cuisse, visible à la lueur du réverbère dehors.

Pas beaucoup plus, Hop.

Il pouvait réciter par cœur les noms et les numéros de téléphone de chaque chroniqueuse de cancans, et de chaque journaliste de magazine de cinéma, et de chaque reporter branché sur Hollywood en ville et jusqu'à la côte est, mais ça...

L'amour est un souvenir

En roulant vers chez Musso's, Hop essayait de trouver un moyen d'obtenir des conseils de Jerry sans tout lui dire, sans avoir à raconter à son ami toute cette sordide histoire et son propre rôle dedans. Avec Jerry, il n'y avait rien derrière ce que vous voyiez, rien de latent. C'était quelque chose sur quoi Hop pouvait compter. Hop se demandait comment cela se faisait. Et si c'était une qualité qu'il avait eue, dans ce cas, quand l'avait-il perdue ?

En se garant dans le parking, il entendit résonner dans sa tête le vieux refrain de Jerry, celui qui datait des années de *Cinestar*: « Pourquoi est-ce que tu ne quittes pas la corne d'abondance en fer-blanc de ta pauvre rubrique pour revenir aux faits réels ? » Il essayait toujours de convaincre Hop de retourner à l'*Examiner*, où Hop avait travaillé pendant ses premiers mois à New York, avec une paye si mauvaise qu'il ne pouvait même pas quitter le divan de Jerry pour se louer un chez-lui.

« Tu es venu jusqu'ici pour quoi ? demandait toujours Jerry. Pas pour ça.

– Et qu'est-ce que j'ai d'autre dans ma manche ? » disait Hop, en haussant les épaules. Il ne l'aurait jamais dit à Jerry, mais il devait bien l'admettre quand même: il aimait les chemises soyeuses, le bon gin, et ses entrées occasionnelles chez Ciro's. Était-ce si mal ? Le seul prix qu'il avait payé pour ça jusqu'ici, c'était d'avoir pris quelques mauvaises habitudes. « Jerry, je fonce avec la marée. Peux pas vaincre la gravité. Je ne peux pas...

– Dire non ? disait Jerry, avec un sourire presque mélancolique. Continue à courir, Hop. À la minute où tu laisseras tes pieds retoucher le sol, tu seras fichu.

– Je sais ça », répondait-il vite – si vite que ça le surprenait lui-même.

Juste après 7 heures, Hop et Jerry étaient appuyés au comptoir d'acajou de chez Musso's.

« Tu te souviens de la fille dont je t'ai parlé ? demanda Hop, en faisant glisser le verre de Jerry vers lui sur le bar. Celle qui était venue me voir à propos de l'histoire Spangler ?

– Ouais.

– J'y ai repensé un peu. Bizarre, non ? »

Jerry alluma une cigarette et regarda le reflet de Hop dans le grand miroir derrière le bar.

« Pas si bizarre. Ça m'arrive souvent. Tu tombes sur des histoires, et il y en a plein qui se collent dans ta tête, qui rebondissent un peu dedans, et qui te font "bouh" au moment où tu t'y attends le moins. Ça arrive encore plus aux flics, mais pour les flics, ça les sauve. Je crois que c'est différent avec les journalistes, mais je ne sais pas bien comment. C'est vouloir savoir, le besoin de tout savoir. »

Hop acquiesça vaguement.

« Il y a cinq ans, dit Jerry, je suivais une histoire – juste une ritournelle d'un soir, une actrice, cheveux comme du caramel, retrouvée face contre terre sur le carrelage de sa cuisine. J'avais entendu l'appel et je suis arrivé sur les lieux en même temps que le LAPD.

« Il y avait quelque chose de triste dans la posture de son visage, de son corps, la taille tournée et les jambes pliées presque comme si elle courait. Elle portait une de ces robes à damier rouge, comme celles des fermières. Quand ils l'ont retournée, elle avait les yeux grands ouverts, deux beautés vertes qui me fixaient, comme s'ils pouvaient encore me demander quelque chose. Un peu comme s'ils voulaient vraiment me demander quelque chose.

– Et alors ? demanda Hop. Comment elle était morte ?

– Overdose accidentelle de pilules pour maigrir, en essayant de devenir une des Babylovelies dans *Blackouts* de Ken Murray [1]. » Jerry haussa les épaules, frotta son menton mal rasé. « C'est marrant, maintenant que j'en parle... Si ça arrivait aujourd'hui, je pense que ça ne me ferait même pas ciller.

– Hé, t'es pas si dur, dit Hop.

– Alors, cette Jean Spangler. Comment tu penses qu'elle y est passée ?

– Elle avait les jambes les plus longues que t'as jamais vues », dit Hop. Comme venu de nulle part, un brouillard couvrit son regard perçant. « Et ce visage pointu aux yeux sombres qu'ils cherchent, ou qu'ils cherchaient tous. Elle était passée à travers

1. Ken Murray (1903-1988), auteur et showman. Il animait une émission TV musicale célèbre dans les années 1950.

des tas de trucs. Peut-être un peu secouée par la vie. Tu pouvais distinguer quelque chose dans son visage. Un regard. » Les yeux de Hop partirent dans le vague.

« Je connais ce regard », dit Jerry.

Hop se tourna et le regarda. « Oui. Ce regard-là. »

Hop descendait Hollywood Boulevard avec le visage de Jean Spangler qui se dessinait dans son crâne, et il repensa à Jean Spangler elle-même. Jerry clarifiait toujours les choses comme ça, en soufflant sur la poussière. Hop avait été terriblement absorbé par tout le reste, mais désormais elle était là. Il songea qu'elle pourrait peut-être lui dire des choses. Et elle commençait à prendre une qualité qu'il avait dû rater quand il l'avait rencontrée pour de vrai. Elle avait semblé fragile alors, comme une poupée en papier. Maintenant, il y avait quelque chose derrière elle, quelque chose de troublant.

Comment est-ce qu'une fille comme ça, une fille qui a roulé sa bosse, danseuse de revue, figurante, petits rôles pendant quelques années, peut-elle se retrouver dans une pièce avec deux mecs comme ça, des mecs avec des regards vraiment affreux, comme il en avait vu tant de fois chez ces hommes arrivés tout en haut, ivres de leur propre éclat et de leur gloire, et avec une trappe ouverte sur tous les désirs sombres qu'ils avaient toujours eus ? C'étaient de sales mecs et ça se voyait. Il le voyait, Iolene le voyait, miss Hotcha aussi, pourquoi pas Jean Spangler ? Ou alors elle s'en fichait ? Était-il possible qu'elle s'en foute, tout simplement ?

Il se souvenait d'elle au Eight Ball. Sutton ou Merrel – il n'arrivait pas à se rappeler lequel – il se tapait la cuisse, lui faisant signe de s'asseoir sur ses genoux, et quand elle l'avait fait, l'autre avait soulevé ses jambes du plancher, jusqu'à ce qu'elles soient étendues sur ses genoux aussi, ces jambes serrées dans des bas rouges, avec des talons hauts rouges à lacets. Elle avait rejeté la tête en arrière en riant. N'avait-elle pas les fossettes les plus jolies et les plus tentantes qu'il ait jamais vues ? Pourquoi ne lui avait-il pas prêté davantage attention cette nuit-là ? Il aurait pu l'attirer dans un coin, pencher la tête et la laisser reposer sur ses cheveux sombres en lui chuchotant : « Reste avec moi, mon cœur. Ces types attirent les ennuis, vraiment. »

Et au lieu de ça, il avait dragué la danseuse de revue érotique à deux sous, une qui n'était visiblement pas assez chanceuse pour avoir son propre appartement, ni même sa propre chambre.

Hop, tu y es ! Où est-ce qu'*elle* travaillait... ?

Voilà l'idée.

Hop s'arrêta devant le nouveau Tiny Naylor's sur Sunset, fit de la monnaie et s'installa dans une cabine téléphonique, arrachant presque l'annuaire de sa chaîne.

Il appela le Follies Theater. Il était certain de l'avoir entendu dire qu'elle y passait, le Burbank Burlesque Theater, le Cha-Cha Parlor, le Curly-Q sur Sunset, le Girly-Q dans la Vallée et une demi-douzaine d'autres endroits.

« Est-ce que miss Hotcha travaille encore ici ? Est-ce qu'elle y a travaillé un jour ? »

Et finalement : « Avez-vous déjà entendu parler d'une danseuse appelée miss Hotcha ? »

Rien à faire.

Est-ce qu'il se souvenait de travers ?

Il rentra chez lui, plus bien certain de savoir quoi faire ensuite. Il avait une vague envie de tout laisser tomber, de caresser une bonne et chaleureuse bouteille, et de se laisser aller.

Les portes de l'ascenseur s'ouvrirent sur son étage.

Il vit d'abord la tignasse brillante et le long imperméable argenté. En un battement de cœur, quelque chose déferla dans ses entrailles, brûlant et hérissé de piquants. Mais il revint à lui.

« Tu as jeté tes clés ? »

Midge se retourna et le regarda, une main serrant le col de son imper, l'autre appuyée sur la porte de l'appartement.

« Je ne vis plus ici. Je ne m'introduis pas dans les endroits où je ne suis pas invitée.

– C'est ça, comme le comte Dracula. Remarque, tu as toujours été une talentueuse petite suceuse de sang. » Il l'écarta et déverrouilla la porte.

« Après tout ce que je viens de traverser à cause de toi, je te trouve un peu culotté », dit-elle, d'une voix basse et tendue. Environ trois vodkas, paria Hop.

« Et alors, hier soir j'étais juste venu vous faire une petite visite amicale », dit-il en la précédant, l'obligeant à se glisser derrière lui avant que la porte ne se referme.

« Plutôt pourrie, comme visite, mais tout à fait dans la norme en ce qui te concerne », murmura-t-elle.

Il alluma une lampe et se retourna enfin, l'examina de la tête aux pieds, avant de redresser les épaules pour la regarder face à face, regarder son tout petit visage. Comme toujours, affreusement joli et débordant de mépris.

« Après tout, poursuivit-elle en défaisant la ceinture de son imperméable, tu ne peux plus me surprendre sur ce genre de terrain. »

Les mains tremblant légèrement, elle aplatit un peu les douces pointes de ces cheveux courts, de cette violation, songea Hop, de tout ce qui est adorable en ce monde.

« Alors, comment pourrais-je te surprendre ? demanda-t-il. Avec des fleurs et des bonbons ? Des vœux de fidélité ?

– Ça ne me surprendrait que si je te croyais.

– Que tu me croies... *Ça*, ça me surprendrait, moi. »

Elle l'ignora et contempla l'appartement, la couche pas si fine de poussière qui recouvrait son décor si méticuleusement arrangé.

« Tu ne pourrais pas te sauter une femme de ménage ? »

Avant qu'il ne puisse lui balancer une insulte en retour, il se sentit soudain frappé par cette vision d'elle, debout dans leur foyer. Debout là, touchant du bout des doigts le bord d'un cendrier de buis débordant de mégots. Cela faisait à peine un mois mais, sans mentir, cela paraissait beaucoup, beaucoup plus. Avaient-ils réellement vécu ici ensemble, comme un couple marié, lisant le journal en mangeant des toasts à la confiture, faisant ce que les couples mariés font, comme... Que font les couples mariés, déjà ?

Elle restait comme suspendue de l'autre côté du canapé, laissant courir ses doigts sur le bord de l'étroite table installée derrière.

Hop, pour sa part, se tenait face au canapé, encore le chapeau à la main. Il se disait qu'il avait oublié combien elle était petite. Elle n'avait jamais eu cet aspect quand elle venait l'agresser, les poings serrés.

Elle souffla de la poussière sur ses doigts et croisa son regard. « Alors, dans quelle espèce de problème est-ce que tu essayes de m'entraîner maintenant ?

– Qu'est-ce que tu entends par là, Midge ? » Il laissa tomber son chapeau sur la table basse et croisa les bras. « Pourquoi tu ne craches pas tout ?

– Je parle de cette journaliste qui m'a appelée. »

On y était. Le coup à l'estomac. Et il ne pouvait blâmer personne d'autre que lui-même pour celui-là.

« Journaliste ? » Il passa un doigt sous son col, qui lui semblait trop serré d'un seul coup.

« Une miss Dare [1] », dit-elle en l'observant avec attention. Elle doit flairer le sang frais, se dit Hop. « Il n'y a vraiment que toi, ajouta-t-elle, pour te retrouver avec une femme journaliste au cul.

– Qu'est-ce qu'elle voulait ? Mon cul mis à part...

1. Jeu de mots entre « Adair » et le verbe *dare* qui signifie « oser » en anglais. *(N.d.T.)*

– Elle m'a parlé de cette fameuse nuit, il y a deux ans. Je lui ai dit que j'avais tout oublié, depuis mon mariage jusqu'à la semaine dernière.

– Qu'est-ce qui s'est passé la semaine dernière ? demanda-t-il, cherchant désespérément à plaisanter.

– J'ai balancé mon alliance du haut de la jetée de Santa Monica, répliqua-t-elle d'un ton mordant.

– T'es un vrai petit iceberg, hein ?

– Tu as drainé toute la chaleur qui me restait la fois où je t'ai trouvé en train de peloter la fille de l'ascenseur du Roosevelt Hotel.

– C'est celle-là qui a mis le feu aux poudres, hein ? » dit-il, et la froideur de sa voix le rendit malade.

Midge fit le tour du canapé et s'installa dans le fauteuil avec hésitation.

« Je ne pourrai jamais vraiment savoir laquelle a tout déclenché, dit-elle en croisant fermement les jambes.

– Tu n'es pas si innocente », commença-t-il, puis il s'arrêta. Mal à l'aise, il changea de position. Allaient-ils vraiment rabâcher tout ça une fois encore ? Il n'y avait rien de plus désagréable pour lui que de voir la version de lui-même qu'elle avait réussi à faire ressurgir.

Éprouvant le besoin de faire quelque chose de ses mains, il commença à vider ses poches et à poser monnaie, pochettes d'allumettes, papiers et clés sur la table basse.

« Et alors, qu'est-ce qu'elle a dit quand tu as plaidé l'amnésie conjugale ? » Il s'assit sur la table basse, face à elle.

« Elle m'a demandé si je me souvenais d'une fille qui avait disparu cet automne-là – l'automne 1949.

– Quelle drôle de question. »

Elle se pencha en avant, examinant les pochettes d'allumettes. « Toujours les mêmes vieux repaires, dit-elle en posant le doigt sur celle de la Villa Capri. On dirait que tu fais vraiment la noce maintenant. » Avant qu'il ne puisse répondre, elle poursuivit : « Alors je lui ai dit que je ne me souvenais absolument pas de quoi que ce soit dans ce genre, et que je ne comprenais pas ce que ça pouvait bien avoir affaire avec moi. Ou toi.

– Et ?

– Elle m'a affirmé que tu lui avais dit avoir passé la soirée avec cette fille, la veille de sa disparition. » Ses yeux se relevèrent pour croiser les siens. « Et j'ai dit : "Oh, alors il l'a tuée, en plus ? Parce que je suis sacrément sûre qu'il l'a emmenée au lit."

– Merci, très chère. Merci infiniment.

– Pas de quoi.

– Et je n'ai rien fait de tout ça. Je venais juste de la rencontrer. C'était exactement avant que je croise les gens du studio qui m'ont aidé à avoir ce job. C'est pour ça que je m'en souviens si bien. »

Elle poussa un profond soupir, roulant le ceinturon de son imper dans sa main. « Je m'en fous. Je m'en fous. Crache le morceau, bon sang ! Pourquoi est-ce que cette nana m'appelle ?

– Elle fouille dans une vieille histoire. Elle m'a appelé. Je lui ai dit tout ce que je savais. Je ne sais pas pourquoi elle se fatigue à t'appeler. » Il réfléchit vite, peut-être trop vite. « Elle travaille avec ton petit ami, Jerry. Peut-être qu'elle pensait que tu serais plus agréable, puisque tu crèches avec un camarade journaliste, et tout. »

Elle le fixa avec ce regard de gardienne de prison bien à elle.

« T'es vraiment qu'un pauvre salaud », dit-elle en secouant sa tête dorée.

En la regardant, se sentant comme un pauvre salaud, Hop se surprit à ressentir un besoin irrésistible de s'avancer pour prendre entre ses mains ce visage si plein de haine et qui lui brisait le cœur.

Mais il ne fit rien. Vraiment, comment aurait-il pu ?

« Gil, je ne sais pas à quel jeu tu jouais pour coller cette fille, cette miss Dare, dans ton lit. Pour moi, c'est un truc de malade. Je lui ai demandé si tu avais bu quand tu lui as raconté cette histoire. Elle a dit oui. Alors je lui ai demandé si tu étais chez elle quand tu lui as raconté cette histoire, et elle a dit oui. Et je lui ai demandé si c'était au petit matin. Et elle a répondu oui. Alors je lui ai dit que, dans de telles circonstances, elle ne devait pas croire un traître mot de tout ce que tu lui avais dit. »

Hop sourit intérieurement. Pour une fois, le dégoût insondable que Midge éprouvait pour lui avait servi à quelque chose. Même si miss Adair n'y avait pas entièrement cru, elle allait devoir y réfléchir à deux fois, du moins sur le rôle qu'il jouait dans cette histoire. Et bon sang, il aurait bien aimé avoir dragué cette journaliste pour achever le portrait du mufle menteur brossé par Midge.

« Je suis sûr qu'elle ne te dérangera plus, Midge.

– On verra. Tu as toujours plus d'un sale tour dans ton sac. » Elle se leva, reboucla son imperméable et passa dans ses cheveux ses doigts aux ongles argentés.

« Tu rentres déjà ? » Il se leva aussi, la regardant dans les yeux, essayant de lire en elle. Elle était venue en personne rien que pour ça ? Elle ne voulait quand même pas tirer un coup en souvenir du bon vieux temps, si ?

« Bien sûr que je rentre. » Elle commença à avancer vers la porte. Il la suivit.

« Ça a l'air de bien marcher entre toi et Jerry.

– C'est drôle comme ça peut être bien avec un homme, un vrai.

– J'ai du mal à me l'imaginer.

– Gil. » Elle se retourna vers lui quand ils atteignirent la porte. « Ne va pas te fourrer dans des problèmes graves, okay ? » dit-elle, presque doucement, d'une voix ancienne qu'il n'avait pas entendue depuis longtemps – peut-être un millier d'années.

Puis, retrouvant son air dégoûté, elle lâcha : « Et laisse-moi en dehors de tout ça », en claquant la porte derrière elle.

Il rouvrit la porte et la regarda emprunter le long corridor, dans un balancement d'imper argenté. Une sacrée nana, celle-là. Waow. Si seulement elle avait été aussi intéressante quand ils étaient mariés.

*

Quand il l'avait rencontrée, Midge semblait être à un magnifique 180 degrés de son ancienne fiancée de Syracuse, Bernice, avec ses longues lettres plaintives demandant à Hop quand il allait enfin lui envoyer l'argent afin qu'elle le rejoigne dans l'Ouest pour qu'ils se marient. Bernice et ses grands yeux, ses taches de rousseur comme de pâles confettis sur son nez, sur ses fesses un peu rondes de petite fille. Et Midge, eh bien... Elle venait peut-être d'une petite ville de l'Ohio, mais il n'y avait plus vraiment trace chez elle de la rue principale, des fêtes campagnardes, et des colliers de perles pour la messe du dimanche. Quand il l'avait rencontrée, elle était un diamant d'Hollywood parfaitement taillé, brillant et glacé, avec une centaine de tranchants aiguisés et autant de facettes miroitantes.

« Tu dois vraiment me haïr. » C'est ce que Midge disait toujours, les lèvres plissées comme un papier de bonbon. « Pourquoi est-ce que tu m'as épousée si tu me hais tellement ? » Et ce qu'il ne lui disait pas, qu'il ne savait pas, ou n'avait pas le cœur à lui dire, c'était qu'il l'avait épousée pour *ça*, précisément. Il n'avait pas pu, ne pouvait pas et ne pourrait jamais séparer l'entêtant mélange de désir et de mépris qu'elle faisait naître en lui. La moue à laquelle il ne pouvait résister était la même que celle qu'il avait souvent envie d'écraser de son poing. Quand il se sentait comme ça, il se dégoûtait lui-même. Comment une femme pouvait-elle être assez stupide pour l'épouser ? Et comment pouvait-il être assez faible pour se marier avec elle ?

Les hommes qu'il connaissait disaient toujours : « Oh, je comprends ! Elles te blousent vraiment, hein ? Tu épouses une beauté charnelle émergeant d'une robe sans bretelles, celle qui s'est faite toute belle et prête à jouer, tu descends des cocktails et tu danses avec sa poitrine battant si près de toi que tu penses que tu es mort et parti au paradis des seins. » Et puis, trois jours après la lune de miel, tu te dis : « Où est passée cette fille, et pourquoi est-ce que ma mère est là à faire du repassage dans le living-room en me criant après parce que j'ai oublié d'acheter du lait pendant que son tour de taille prend un centimètre par jour ? »

Mais Hop n'arrivait pas à entrer dans le jeu de baratin du club des garçons. En vérité, Midge n'avait pas changé d'un iota. La même taille de WASP [1], les sous-vêtements noirs, et un dégoût glaçant pour tout ce qui était peu attirant ou bon marché. Pas la fille à prendre votre tête sur ses genoux en vous berçant de mots de réconfort, et elle ne le serait jamais. Elle buvait encore des Martini et glissait ses petits pieds pointus dans de fins talons hauts en satin, et elle avait toujours le ventre plat et blanc sur lequel il avait un jour léché une pinte d'Early Times dans une chambre d'hôtel de Palm Springs. Elle n'avait pas changé du tout. C'était une honte absolue.

Vingt minutes plus tard, Hop avait pris une douche, s'était à nouveau rasé et avait enfilé un nouveau costume. Pensant sans cesse à l'embuscade de Frannie Adair. Appeler sa femme. Plutôt bas, comme coup. Cela ne le rendait pas fou furieux, pas exactement. Il savait que les choses allaient bien se passer. Elles se terminaient toujours bien. Pourtant, quelque chose de plus doux que le numéro de la journaliste, ou que les ongles brandis de Midge, aurait été bienvenu.

1. Jeu de mots sur *wasp* qui signifie « guêpe » et « Blanche protestante anglo-saxonne ».

Il résista à l'envie de se verser un bourbon, s'installa sur le canapé et commença à passer des appels, essayant de trouver une fille à inviter, ou qui l'inviterait à la rejoindre. Ce soir, il aurait voulu quelque chose de doux avec de grands yeux. Une fille du Midwest, ou une jeunette avec une queue-de-cheval, sortie du fin fond de la Vallée ou de Glendale.

Maureen. Maureen, la secrétaire brunette du département des courts-métrages, avec son nez retroussé et les cuisses fringantes. Elle était toujours partante pour expédier sa colocataire manger un sundae au caramel chez Schwab's afin de tirer un petit coup rapide avec Hop, avant de lui raconter les derniers ragots du studio. Des seins moelleux comme son visage potelé, et des infos internes sur la dernière star trempant sa nouille dans des boîtes homos près de Silver Lake. Ne serait-ce pas merveilleux ? Putain, pendant l'heure ou deux que ça prendrait, qu'est-ce que Frannie Adair pourrait bien découvrir ?

Avant qu'il n'ait pu trouver le numéro de Maureen, son téléphone se mit à sonner.

« C'est bien Hop au téléphone ? » C'était une savoureuse voix de femme qui fit se redresser Hop sur son siège.

« Bien sûr.

– C'est Barbara. »

La belle Barbara Payton, venue lui rappeler toutes les bonnes choses qui allaient croiser son chemin si seulement il parvenait à... « Les félicitations sont bien parties, madame Tone, dit-il.

– Merci, mon petit. Et merci pour les fleurs. Notre chambre sent comme un bordel français », dit-elle, et il pouvait entendre son sourire dans sa voix.

« Mais c'est le milieu de la nuit là-bas, B. P. Tu ne devrais pas être en train de consommer, ou un truc dans le genre ? Tu as la lune de miel nerveuse ou quoi ? Je te promets que ce n'est pas si dur que ça. »

Elle éclata de rire. « J'ai viré le papillon. Il était saoul comme un putois et il pleurait comme une gamine. Tom me manque, soupira-t-elle.

– Bon sang, je suis désolé, petite. » Il se demanda si elle allait lui en vouloir. À qui d'autre pourrait-elle en vouloir ?

« Bon, c'est pas si grave. Il y a pas mal de bûcherons par ici.

– Et la famille, ça va ?

– Je crois, oui. Ils sont au Texas.

– Au Texas ?

– Ils nous ont fait déménager à Odessa, il y a des années, quand j'avais 11 ans. Ils ne voulaient pas revenir dans ce vieux Cloquet plein de neige pour un mariage foireux. Ils boivent comme si on était encore en 1933, tu sais. »

Secouant la tête, Hop pensait à toutes les histoires câblées partout sur ce chaleureux mariage familial. « Eh bien, ma belle, on va garder ça entre nous. M'man est vraiment dans le coup.

– C'est à ça que tu me sers, monsieur Ciel d'Azur.

– C'est bien vrai. »

Elle soupira à nouveau. « Eh bien, bonne nuit, Hop. » Sa voix semblait lointaine.

Hop se sentit bizarre. Elle avait l'air très seule et il était prêt à lui consacrer quelques minutes. « Barbara ?

– Ouais ?

– Je voudrais te demander quelque chose : toi qui as traîné dans cette saleté de ville pendant quelques années. Tu n'as jamais eu peur d'enfoncer tes talons dans la boue ?

– Jamais, merde alors.

– Tu n'as jamais croisé Marv Sutton et Gene Merrel en sortant en ville ?

– Si. » Elle marqua une pause, ce qu'elle n'avait jamais fait depuis que Hop la connaissait.

« C'est quoi, leur histoire ?

– Putain, Hop, j'en sais rien.

– Allez, Barbara. Entre toi et moi. T'as pas besoin de marcher à pas de loup avec moi. »

Il y eut une nouvelle pause. Puis : « Écoute, je n'aime pas répéter ce que je n'ai pas vu moi-même.

– Je suis une tombe, Barbara. C'est ma seule et unique vertu.

– Eh bien, ce Marv m'a bien pelotée une fois ou deux, mais il y avait quelque chose chez ces deux-là qui me hérissait. Les filles ont ce genre de radar.

– Ah ouais ?

– Et j'ai entendu des choses.

– Quelles choses ?

– Okay, on y va, dit-elle. Une bonne copine à moi a fait un strip-tease pour eux dans une soirée privée chez Gene, dans le désert, dit-elle prudemment. Quand elle est revenue, elle s'est enfermée dans son appartement pendant une semaine, à boire et à crier si fort que les voisins ont appelé la police. Elle ne voulait pas en parler. Jamais. Et elle était plutôt le genre de fille à échanger ses histoires de baise. » Barbara prit une profonde respiration. Hop pouvait presque voir sa cigarette consumée jusqu'au filtre. Une tête secouée, épuisée par la vie.

« Elle a quitté le business pas longtemps après. Elle disait : "On ne peut pas occulter ce qu'on a vu. On ne peut pas défaire ce qu'on a fait."

– Putain de moi, Barbara.

– Je n'ai jamais rechigné devant un plaisir un peu louche, Hop. Et vivre et laisser vivre et tout ça. Mais ce n'est pas tout. Il existe des choses par ici qui sont plus noires que tout ça.

– J'aimerais bien ne pas le savoir moi-même, B. P. »

Le souffle coupé, il s'envoya un verre et contempla le mur. La petite Maureen du département courts-métrages ne lui semblait plus être une possibilité. Est-ce qu'il existait même des filles comme ça dans cette ville ? L'avait-il inventée dans sa tête ?

Pourquoi Sutton et Merrel n'avaient-ils pas pu se contenter de leur droit de cuissage seigneurial ? Pourquoi Iolene l'avait-elle ramené à tout ça ? Pourquoi est-ce qu'il n'avait pas fermé sa grande gueule ? Il savait où il devait aller. Au Red Lily, le dernier endroit où Jean avait été. Suivre ses traces depuis moi, jusqu'à l'oubli, se dit-il.

Malgré toute son expérience, qui était d'accompagner des stars et des exécutifs dans des bordels de Chinatown, des parkings sombres, des allées obscures et des motels au-delà de Central Avenue, et jusque dans une boîte mexicaine superchaude pas loin de la piste de San Quentin, il n'avait jamais été au Red Lily. Il n'en avait même jamais entendu parler plus d'une fois ou deux, et toujours dans des murmures étouffés, tard dans des nuits perdues, ces nuits où les lueurs chaudes de 11 heures se changeaient en quelque chose de frémissant et de dangereux vers 2 heures du matin.

Avant, il pensait que cet endroit n'était qu'une rumeur, un fantasme obscur, une vision qui venait avec la nuit en même temps que le marchand de sable. Les rares personnes qui l'avaient mentionné devant lui ne s'y étaient jamais réellement rendues, connaissaient seulement quelqu'un qui y était allé. Ou connaissaient quelqu'un qui connaissait quelqu'un.

Rôdaient des histoires d'orgies sauvages, de royautés hollywoodiennes vibrant violemment au contact de la racaille interlope des quais, vagabonds de ports lointains avec des visages durs et des corps habiles, ou des visages habiles et des corps durs, des corps qui faisaient la course contre des maladies des siècles passés. Des gens sombres et anciens qui avaient traîné de port en port pendant des siècles, du moins le semblait-il, portant en eux un goût pour la dégénérescence sexuelle. Leurs yeux renfermaient des secrets datant de Babylone.

Oh, c'était trop pour Hop.

« Bon Dieu, qui a besoin de cette poésie sulfureuse ? disait-il toujours. Donnez-moi un bon bordel à Tijuana ou, bon sang, une maquilleuse de Van Nuys, n'importe quand. »

Il avait découvert depuis longtemps que demander gentiment aux femmes était tout ce dont il avait besoin pour obtenir ce qu'il voulait, quoi que ce fût.

En montant dans sa voiture, il n'était pas certain d'être capable de retrouver l'endroit. Il avait un vague souvenir du quartier, près du port, en bas d'une rangée de hangars et de bars, et donnant l'impression d'être un de ces bars clandestins des années 1920, avec judas à glissière et mot de passe secret. Puis il se rappela. Cette nuit-là au Eight Ball, le gérant avait donné à Bix quelques indications de direction. Il leur avait même dit de glisser son nom aux gens du Red Lily.

D'une pierre deux coups, pensa Hop, en virant vers le nord pour aller au Eight Ball. Il pourrait s'assurer que tout était aussi verrouillé que Tony Lamont semblait le penser, et obtenir également l'itinéraire pour se rendre au fabuleux Lily. Il n'est même pas 10 heures, pensa Hop. D'ici à demain matin, tout sera scellé pour de bon.

Faisant gronder son moteur le long de l'autoroute, il gardait un œil sur le rétroviseur pour s'assurer que Frannie Adair n'était pas sur ses talons. Mais à chaque fois qu'il se rassurait en ne la voyant pas, il se demandait à qui elle pouvait bien être en train de parler, qui lui donnait des infos.

Bordel, si ça se trouve, elle dort comme une souche. C'est juste un murmure d'histoire pour elle, c'est tout.

Il mit la radio, fort, et essaya de ne pas trop penser, et finalement l'affreux tripot, le Eight Ball, surgit de l'horizon dans toute sa minable gloire.

Planté dans une immense zone de terrains non construits, le Eight Ball était l'un des rares abreuvoirs de la ville à avoir vécu plus de trente ans. La rumeur voulait qu'il ait été un saloon pour les chercheurs d'or, à l'époque, et c'était vrai qu'il avait l'aspect du Vieil Ouest, couvert de poussière et patiné par l'alcool.

Samedi soir, et l'endroit aux murs graisseux était plein à craquer de joueurs, buveurs et baiseurs. Hop essaya de garder le profil le plus bas possible, se planquant même à un moment dans les toilettes pour hommes pour éviter de tomber sur Van Heflin et Gloria DeHaven. Dans cet endroit, vous pouviez toujours compter sur la présence de quelques stars misérables. Et pourtant, il n'avait jamais entendu une seule histoire sortir d'ici par la porte de devant pour atteindre un journaliste solitaire. Ou au moins un reporter qui la relaterait. C'était un bouge sérieux et vraiment fermé, si on peut qualifier ainsi ce genre d'endroit.

Il fit un rapide tour dans l'arrière-salle où se trouvaient les tables de jeu, mais il ne reconnut personne, même pas les croupiers, susceptibles d'avoir été là en 1949. Finalement, il demanda au barman s'il pouvait parler au manager.

« C'est toujours Freddy Townsend, non ?

– Ouais, dit le barman en l'écoutant à peine. Freddy est en haut.

– Je peux lui causer ?

– Nous sommes dans un pays libre, répondit-il en remplissant un verre.

– Oui, c'est ce que j'ai entendu dire », fit Hop en posant un billet sur le comptoir avant de se faufiler vers le fond du bar. Pénétrant dans un long couloir étroit, il repéra un escalier de fer en colimaçon avec un morceau de ficelle suspendu en travers des marches. Une pancarte écrite à la main disait : PRIVÉ.

Hop passa dessous et monta les marches, tournant et tournant jusqu'à atteindre un autre petit corridor, et une porte marquée MGT.

Il frappa.

« Vaut mieux que ça soit important », grogna une voix bourrue.

Hop essaya la poignée, et la porte s'ouvrit. Un homme à la mine revêche était assis derrière un bureau, en bras de chemise. Il avait un livre de comptes ouvert devant lui et portait un holster d'épaule vide. Hop devina que le flingue était dans sa main ou posé sur ses genoux sous le bureau. Le Eight Ball était régulièrement dévalisé, même si le bruit courait qu'il était protégé.

« Désolé de vous déranger, monsieur Townsend, dit Hop, jouant ses cartes avec soin. J'appartiens à un studio de cinéma. J'amène pas mal de nos acteurs et de nos actrices ici et je...

– Je t'ai d'jà vu ici. Je reconnais bien les gueules », dit Townsend, en mâchouillant un cure-dents déjà bien attaqué. Sa voix était juste assez agréable pour assurer à Hop que l'homme aimait bien sa clientèle d'Hollywood, aimait l'argent qu'ils dépensaient, et voulait que ça continue.

Hop s'installa sur une chaise métallique face à Townsend. Posant ses mains à plat sur le bureau entre eux, il la joua comme un honnête courtier. Ce qu'il était, dans un sens.

« En fait, je ne suis ici que pour vérifier quelque chose. Quelque chose qui s'est produit ici – ou qui a commencé ici, plutôt – une nuit de 1949.

– T'es sûr que t'es pas d'la brigade des mœurs ? dit l'autre en plissant les yeux.

– Je peux être un tas de trucs, mais je ne suis pas des mœurs, dit Hop en souriant. Je suis juste un larbin des studios qui fait son job.

– Mais tu files des infos aux mœurs, non ? » Townsend avait l'air de n'être jamais convaincu à plus de 10 % de quoi que ce soit.

« Ce serait le moyen le plus rapide de perdre mon boulot.

– Ça n'arrête pas tout le monde...

– Ma seule relation avec la brigade des mœurs consiste à les empêcher d'arrêter la moitié de nos comédiens. »

Townsend fixa Hop un instant, puis dit : « Alors, cette fameuse nuit ?

– C'était en octobre 1949, et toute une bande était là, à dépenser sans compter. Au centre, il y avait Marv Sutton et Gene Merrel.

– Ils sont venus ici plus d'une fois, mon ami. Sutton reçoit quasiment son courrier ici.

– Je vous crois. Mais ils faisaient pas mal de chambard cette nuit-là. Ils étaient avec une fille de couleur et deux autres numéros d'Hollywood.

– Continue.

– Et l'une des filles, vous l'aviez peut-être vu dans les journaux, elle a fini, eh bien, par disparaître.

– Bingo, fit Townsend en hochant la tête. Bien sûr que je m'en souviens. Je l'aurais oublié, mais les gens n'arrêtent pas de me le rappeler.

– Quels gens ?

– Tony Lamont m'a justement appelé aujourd'hui, dit-il, et c'est pas la première fois. Mais je vais te dire c'que je lui ai dit : "J'ai fait mon boulot, mon pote. Vous n'avez jamais vu le nom de ma boîte dans aucun article de journal, pas vrai ? Et les flics ne l'ont jamais su non plus. Je sais comment ça marche." »

Hop acquiesça. « Ouais, ouais. Vous êtes resté muet comme une tombe. Alors, qu'est-ce que vous vous souvenez de cette nuit-là ?

– Pas plus que votre petit mec du studio...

– Bix ?

– Ouais. Il me dit que ses garçons veulent passer vraiment du bon temps et si je peux pas les aider à trouver un endroit vraiment torride et où on ferme sa gueule. Alors je mentionne quelques endroits et il dit qu'ils connaissent toutes ces boîtes et que c'est mort. "On veut un truc, il me dit, tu vois le genre d'endroit que je veux dire." Je voyais pas, mais quand quelqu'un me dit quelque chose comme ça, je l'envoie au Red Lily. Parce qu'ils ont une connexion avec le marché des "trucs qu'on ne peut dire qu'à voix basse". Alors je lui dis : "Le Red Lily. Impossible à battre, le Red Lily." Je lui ai même dit qu'ils pouvaient dire qu'ils venaient de ma part, pour ce que ça les aiderait. Ça leur a probablement coûté plus cher.

– Et c'est tout ce que vous savez ?

– Et j'en dirai pas un mot à qui que ce soit, vous inquiétez pas. J'ai lu les articles sur la fille, bien évidemment. Mais on s'est occupé de moi, juste après sa disparition...

– Bix.

– Ouais, ce Bix », dit-il. Puis, se rendant subitement compte, ses yeux s'élargirent. « Je pige ! Cette nuit-là, c'est une des fois où je t'ai vu ici. Avec une blonde accrochée à toi. Et tu... » Townsend se redresse dans son fauteuil en pointant un doigt vers Hop. L'autre main resta sous le bureau. « C'est toi qui m'as appelé, pas vrai ? Et l'autre type a apporté le paquet.

– Exact. » Hop se souvenait de l'appel. Il avait duré moins de dix secondes. Ce type savait y faire.

Townsend se détendit, pianotant sur le bureau de sa main libre. « J'ai appris il y a longtemps qu'il y avait plus à gagner en la fermant qu'en déblatérant, soupira-t-il, sortant son autre main de sous le bureau pour glisser dans son holster le flingue qu'il tenait depuis le début. Et en plus, comme je dis toujours, laissez mentir les chiens morts.

– Morts ?

– Écoute, je ne sais rien de rien sur cette histoire. Mais tu peux bien imaginer que c'est probablement comme ça qu'elle s'est terminée, toi aussi, ou alors tu serais pas là. Sinon, où est le problème ? »

Hop tripota ses boutons de manchettes en réfléchissant un instant. Y avait-il une autre fin possible ? « Alors, dit-il, dites-moi, comment je vais au Red Lily ?

– Mais qu'est-ce que tu veux aller faire là-bas, gamin ? Tu devrais pas te mêler de ça. Sincèrement. » Il regarda Hop et ses paupières se firent lourdes. Tout son corps semblait couler plus profondément en lui-même. « C'est pas un endroit où tu voudrais aller, à moins d'y être obligé.

– J'ai juste besoin de m'assurer que...

– Mais putain, petit, ils diront rien là-bas. T'as pas à t'inquiéter de ça. » Il secouait la tête.

« Quand même », dit Hop, attendant.

Townsend soupira, tourna la tête et eut l'air de contempler l'image de son calendrier mural, une fille aux seins nus avec des cuissardes, chevauchant l'avant d'un camion de pompiers, le tuyau enroulé autour d'elle relâchant quelques gouttes perdues.

Sans se retourner vers Hop, il sortit une petite carte d'une boîte posée sur son bureau et la lui tendit.

« Quand même », dit-il. Puis regardant à nouveau Hop, il ajouta : « Fais gaffe à ce que tu cherches, petit. »

Hop descendit l'escalier en colimaçon et traversa le corridor pour regagner la salle principale, qui était encore plus encombrée de monde. Un petit groupe de jazz avait envahi la scène et jouait une version braillarde de *That Old Master Painter.*

« Oh, mais ça alors, c'est Hop... » entendit-il une fille gazouiller, tendant le bras vers lui, l'extrémité de ses doigts presque posée sur son bras, mais avant qu'il ne puisse se retourner, la foule l'avait emporté. La brève émanation de son parfum l'atteignit et il s'arrêta presque, mais la bousculade pour gagner la piste de danse le poussa encore plus loin, et soudain il se retrouva près du mur du fond, là où les tables débordaient de gros buveurs.

En passant devant, avec l'intention d'atteindre la porte d'entrée, il capta un éclat de cheveux auburn au coin de son œil.

Frannie Adair, seule, portant une robe vert foncé avec des boutons en ambre qui étincelaient, renvoyant des taches de lumière sur le mur à côté d'elle.

Elle lui fit un petit signe de la main.

Il s'approcha de sa table. « Je ne vois pas comment... » commença-t-il, mais il n'arriva pas à terminer. Il refit un essai : « Et habillée pour le rôle », en essayant de s'accorder à sa nonchalance.

« C'est mon boulot, dit-elle avec juste un soupçon de gêne en tirant sur son col bordé de satin. Je suis bonne. Comme toi.

– Mais tu ne m'as pas suivi.

– Non, c'est juste ta poisse personnelle. C'est lui que je suivais. »

Elle désigna une petite table d'angle encombrée de filles. Hop regarda mieux.

Et il le vit. Marv Sutton. Seul et tenant cour, cravate défaite autour du cou et un cigare à la main.

« Et où est Hardy ?

– On dirait que Laurel vole en solo ce soir. Peut-être qu'il ne se mettra que dans la moitié des emmerdes.

– Attention, tu vas te retrouver au tribunal », dit Hop, en réalisant soudain. Il tenta de dissimuler une panique latente. « Je peux peut-être m'en occuper pour toi. J'imagine un truc sur le mode : "Je suis un homme marié, heureux, et avec trois beaux enfants. J'aime ma femme. Je n'ai même jamais rencontré cette fille."

– Un petit peu trop tard pour ça.

– Alors, bien sûr, je l'ai emmenée faire une balade. Un sacré brin de fille. Je la reverrais bien... si seulement j'arrivais à la retrouver. »

Elle le fixa.

« Je vais trop loin ? Désolé. Je suis un peu dépassé. » Il se laissa tomber sur le siège à côté d'elle, le poids de tout cela commençant à peser sur ses épaules. « Tu essayes de me faire perdre mon job ? Ou pire ?

– Hé, dit-elle, si tu es propre – ou au moins aussi propre que les types dans ton genre arrivent à l'être –, je te laisserai en dehors de tout ça. Je ne suis pas sortie pour faire un article sur un attaché de presse qui déblatère trop. Où serait le gros titre ?

– Alors, dit-il en rapprochant son siège du sien, qu'est-ce que tu as découvert aujourd'hui ?

– Oh, toutes sortes de choses ! Mais non, je ne recherche pas à avoir une déclaration de Sutton. Pas encore. Je ne veux pas abattre mes cartes. Je ne fais qu'observer.

– On dirait plus un détective privé qu'une journaliste.

– Et toi, tu es quoi ?

– L'enfant bâtard des deux, poupée.

– Je pensais que tu étais le garde du palais.

– Alors comme ça tu as interrogé le staff ? Les serveurs, les voituriers, les barmen ? Ils t'ont raconté des trucs ? »

Elle fit non de la tête. « En fait, c'est très étonnant, monsieur Hopkins : ils ont tous été engagés durant les six derniers mois. » Elle lui lança un regard, puis ajouta : « Je ne savais pas que tu avais une telle influence. »

Hop essaya de ne pas sourire. « Buvons un verre.

– Je ne bois jamais avec les hommes qui sont plus jolis que moi.

– Moi non plus, dit Hop, on ne sait jamais ce qui pourrait se passer.

– Oh, mais je sais, dit-elle en souriant.

– Tu es bien sûre de toi ? » Hop fit signe au barman d'approcher. « Tu me flattes. Allez, aide donc un collègue solitaire à s'en sortir. Quel genre de remontant tu prends ? »

Elle soupira, les mains recouvrant son sac à main brun roux.

– Un bourbon.

– Ce sera deux. »

Elle se tourna vers lui. « Mais une seule tournée. Je suis au travail, matelot.

– Moi aussi, poupée. Moi aussi. Alors, avant que je ne vienne la nuit dernière déverser chez toi tout mon petit cœur amer, tu faisais quoi ?

– Je dormais, tu ne te rappelles pas ?

– Non, mais avant ça. » Il se pencha légèrement vers elle, comme pour entrer dans la confidence.

Elle le regarda. « Quelle importance ?

– Aucune », dit Hop, avec légèreté. La manière dont elle se tendait quand il s'approchait d'elle était intéressante. Il effleurait quelque chose, presque par accident. Et quoi que ce fût, cela la changeait en autre chose. En quelque chose qu'il connaissait.

« J'avais un rendez-vous. En quelque sorte. Un type qui pouvait peut-être m'aider pour d'autres histoires. J'étais à la pêche, quoi. »

Elle regarda Hop du coin de l'œil, faisant comme si elle essayait d'apercevoir Marv Sutton à travers la foule. « La manière d'y arriver, les trucs dont tu as besoin avec ces types, eh bien, il faut leur laisser du mou. Il faut danser un peu au bout de l'hameçon. »

Hop réfléchit une seconde. « Tu ne peux pas être à la fois le pêcheur et le poisson, dit-il.

– Quoi ?

– Ta comparaison. La métaphore, dit-il en sortant son mot à 5 dollars. La ligne et l'hameçon, à quel bout est-ce que tu te places ?

– Tu ne sais pas ? demanda-t-elle. C'est exactement comme dans ton business, je suis des deux côtés à la fois.

– Et c'est le boulot qui les distingue. »

Elle le regarda. Puis, lentement, elle parut essayer de retrouver son équilibre. « Alors pourquoi voulais-tu savoir ce que je faisais hier soir ? »

Les yeux fixés sur elle, Hop croisa les bras sur sa poitrine et recula un peu sur son siège. Il la jouait en douceur – cette chose qu'il jouait. Il la jouait presque toujours en douceur. Ces types qui ne pouvaient pas le faire, ceux qui fonçaient toujours sur la porte, il les trouvait pathétiques.

« Je ne sais pas, Frannie, dit-il d'un ton égal. Il y avait quelque chose. Au moment où j'ai sonné chez toi. L'idée que tu étais allongée sur ton lit. Avec une chaussure en moins. Ton souffle sur ton oreiller. J'ai une image de toi dans la tête. Et tu es une fille si futée et si forte que je me sens comme le petit garçon pris en train de regarder par le trou de la serrure. » Il s'arrêta pour marquer ses effets, puis répéta : « Je n'arrête pas de penser à toi sur ton lit, avec une seule chaussure au pied. »

Elle l'écoutait attentivement, et il sentait qu'elle prenait ses mots et qu'elle les soupesait, qu'elle le soupesait, lui, prise entre une irritation intriguée et quelque chose d'autre.

Et il savait qu'elle voyait l'image qu'il venait juste de décrire. Cette image d'elle-même. Était-ce de la simple mélancolie ? Était-ce quelque chose qui pouvait vraiment faire monter la pression sanguine d'un homme ? Était-ce ça qu'il disait ?

« C'est drôle, ta façon de dire les choses. Presque comme si c'était moi qui m'étais exposée la nuit dernière », dit-elle, d'une voix dure. Puis redevenant vite douce. « Alors que c'était toi. »

Soit il avait mal lu en elle, pensa Hop, soit c'était sa dernière défense.

« Hé, dit-il en lui envoyant un grand sourire, les doigts écartés, posés sur son torse, je n'ai rien à cacher. Et je suis cool. »

Elle ne put cacher son sourire. « Tu as à moitié raison.

– Et tu remarqueras, ajouta-t-il, que je n'ai contredit aucune de mes confessions d'ivrogne.

– Ça n'aurait aucune importance que tu l'aies fait. » Elle finit son verre. « *In vino veritas*. Du moins, c'est ce que les pères disaient.

– Laisse-moi t'en offrir un autre, alors.

– Non, merci, dit-elle en prenant son sac à main. Je ne veux pas perdre de vue Mr. Sutton. Et en plus – elle agita le doigt entre eux deux –, dans ce cas précis, je sais exactement de quel côté de la métaphore je suis. »

Elle se leva, et, ce faisant, elle posa sa paume sur le revers de sa veste, pendant une fraction de seconde. C'était chaud et il le sentit.

« Tout va bien. » Il se leva, écartant la table du mur pour qu'elle puisse partir. « J'ai une bonne longueur de fil. »

Elle se tourna à moitié pour lui répondre, mais avant qu'il ne puisse voir son visage, la masse de fêtards l'engloutit.

Il resta assis un moment, surveillant Sutton. Il connaissait bien ce genre de type. Il les connaissait même quand il était encore à Syracuse. Même là-bas, il y en avait des comme lui. Quelque chose dans la manière dont ils bougeaient, dont ils traversaient une pièce, garaient leurs voitures, allumaient leurs cigarettes, peignaient leurs cheveux. Ce n'était pas facile à définir. Une sorte de satisfaction de soi imperturbable, masquant à peine un centre bouillonnant. Quelque chose habitait là-dedans, profondément enfoncé, datant de l'époque où ils avaient vu leur chiot se faire écraser par une voiture, perdu leur sœur à cause de la polio, senti les mains beaucoup trop tendres de maman sur leurs corps, subi des moqueries à l'école à cause de leur pied bot, surpris papa en train se sauter la bonne, ou été là un jour où les voisins avaient repêché un cadavre dans la rivière. Qui pourrait bien le savoir, bordel ? Et qui pouvait savoir pourquoi cette chose profondément nichée en eux les rendait *comme ça*, alors que plein d'autres types étaient chargés de mauvais souvenirs, mais n'avaient jamais eu envie de ligoter une fille ni de lyncher qui que ce soit ?

Il laissait ça aux docteurs de la tête.

Tout ce qu'il savait, c'est que Marv Sutton avait cette allure, même si cela ne se voyait pas à l'écran, mais seulement dans des endroits comme le Eight Ball ou le Red Lily.

Il songea à s'approcher pour lui parler. Mais pour lui dire quoi ? Et pourquoi le lui dirait-il ? Et quel bien est-ce que cela pourrait faire ? Il commanda un second bourbon. Restant assis dans son coin, il sentit une vague de réminiscences désagréables l'envahir et s'installer dans sa tête. Des regards échangés entre Sutton et Merrel cette nuit-là, du Marv agressif et du Gene étrangement froid, fameux visage poupin taillé dans la pierre, assis avec Jean Spangler entre eux, et l'un d'eux jouant avec le rang de perles qui pendait devant le décolleté de sa robe. Jouant avec comme si elle était une poupée ou un mannequin dans un magasin de vêtements. De Iolene qui le regardait, lui, le regardait encore et encore, se penchant de côté pour croiser son regard alors qu'il prétendait écouter les riens papillonnants qui sortaient de la bouche sucrée de miss Hotcha.

Et plus tard, la main d'Iolene sur son bras.

« Tu viendras, pas vrai ? Au Red Lily ?

– Bien sûr, petite, je vous retrouverai là-bas, avait-il dit. Juste après avoir fait mon travail de gentleman en raccompagnant cette charmante jeune femme chez elle. » Il s'était montré désinvolte, il lui avait même fait un clin d'œil, mais elle était restée impassible et, oui, il l'avait vue inquiète. Peut-être même effrayée.

Et en regardant Sutton maintenant, il commença à penser : était-ce une coïncidence que Sutton se pointe justement ce soir ? Ou était-ce prémédité ? Tony Lamont le prévient de rester tranquille et le mec ne peut pas s'empêcher de se montrer, de faire un pied de nez au destin ?

Sans même s'en rendre compte, Hop se retrouva en train d'avancer vers Sutton, son verre à la main.

La longue ondulation de filles qui entouraient sa table s'était réduite à deux rousses dans la veine de Rita Hayworth, une en jaune brillant et une en bleu minuit. Un type souriant en costume pied-de-poule fermait le groupe.

Mais qu'est-ce que je fais ? se dit-il à moitié. Je devrais me tenir le plus loin possible de ce mec. Je ne veux aucune connexion entre moi et la piste que suit Frannie Adair. Pourquoi est-ce que je fais ça...

« Marv Sutton, je n'en crois pas mes yeux », dit Hop en atteignant leur table, avec le plus de bravade qu'il pouvait rassembler.

Sutton leva les yeux avec son célèbre regard dansant, exactement comme dans *The Crazy Caravan*. Un visage qui avait l'air si brillant et jubilant à l'écran, et devenait si insidieux dans la vraie vie.

« Vraiment, j'ai comme une impression de déjà-vu », ajouta Hop, en balançant le verre dans sa main au point qu'il éclaboussa presque la table de bourbon.

Sutton ne dit rien. L'homme en costume pied-de-poule se redressa sur son siège et se renfrogna quelque peu. Par cette imitation de Dan Duryea, Hop pensa que ce type était un employé des studios. « Ça t'ennuierait de t'présenter, mon poteau ? fit l'homme.

– Doucement, Bob, dit Sutton, poli comme une flaque de pétrole. Vous me paraissez familier, mon vieux.

– Gil Hopkins, du bureau de presse. » Hop tendit la main.

Sutton fit comme s'il ne la voyait pas et esquissa un sourire facile. « C'est ça, gamin, bien sûr. Prends un siège. »

Bob pied-de-poule parut se détendre et serra la main tendue de Hop à la place de Sutton, le tirant vers le bas pour qu'il s'assoie.

« Alors, qu'est-ce qui se passe ce soir ? » s'aventura Hop, en se posant sur un siège, à moitié écrasé contre le visage de la rousse à côté de lui. C'était un visage si vide que Hop avait l'impression de voir au travers, si léger qu'il pensa qu'il pourrait s'envoler. Était-ce une poupée de papier ?

Bob pied-de-poule essaya d'attirer son attention, lui tapotant l'épaule pour qu'il se retourne vers lui.

« C'est toi qui as sauté ma secrétaire », dit-il en agitant l'index.

Hop réfléchit une seconde. « Moi ? dit-il finalement.

– Ma secrétaire, Ruthie. » Il arborait un large sourire. « C'est moi qui tiens les livres de Marv. Et je le sais, pour toi et Ruthie, parce que Tony Lamont voulait que je la vire. Il disait qu'elle baisait un mec de la com dans la salle des registres tous les jours à 15 heures, au lieu de porter les notes de frais à la comptabilité. Tst, tst. »

Hop se souvint soudain de la fille aux courtes boucles, aux lunettes en forme d'yeux de chat et au petit bourrelet de bébé autour de la taille. Ça avait duré seulement une semaine ou deux durant son premier mois au studio. Une façon de se féliciter lui-même pour son nouveau job.

« Je ne suis pas le seul type de la com, dit Hop. Tu es sûr que c'était moi ? »

En disant ça, il remarqua l'intérêt grandissant de Sutton. Il semblait trouver Hop un poil plus intéressant.

« Je pense que c'était toi, dit Sutton en regardant Hop dans les yeux, mais sans bouger, assis, immobile comme un roi, ou une statue.

– Ah ouais ? » dit Hop en finissant son verre avant de le reposer avec un sourire. Il apercevait quelque chose dans les yeux des deux hommes. Quelque chose qu'il pouvait travailler. « Okay. Je plaide coupable. Mais, les gars, laissez-moi vous dire que ça n'a duré qu'une semaine. Le lundi, elle était vierge, se couvrait le visage avec ses mains en pleurant sur sa virginité déflorée. Mais – Hop laissa apparaître le sourire prétentieux le plus mauvais qu'il pouvait affecter –, le vendredi, elle était prête à s'envoyer toute la horde hurlante de l'USC [1], du haut en bas et d'un bout à l'autre du studio. J'en ai jamais vu une se dévergonder si vite. Arrivée au week-end, elle avait des trucs spéciaux pour *moi*, et elle m'a même laissé me faire sa sœur après le boulot.

– C'est pour ça que tu l'as plaquée ? dit Bob en souriant.

– Nan. » Hop agita la main. « Elle a découvert que j'étais marié, elle a appelé ma femme et menacé de lui ouvrir la gueule à coups de tesson de bouteille si elle ne divorçait pas d'avec moi.

– La garce, dit Sutton en secouant la tête, le premier signe réel d'animation que Hop avait vu chez lui. Écoute, mon pote, quand elles te font des coups comme ça, deux claques dans la gueule. Main ouverte. Comme ça. » Il prit dans sa main gauche le visage de la rousse assise à côté de lui, et feignit de lui flanquer un aller-retour de la main droite. Même si Sutton ne la toucha pas, il réussit tout de même à pousser la tête de la fille assez fort en arrière pour que sa tête se cogne dans le mur. Pas vraiment l'ambiance de *Crazy Caravan*, ça, c'était sacrément sûr. « Ouille », murmura la fille en se massant l'arrière du crâne.

« Ah, c'est vous qui avez appris cette technique à ma femme, dit Hop. Eh bien, vous avez oublié de lui parler de la main ouverte.

1. Université de la Californie du Sud. *(N.d.T.)*

– Elle est bonne, celle-là, dit Bob pied-de-poule en se raclant la gorge, regardant Sutton qui se joignit presque à lui. Un véritable bouffon.

– Je me souviens de toi maintenant, dit Sutton en levant d'un demi-centimètre son index manucuré. Une nuit on avait rendez-vous avec quelques dames que tu avais amenées, non ? » Il fit un clin d'œil à Bob avant d'ajouter. « T'es bon pour ramener des filles. C'est pour ça que t'as réussi.

– Vraiment pour ça ? dit Hop en souriant, comme il le faisait toujours avec ce genre de mec. Je n'étais pas sûr que vous vous rappelleriez cette nuit-là. Mais je pense que je suis parti avant que la fête décolle pour de vrai. » Hop ne savait pas pourquoi il disait tout ça à Sutton. En quoi est-ce que ça allait l'aider ? Mais il n'arrivait plus à s'arrêter.

« Vraiment ? dit Sutton, le regard vide.

– Ouais, vous êtes allés au Red Lily, si je me souviens bien. »

Hop cherchait à repérer n'importe quel signe d'intérêt chez les deux hommes.

Bob leva les yeux au ciel. « Ce vieux piège à rats ?

– Vous y êtes allés récemment ? »

La mâchoire de Sutton eut un imperceptible mouvement convulsif, mais comment savoir si cette attitude indiquait autre chose qu'un rejet ennuyé de cette question. Il avait l'air d'un homme toujours au bord de l'ennui. Tapotant sa cigarette, il grommela : « Je croyais que les mecs de la com étaient censés être dans le vent. Cette boîte est morte depuis des mois.

– Je crois que ça dépend de ce qu'on recherche.

– Peut-être, dit Sutton, laissant ses yeux courir sur la piste de danse comme s'il pensait, à tâtons, à quelque chose qu'il ne pouvait pas tout à fait atteindre.

– C'est purement pour les masses de lourdauds maintenant, soupira Bob. Ça a perdu toute sa délicatesse d'origine.

– Ces endroits ont une vie éphémère », dit Hop, essayant de faire parler Sutton. Est-ce que ce type était juste un porc ou était-il ce que Hop avait cru voir chez lui depuis l'autre bout de la salle, un type aussi profondément malfaisant qu'il paraissait ? Il l'observait et il lui sembla voir quelque chose se tordre derrière son regard creux.

« Mais Gene y va toujours, non ? s'aventura Hop, utilisant tous les ressorts de son ton alerte, façon tout est permis.

– Peut-être, répondit Sutton. On ne traîne plus beaucoup ensemble. Celui-là, on ne peut pas le sortir du port et des bas-fonds. Le parfum des quais l'attire, et il n'en aura jamais assez.

– C'est homérique. Y a matière à un vrai mélodrame, dit Bob. Gene Merrel, ce visage de bébé des bidonvilles irlandais, cette voix langoureuse. Réussissant à sortir des plus beaux plateaux de danse pour retomber dans le caniveau. Monsieur Saleté... n'en a jamais assez !

– Ouais, eh bien, il ferait mieux de s'assurer de garder les fameuses ailes qu'il a aux pieds, dit Sutton. J'ai pas envie de voir mes pièces d'or couler dans cette saleté.

– Marv, ici présent, préfère être le plus sale, mais à l'écran, ajouta Bob, qui se lâchait et se sentait téméraire. L'autre lui a volé la vedette. »

Sutton haussa les épaules et alluma une cigarette, ses boutons de manchettes ouverts pendillant. Hop le regarda, travaillant une idée. Peut-être que la dégénérescence de la grande vie, qui l'intriguait jadis, avait perdu de sa brillance. Peut-être y avait-il une vraie réflexion en marche derrière la gueule de star de cinéma, à la longue mâchoire et aux chairs massées et parfumées.

Sutton, un œil parcourant toujours la salle, se mit à parler chevaux de course avec Bob. Les deux rousses commençaient à avoir l'air de s'emmerder.

« Allons danser, Marvy », dit l'une, accrochant ses doigts aux ongles étincelants sur l'épaule de Sutton. Sutton regarda Bob, qui répondit pour lui.

« Il ne danse que pour un gros billet, dit Bob en faisant non de la tête. Chantera pas une note non plus. C'est le son du fric, chérie. S'il ouvre la bouche, tu pourras voir plein de jolis symboles du dollar papillonner dans l'air. » Bob tendit la main à la fille. « Mais je vais aller swinguer avec toi, mon petit sucre. Et on va trouver quelqu'un pour ton amie aussi. »

Tous trois se levèrent et se frayèrent un chemin vers une place sur la piste frémissante.

Hop commanda un double scotch en essayant de se rappeler ce qu'il faisait ici. S'assurait-il que tout était bien verrouillé, ou essayait-il de regarder sous les lames du plancher ? Le boulot, garçon, se dit-il. C'est tout ce que tu as.

Sur ce, Hop but une gorgée de son verre et essaya d'imaginer un moyen de se tirer...

« Hé, mon pote, ramène-moi ce paquet là », dit abruptement Sutton, sans quitter sa tête de six pieds de long. Il désignait une jeune serveuse au front luisant de sueur qui portait un énorme plateau plein de verres, son uniforme trop serré sur ses hanches de fille de la cambrousse. C'était une vraie péquenaude de San Gabriel Valley, un visage d'adolescente éclairé d'une assurance incroyable.

« Celle-là ?

– J'aimerais la baiser à mort », dit Sutton en se tournant vers Hop. Et dans sa voix, des remugles de quelque chose débordaient vers le sordide. D'une certaine manière, Hop comprit que Sutton le pensait vraiment. Une chose affreuse, pensa-t-il, même pour lui qui avait amené une centaine de filles à une centaine de stars de cinéma durant les derniers vingt et quelques mois. Cela n'avait jamais été comme ça. Pas vrai ?

La chose qu'il voyait en Sutton, maintenant, l'avait-il vue cette fameuse nuit avec Jean Spangler ? Putain, bien sûr qu'il l'avait vue, mais qu'est-ce qu'il s'en foutait. En quoi ça le concernait, que ces mecs aient besoin de s'envoyer en l'air salement ?

Hop regarda à nouveau la fille et but une longue gorgée, réfléchissant, puis décidant de ne plus réfléchir. Le boulot, garçon. Le boulot.

Bordel, il avait fait ça un million de fois auparavant, organiser une rencontre comme ça. Graisser les rouages pour ces mecs. C'était juste une intro. Et pourquoi pas, bordel ?

Il la rattrapa au moment où elle se penchait sur un évier plein de verres sales près du bar. Il plaça gentiment une main sur son bras et parla aussi doucement qu'il pouvait au milieu du vacarme. Les yeux de la fille étaient aussi larges que ceux d'une chouette, la bouche grande ouverte, mâchoire tombante. Un bébé.

« Mais il ne faut pas que tu t'y intéresses. » Pour la deuxième fois, Hop interrompit son propre baratin. Sa propre patte de velours. Il n'y arrivait plus. Regardant ses joues duvetées, son visage pur et interrogatif, ses yeux candides, insipides, il ne pouvait pas. « Tu ne devrais vraiment pas.

– Pourquoi pas ? répéta-t-elle, avec un sourire rêveur.

– Parce que, Ann, ça pourrait ne pas être un garçon sympa, dit-il. Les gens causent. Ils disent qu'il est vraiment dur avec les filles. » Il voulait lui refermer sa bouche ouverte du bout des doigts et la renvoyer dans sa cambrousse.

« Les gens causent », dit-elle en haussant les épaules. Puis : « Je l'ai vu dans un film, la semaine dernière.

– Ann, pourquoi tu ne lui dis pas que tu es prise ? Je dirai que tu as un petit ami baraqué qui va arriver pour te raccompagner chez toi, non ? »

Mais Ann n'entendait pas un mot. Elle sortit un petit bâton de rouge à lèvres – un jouet pour petite fille – de la poche de son tablier et s'appliqua une épaisse couche de ce que Hop imagina qu'on pouvait appeler Abricot de juin.

« Vous pouvez m'emmener le voir, maintenant ? »

Quinze minutes plus tard, ayant essayé de dégoûter Ann aussi longtemps qu'il pouvait, malgré ses oreilles pleines d'eau, Hop aperçut Sutton qui sortait de l'arrière-salle après quelques passes de black jack.

« 300 dollars viennent juste de me tomber du ciel. Je suis fin prêt pour cette Cendrillon.

– Non, Marv, tu ne veux pas de cette fille.

– Mais qu'est-ce que tu sais de ce que je veux ? demanda Sutton, plus surpris qu'en colère.

– J'ai parlé d'elle à quelques personnes. L'un des barmen et l'un de ceux-là – Hop désigna le quintette de jazz –, et j'ai entendu la même chanson.

– Quoi ? Elle est vierge ? » dit Sutton.

Bob pied-de-poule, qui s'était glissé à côté d'eux avec la rouquine en bleu nuit au bras, sourit. « Il s'en fout. Dans quelques heures, on la fera redéposer devant la porte avec de magnifiques souvenirs.

– Crois-moi, Marv, c'est toi qui en garderas le souvenir et bien plus longtemps qu'elle. » Hop désigna la serveuse d'un geste du menton. La fille, à vingt mètres de là, lui répondit d'un signe de la main. « Elle a une chtouille pire qu'une pute à 2 dollars.

– Eh bien, que je sois... dit Sutton, les yeux plus qu'à demi ouverts pour la première fois de la soirée. La question est : suis-je assez sobre pour que ça m'arrête ? » Il fit rouler un cure-dents sur sa langue.

« Regarde la beauté fraîche comme la rosée qui se repeint la figure à ta propre table, dit Hop, faisant un geste vers la rousse en jaune, qui se repoudrait avec la concentration d'un maître d'œuvre au travail. Elle est prête et elle attend. Je donnerais mes yeux et mes rotules pour goûter à ça.

– Elle est tout à toi, dit Marv en piquant la veste de Hop avec son cure-dents. Je vais risquer le coup et voir si la viande de la conasse est plus fraîche que la rumeur le dit. »

Il se dirigea vers la serveuse, Bob se précipita derrière lui en portant leurs deux impers. La fille eut à peine le temps d'attraper le sien derrière le bar avant que Bob ne la prenne entre ses griffes, l'enveloppant de son bras pied-de-poule, pendant que Sutton ne s'embêtait même pas à la regarder en face. Même de l'autre bout du bar, Hop était certain de l'entendre haleter, pousser des petits cris, comme au supplice ; et ces sons étaient enjoués et effrayés à la fois. Impossible de faire la différence.

Et puis ils disparurent.

Alors qu'il revenait vers leur table avec dans l'idée de finir tous les verres abandonnés par le groupe, il eut envie de rire. Il faillit rire. Dans la vie, vous avez rarement une deuxième chance, et regardez ce qui se passe. Il voulait rire, mais le son ne parvenait pas à sortir de sa gorge.

Alors qu'il descendait un reste de gin tonic, la rousse en jaune sortit des toilettes pour ne plus trouver que Hop.

« Vera est partie aussi ? demanda-t-elle avec lassitude, en appuyant ses boucles parfaites contre le mur à côté de Hop.

– L'autre fille ? Ouais.

– Puisque vous avez fini mon verre, vous pourriez m'en commander un autre ? »

Ils burent une tournée.

Quand ils eurent fini, elle soupira. « Je vais appeler un ami pour qu'il passe me prendre.

– Je peux vous ramener, dit Hop, jouant le gentleman.

– Non, on va au Café Zombie. Mais vous pouvez venir fumer une cigarette dehors avec moi en attendant qu'il arrive. »

Hop attendit pendant qu'elle appelait. Puis ils s'installèrent devant le parking de la sortie de derrière. Hop était content de prendre l'air et d'avoir la chance de se distraire de ses pensées sur Sutton et la serveuse.

Pendant qu'ils respiraient le vent poussiéreux, la rouquine se tourna tout à coup vers lui. « Vous ne vous êtes jamais soucié de savoir comment je m'appelle, pas vrai ? » En le disant, elle souleva légèrement sa jambe sous les plis froncés de sa robe jaune d'or.

La jambe était jolie.

« Votre nom, hein ? Laissez-moi deviner, dit Hop, partant au quart de tour. Vous ressemblez à une... Ethel ? Mavis ? Clara Mae ? »

La jambe se découvrit un peu plus. Pour Hop, on aurait dit qu'elle était pailletée d'or.

« Hazel ? Millicent-Ann ? Bigleuse ?

– La star a filé, mais, bon Dieu, je vais pas mettre une croix sur cette nuit ! dit-elle, offrant à Hop dix mètres de jambe maintenant. Un attaché de presse peut au moins me faire passer dans le journal.

– C'est ce que les autres responsables de publicité vous ont dit ? » demanda Hop en secouant la tête.

Après avoir regardé partout autour d'eux, elle poussa la porte du débarras contre laquelle elle était adossée. Ses cheveux étaient si rouges qu'ils en devenaient presque bleus sous la lumière tamisée de l'allée.

« J'ai vraiment eu une sale journée », dit Hop avec un brin de mélancolie.

Elle recula dans la petite réserve et il la suivit. Il tendit la main, dans l'intention de la passer derrière sa nuque. Mais à la place, il vit sa main lui couvrir le visage, sa paume appuyant sur sa bouche d'un rouge éclatant. Il se demanda à moitié pourquoi il faisait ça, puis il oublia de s'en préoccuper. Quand sa tête cogna un peu fort contre le mur, elle émit un petit bruit aigu et excité.

Quand ils sortirent du débarras, la fille remontant son bustier plus haut sur sa poitrine empourprée, deux des musiciens de jazz levèrent le nez des boîtes de leurs instruments. Hop les reconnut. Il les avait vus jouer lors d'une session bien plus importante la semaine précédente au Moulin Rouge. L'un d'eux lui sourit en refermant la boîte de sa trompette. « Voilà un mec qui sait y faire », dit-il.

Il réussit difficilement à atteindre sa voiture, la tête embrumée par la fumée, le bruit, les verres et surtout les odeurs de renfermé et de moisi du débarras, mélangées au parfum entêtant de la fille, qui semblaient s'être entassées dans sa gorge. Enfin en sécurité dans son cabriolet, il baissa les vitres et prit une grande inspiration. Il envisagea d'allumer une cigarette, mais la simple pensée de l'odeur lui retourna à nouveau l'estomac. Il regarda droit devant, vers le désert noir, laissant la brise poussiéreuse l'enrober. Puis, se secouant pour sortir de cette transe, il essaya d'effacer les plis de son costume froissé. Tournant le rétroviseur pour se regarder dedans, il vit les traces de la rouquine étalées sur son visage et son cou. Un écheveau de mascara sur sa mâchoire, une floraison de rouge à lèvres sur son cou, une brillance de fond de teint sur un côté de son visage.

« J'ai rendez-vous avec Carl Heinrich au casting, mardi. Il aura reçu un coup de fil de toi, n'est-ce pas ? » avait-elle dit en redéroulant sa robe vers le bas.

Bien sûr, poupée, bien sûr.

Le Red Lily

Cela faisait un sacré trajet du Eight Ball jusqu'au port, et la cervelle de Hop s'encombrait de doutes et de récriminations contre lui-même. Surtout à l'égard de ce qu'il pensait accomplir en revenant à coups de coude dans ces endroits, dans ces existences. Une visite guidée des stars d'une très mauvaise nuit.

Il regardait, encore et encore, la carte que Freddy Townsend lui avait donnée, ses notes sibyllines qui le guidaient jusqu'à un carrefour débordant de vase des quais de San Pedro.

Tout en roulant, il se rappelait avoir écrit des articles sur Sutton et Merrel à l'époque de *Cinestar*. De pétillantes saloperies sur leur « duo magique si particulier ». Ils sortaient de leur fameuse série de comédies musicales des années de guerre :

Merry Marines (1943), *Air Force Follies* (1944), *Sailors' Serenade* (1944), *Army Antics* (1945), tous des cartons au box-office, comme on dit. Et comme Hop l'écrivait. Interminablement.

Merry Marines était celui qui avait tout fait démarrer, scellé leur célébrité. Soixante-dix minutes de numéros éclaboussant le public de thèmes patriotiques, chorégraphiés avec une perfection toute régimentaire par l'extraordinaire sergent instructeur Busby Berkeley. Et avec ce fameux dernier numéro. Le final en solo de Gene Merrel, tourné en magnifiques gros plans, sa mèche travaillée qui se balançait et ses yeux bleus d'Irlandais étincelants, visage nimbé, tramé et lumineux comme celui de Lillian Gish. C'était « Dieu bénisse l'Amérique », avec Merrel, se servant de ses dons de Dieu, de sa voix de ténor toute de lait et de miel, et de ses yeux enfantins, célèbres pour regarder droit dans la caméra, et, ce faisant, se transformant en chaque fils, frère ou fiancé de tout le public. Quand il atteignait le second couplet, Marv Sutton, l'homme rêvé de toute l'Amérique, entrait dans le cadre, pointait son index droit vers la caméra, et, avec ce geste, emportait le cœur de chaque ardent amateur de cinéma du pays en conjurant le public : « Chante, Amérique, chante avec lui pour nos soldats. »

Le timing n'aurait pas pu être meilleur, tout le pays au plus haut de la guerre, la bannière étoilée sortant de toutes les bouches. Salle après salle, le public chantait, à pleine voix et avec entrain. Et puis, un après-midi, trois jours après la sortie du film, un soldat démobilisé, qui avait laissé un bras dans la mer de Corail, se leva pour chanter, se dressa au milieu de la salle, et d'autres le suivirent, déclenchant une vague de phénomènes identiques. Finalement, pour couronner le tout, la célèbre photo de *Life* prise dans l'immense caverne de l'Electric Theater de Kansas City, rempli à ras bord de ses deux mille deux cents spectateurs tous debout, la main sur le cœur, illuminés seulement par le rayon enfumé du projecteur et l'écran lui-même, où se dessinait le visage de Gene Merrel, souriant aux anges.

Putain, si ça ne fait pas d'eux des stars... ces deux satanés chéris de l'Amérique.

Maintenant, comme Hop arrivait sur les docks, l'image qui scintillait dans son esprit s'assombrissait, devenait floue. Le visage de Merrel sur l'écran perdait son innocence embaumée, son éclat patriotique. À sa place surgissait quelque chose d'autre. Quelque chose à quoi il ne voulait pas penser. Les chéris de l'Amérique, bien sûr, qui, quand ils n'étaient pas à l'écran, aimaient ramasser des starlettes impatientes pour les dérouiller dans leur no man's land. Pour s'amuser.

La carte de Townsend à la main, Hop sortit de sa voiture et fit le tour des docks à la recherche du célèbre Red Lily. Pour commencer, il se sentait plutôt prêt à admettre qu'il était une andouille. Laisser cette figurante de couleur aux jambes maigres le mener par le bout du nez dans un lieu de plaisir de troisième zone fréquenté par des charognards. Comment y était-elle arrivée ? Mais plus il errait, le son de l'eau clapotant sous lui, faisant presque un bruit de bulles, plus toute cette entreprise dégageait un mauvais truc – les odeurs, les planches grinçantes, les cordes tirant sur le bois, les échos d'une personne appelant quelque part, appelant le nom d'une personne, tout ça n'allait pas du tout.

Finalement, il trouva l'étroit passage marqué d'un X écarlate à côté d'un réverbère faiblard. Il frappa par intermittence sur la porte usée par l'eau de mer pendant au moins cinq minutes avant qu'elle ne s'ouvre. Il ne savait pas à quoi il s'attendait, mais certainement pas à une fille de moins d'un mètre cinquante, qui d'un bras maigrelet lui fit signe de la suivre, les yeux aussi lourds, aussi universellement sages que ceux d'un vieux loup de mer, un corps d'elfe aussi mélancolique que celui de Margaret O'Brien. Vêtue d'une espèce de robe chasuble bouffante, elle s'avança devant lui sans dire un mot. Ils empruntèrent un long et large couloir bas de plafond, pour atteindre un petit salon empli de canapés mous en velours entourant un gros

Victrola. Les bordels restent des bordels, où que vous alliez, se dit Hop, un peu déçu par le Red Lily. Encore une légende d'Hollywood qui partait en fumée.

« Asseyez-vous, monsieur. Quelqu'un va venir très rapidement, dit-elle en se tournant pour partir.

– Attendez, dit Hop. Ce n'est pas pour ça que je suis ici. Laissez-moi vous expliquer quelque chose.

– Vous n'avez rien à expliquer ici, mon gros ours », dit-elle, sa voix prenant une intonation bien travaillée.

Sous la lueur henné des lampadaires, il la regarda plus attentivement. Elle était d'une race indéterminée, avec une peau légèrement colorée et une myriade de grains de beauté sur le nez et la poitrine. Elle avait l'air d'avoir 13 ans, avec un corps de 13 ans – un léger duvet sur le menton, et des jambes comme des allumettes, plus longues que le reste de son corps.

« Venez ici une seconde, dit-il, en se penchant légèrement pour parler, se sentant comme Lionel Barrymore face à Shirley Temple. Alors, c'est comment, votre nom, en fait ? »

Avec un regard acéré de suspicion aussi vieux que la profession elle-même, elle s'écarta légèrement dans la pièce. « Goutte de Citron », dit-elle, la langue pointant une demi-seconde entre ses dents. Au temps pour Shirley Temple.

« Et alors, comment vous avez atterri dans un endroit comme ici ?

– Bon sang, vous êtes la première personne à me poser cette question, dit-elle, en se déhanchant pour adopter une attitude blasée.

– Forte tête, hein ? Écoutez, j'ai vraiment envie de savoir », mentit Hop. Toute cette scène le mettait mal à l'aise, le dégoûtait et l'excitait vaguement en même temps. Une combinaison à laquelle il commençait à s'habituer.

« Écoutez, si vous êtes là pour poser des questions, vous vous êtes trompé d'endroit. C'est le mauvais endroit. Le plus mauvais endroit du monde, dit-elle en faisant claquer sa petite langue rose entre ses dents.

– Vous en avez vu beaucoup, hein ?

– Tout est là. » Elle resserra le ruban bleu fané de sa robe chasuble. « Je n'ai jamais vu que ça. » Levant un bras, elle désigna l'ensemble de la pièce. « Je n'ai jamais été ailleurs.

– Vous voyez des visages célèbres.

– Pas de visages, non, dit-elle avec une espèce de sourire. Personne n'a de visage, pas même vous. »

La manière dont elle dit ça déconcerta Hop. Quelque chose dans ses yeux pailletés d'or.

« Écoutez, Goutte de Citron, commença-t-il, puis il secoua la tête. Est-ce que c'est votre vrai nom, de toute manière ?

– Vous croyez qu'une fille née dans un endroit pareil a un autre genre de nom ?

– Okay, okay. Mais écoutez, écoutez... » Il se demanda pourquoi il répétait toujours les choses. « J'ai besoin de votre aide. Vraiment. Je ne suis ni flic ni privé. Je suis juste un type qui cherche une dame.

– C'est le meilleur endroit pour ça, matelot.

– Une femme en particulier. »

La fille le scruta. « Elle travaille ici ?

– Non, non. Mais elle est venue ici une nuit, il y a deux ans à peu près. Et on ne l'a pas revue depuis. »

Sa minuscule mâchoire se serra. « Ça arrive tout le temps, monsieur. C'est fréquent. C'est un endroit où les gens viennent pour disparaître. Ou alors c'est leur disparition qui les rencontre ici.

– Vous vous souvenez peut-être », dit Hop, en sortant de sa poche d'imperméable la photo de Jean Spangler et en la tenant devant ses yeux qui étaient, il le voyait maintenant, verts et dorés, et aussi fatigués que ceux de son arrière-grand-mère à lui.

Ne s'attendre à rien.

Il n'attendait rien.

Mais c'était pourtant bien là. Un soupçon de reconnaissance.

Ah, Goutte de Citron...

« Quelqu'un pourrait vous aider. Si vous avez de la fraîche.

– Et qui serait ce quelqu'un ?

– Ce quelqu'un pourrait être Goutte de Citron, si vous aviez 20 dollars.

– Et qu'est-ce qu'une petite fille fera de 20 dollars ?

– Je me payerai un nouveau chapeau et une paire de gants pour aller à l'église, dit-elle sereinement.

– Petite maligne, hein. » Hop sortit deux billets de 10 de son portefeuille et les agita en l'air.

« Je t'en donne un maintenant, et un quand j'aurai entendu ce que tu sais.

– Venez par ici », dit-elle, prenant un des billets et lui faisant signe d'emprunter une porte branlante sur leur gauche.

Il s'attendait à finir dans une chambre éclairée de rouge, au lieu de quoi ils se retrouvèrent dans une allée humide envahie d'une épaisse odeur d'urine, de vomi, d'eau salée et de quelque chose comme un parfum d'essence. Il leva les yeux et vit une douzaine de fenêtres avec des stores écarlates bien tirés. À travers l'un d'eux il pouvait entendre une femme roucouler, comme parlant à un bébé, mais sa voix se brisa et se changea rapidement en un long, long gémissement de « Non, non, non.... Non, non. »

« Okay, écoute, dit Goutte de Citron, la voix pressée d'une urgence toute neuve. Ne pose plus aucune question sur ta nana dans cet endroit.

– Ce n'est pas ma... » Hop essayait de ne pas flancher, mais la puanteur et la voix persistante de la femme se mélangeaient dans sa tête, créant un terrible malaise. Et maintenant, il entendait une voix d'homme parlant sans discontinuer, à voix basse, comme s'il récitait une prière épuisée.

« Elle était ici. Je l'ai vue. Ils étaient cinq. La fille et une autre fille, qui avait la trouille, et trois hommes. Les deux des films et un autre gars qui n'arrêtait pas de rôder près de la porte parce qu'il voulait s'en aller avant que les choses ne deviennent encore pire...

– Quelles choses ?

– Je sais juste qu'ils ont pris une chambre et que la fille est montée avec les deux mecs. Ils avaient acheté une espèce de saloperie de Moonshine de cinglé...

– Moonshine ?

– Une gnôle de maïs frelatée. Ça et aussi quelques petits paquets d'héro, et ils ont emporté tout ça avec eux. La trouillarde et l'autre mec sont restés dans le petit salon avec moi et ils ont essayé de jouer aux cartes. Mais ils avaient peur, tous les deux. Ils m'ont demandé si je voulais bien aller devant la porte, voir si on entendait quelque chose.

– Et alors ?

– J'ai entendu des pleurs. Je l'ai entendue qui pleurait très doucement. J'entendais aussi le petit – tu sais, celui qui chante face à la caméra comme s'il allait pleurer dans leurs films –, il lui parlait, à voix basse et en disant des trucs de dingue. Il lui disait ce qu'il allait lui faire. Les trucs qu'il allait lui faire.

– Qu'est-ce qu'il disait qu'il allait lui faire ? » demanda Hop. Il entendit à nouveau la voix de la femme, se brisant lentement. « Non... Non... » Puis : « Oh ! non, oh ! non. Pas ça. Pas ça. »

« Tu sais, dit-elle sans répondre à sa question, celui-là, il vient tout le temps. Il était ici pas plus tard que mardi dernier. On dit tous qu'il a perdu l'esprit et que les filles feraient mieux de ne pas monter avec lui. Une nuit il est arrivé en courant dans le hall, je l'ai vu, et il tenait une vieille bouteille de grenadine dans ses mains, il la serrait comme un bébé. Il était complètement parti à force d'opium et il titubait d'un mur à l'autre. Je n'oublierai jamais : il m'a regardée, il s'est penché avec le diable dans les yeux, et il m'a dit : "Je pourrais me servir de ça", et il a sorti le bec verseur, qui était de la couleur d'une lune rousse. Et il a dit : "Je pourrais me servir de ça pour t'arracher les yeux. Je pourrais te coller ça droit dans l'œil."

– C'est ça qu'il lui faisait ? » Hop tenta de chasser cette image, la voix rauque et bizarre. « À Jean ?

– L'autre, le joli garçon, il aimait juste les cogner ou leur enfoncer des choses dedans. Le truc habituel.

– Mais qu'est-ce qu'ils lui ont fait ? À *elle* ? » Il secouait la photo devant elle. Ses mains n'arrêtaient pas d'avancer brusquement, convulsivement.

« Tout ce que je sais, c'est qu'ils ont envoyé un des gars sur les quais pour ramasser deux, trois ivrognes de la marine marchande. Je ne sais pas s'il en a trouvé un. Et les bruits, les cris étaient très forts. Je suis revenue plus tard et j'ai entendu un flash crépiter. Le flash d'un appareil photo. Encore et encore.

– Et après ?

– Je t'ai dit : c'est tout ce que je sais, dit-elle.

– Est-ce que tu crois que... » Hop s'essuya le front avec le dos de la main. « Tu crois qu'ils l'ont tuée ?

– Écoute, monsieur, le bruit court ici qu'il a fallu deux heures à Frenchie et au Gros Arthur pour nettoyer la piaule. Le seau revenait toujours rouge. »

Hop lui tendit l'autre billet de 10 dollars et s'appuya contre le mur qui était presque marécageux sous ses mains. Il ne dit plus rien. Il ne pouvait pas même imaginer ce qu'il aurait pu dire.

Il percevait encore la voix de la femme, mais il n'entendait plus de mots distincts. Seulement ce qui aurait pu être les gémissements d'un chien perdu, ou le miaulement plaintif d'un chat. Et encore, ce n'était pas ça.

La fille le regardait. Et ses yeux étaient encore vifs.

« Peut-être que tu en sais un petit peu plus, devina-t-il en la regardant, à la manière dont elle s'attardait, une jambe repliée derrière elle, son chausson frottant la brique.

– Tu veux venir avec moi une minute là-bas ? » dit-elle, en désignant une série de portes de caves déglinguées tout au bout de la ruelle.

Il se redressa. « Pas pour la récréation ? »

Elle sourit – un peu tristement, se dit Hop. « Non, monsieur. Pas moi. Pas comme ça. Pas déjà. »

Il la suivit pendant qu'elle marchait jusqu'à l'entrée, essayant de ne pas s'attarder à imaginer ce qu'il pouvait bien y avoir dans cette cave.

Elle ouvrit les portes et une puanteur leur sauta au visage, relents d'égout rejeté dans l'océan et de pourriture.

« De Charybde en Scylla », essaya-t-il de plaisanter en descendant quelques marches derrière elle.

Cette horrible remise était plongée dans une obscurité absolue, et traversée par chaque vibration de la houle toute proche. À la lueur glauque de la ruelle, Hop vit la fille sortir une pochette d'allumettes de sa robe chasuble et allumer une lampe tempête qui se balançait au-dessus d'eux comme dans la coque d'un vaisseau de pirates.

Sous la lampe, il parvint à distinguer un mur où s'alignaient de petits tonneaux et un autre où s'empilaient des sacs débordant de linge. En une fraction de seconde, la fille s'était glissée dans une sorte de tunnel entre les tonnelets bien alignés. Comme l'héroïne d'un de ces vieux livres pour enfants qu'il avait feuilletés une fois dans la salle de lecture de la bibliothèque publique de Syracuse, un livre aux bords dorés, sentant la poussière, avec des gravures de fillettes aventureuses, avec des Anglaises trouvant des trésors dans de vieux greniers. Exactement comme ça, Goutte de Citron dégagea une planche du sol, révélant une étroite crevasse dans laquelle elle plongea un bras couleur terre de Sienne.

Hop la regardait, captivé, tandis qu'elle commençait à tirer sur quelque chose, tout en le fixant avec une attention soutenue. Comme une artiste de strip-tease aurait pu le faire.

« Regarde ce que je peux te donner, te montrer, ou pas », semblait-elle dire, les yeux étrécis et espiègles.

Bon Dieu, mais quel âge a-t-elle vraiment, en fait ? songea Hop, essayant d'effacer une désagréable impression que...

« Tu es prêt, mon gars ? murmura-t-elle avec sa petite bouche de poupée.

– Oui », parvint à dire sa voix, bizarrement gutturale, alors même qu'il se retrouvait en train de reculer, heurtant un tonnelet vide qui se mit à rouler bruyamment.

Du fond du trou, elle sortit le bras, le coude d'abord, puis le poignet, puis sa main tenant quelque chose. Hop scruta la pénombre à peine troublée par la lampe qui semblait vaciller à chaque pas effectué sur le plancher au-dessus.

Petit à petit, cela sortit du trou.

Une espèce de drap ou de couverture rose pâle, festonnée de fleurs sombres, ou de guirlandes, certaines fleurs d'un rouge foncé s'épanouissant selon des motifs délirants.

Hop s'approcha. Elle avait finalement tiré la chose entière du trou dans le sol, et ses yeux brillaient.

Elle se remit sur pied, déroulant le tissu en se relevant.

C'était une couverture, oui.

Mais le motif dessus n'était pas un motif. Pendant un moment, il pensa que c'était un tissu ayant servi à faire de la peinture. Comment expliquer autrement le rouge – non, c'était dû au rai de lumière provenant de la ruelle ; en fait, c'était plutôt un brun rougeâtre –, les taches éclaboussées de partout, les ronds sauvages de tailles diverses, et l'épaisse croûte de la taille d'une assiette ?

« Qu'est-ce que c'est que ça ? Qu'est-ce que tu me montres, là ? demanda-t-il, d'une voix étrangement serrée.

– Viens voir de plus près », dit-elle, alors que Hop n'était pas à plus d'un mètre cinquante d'elle.

Il s'avança, conscient de sa hauteur sous le plafond en arceau, et de la manière dont il la surplombait, son ombre l'avalant comme un monstre dans un vieux film d'horreur.

Mais elle n'avait pas peur du tout. Il pouvait même voir ses dents briller. Elle souriait.

C'est quand il ne fut plus qu'à trente centimètres du tissu qu'il dut enfin l'admettre. Admettre ce que c'était.

« Ils l'ont enroulée dedans, chuchota-t-elle, avant de claquer la langue sur ses dents.

– Comment tu le sais ? » Hop étendit un bras sur le côté, dans l'idée d'appuyer sa main sur le mur. Essayant d'avoir l'air désinvolte. Sa main sur le bois, un nœud dans le pin, une épaisseur pelucheuse de mousse ou d'écume. Debout là. Regardant cette petite diablesse.

« Ils l'ont laissée dans la chambre, dit-elle en hochant sournoisement la tête. Je me suis faufilée dedans et je l'ai prise avant que Frenchie et le Gros Arthur n'y aillent. »

Hop y regarda de plus près. Les stries et les pointillés. Il pouvait imaginer ce tissu vivant, rouge, jadis roulé en boule, et maintenant changé en rouille. Jean Spangler, corps solide, visage assuré, prête à tout, mais pas à ça, comme diraient les journaux sérieux.

« Pourquoi tu ne me le donnerais pas ? » laissa-t-il échapper, sans même réfléchir. Qu'avait-il en tête ? Quelque chose au fond de lui, quelque chose comme le lui prendre et le balancer à la mer. La dernière fibre sanglante de cette histoire disparaissant dans les ténèbres du port.

« Mais tu me prends pour qui ? » dit-elle en laissant tomber ses bras. La couverture s'étala autour de ses jambes maigrelettes.

« À quoi ça peut bien te servir ? Ça pourrait être n'importe quoi. » Il essayait de rester calme et logique. Comme si tout ça n'était qu'une farce qui ne l'intéressait pas vraiment.

« C'est mon porte-bonheur. Je pourrai m'en servir quand j'en aurai besoin.

– Quoi ? Pour les harceler ? Ça ne prouve absolument rien.

– Alors, pourquoi tu le veux, mon grand ?

– Je t'en donne 10 dollars. Et c'est plus que ça ne le vaut », dit Hop, qui avait beaucoup de mal à poser les yeux dessus. Ses plis encroûtés rappelant des ruisseaux du passé. Comme un horrible linceul. Et avec tout ça, il était en train d'essayer de passer un marché avec elle. Il luttait contre un goût âpre qui grandissait dans sa bouche.

Elle le regarda. « Et qu'est-ce que tu vas en faire ?

– C'est mes oignons, chérie », dit-il, sa voix se distordant, perdant de sa précision. Il n'appelait les filles « chérie » que lorsque quelque chose lui échappait à toute vitesse. Elles, pour la plupart, elles l'appelaient tout le temps « chéri ».

« Désolée, dit-elle en secouant la tête. Désolée, mais je ne te fais pas confiance. »

Hop haussa les sourcils, authentiquement surpris. « Vraiment ? » Il n'avait pas du tout l'habitude de ça.

« Tu m'as l'air d'apporter plus d'ennuis que je n'ai de chances de les contrer.

– Peut-être que je vais me contenter de la prendre », dit Hop, d'une voix plus dure qu'il ne l'aurait voulu. Comme un fracas métallique dans son crâne. Pourquoi ne lui faisait-elle pas confiance ?

« Alors j'appelle le Gros Arthur. »

Hop se surprit lui-même en disant : « Est-ce qu'il t'entendrait au fond de ce trou ? »

Un éclair de certitude dans ses yeux. Le visage de Hop le brûla soudain. Elle hocha la tête, menton pointé vers lui, en disant : « Il m'entendrait, monsieur. Il est plus près que tu ne crois. Il serait ici en une minute. »

Hop essayait de détacher ses yeux de la couverture, de les forcer à regarder ailleurs. Il tentait de retrouver son équilibre, et le sens de lui-même, de qui il était, et de ce qu'il n'était pas.

« Hé, je n'en veux pas. Je n'en ai pas besoin », dit-il, se parlant surtout à lui-même. Il prit une grande inspiration, se frotta le front. Qu'est-ce qu'elle croyait qu'il allait faire ? Pensait-elle vraiment qu'il était de ceux qui lui voleraient son ticket de sortie de pute-ville ? Qu'il allait lui en faire baver ? Qu'il allait...

« Je ne suis pas ce genre de mec, dit-il en reculant, en reculant jusqu'aux marches de la cave. Pas ce genre de mec.

– Comme tu voudras, monsieur. » Les yeux les plus vieux du monde.

Rentre chez toi, ne cessait-il de se dire. Mais il ne pouvait pas. Pas après *ça*.

Tout était désormais plus clair que jamais. Il y a des choses que Frannie Adair peut découvrir, si elle est assez douée pour l'observation.

Peu importe ton avance sur elle, si tu t'arrêtes, elle pourrait te rattraper.

Mais il n'était pas bien certain de savoir où aller. Et donc il décida d'aller dans le seul endroit qui restait.

Voir le serpent diabolique au centre de cette histoire sordide : Gene Merrel. Cette espèce de jeune héros américain, lutin aux pieds agiles à l'écran, était une ombre ricochante qui renfermait une insondable brute.

Il ne pouvait pas vraiment appeler Tony Lamont pour lui demander l'adresse de Merrel. Alors, comment faire ?

Dot.

Bien sûr. Dot Hendry.

Une rigolote qui n'avait jamais raté une star en pleine ascension. Et avec un carnet noir à faire pâlir de jalousie le fameux Winchell[1].

1. Walter Winchell (1897-1972) : chroniqueur de journaux et de radio, il inventa la « rubrique ragots », dévoilant sans scrupule la vie cachée des stars.

« Dot ? C'est Gil Hopkins. » Il l'appelait d'une cabine refroidie par la nuit sur Western Avenue.

« Hop, même toi, tu devrais être au lit à cette heure-ci, répondit-elle de sa voix traînante du Tennessee.

– Sans toi pour me réchauffer les pieds ? dit-il, jouant la carte affective, l'invitant à se rappeler la dernière fois qu'ils s'étaient vus, Dot défaisant ses bas derrière un décor pendant la soirée de Noël du studio.

– Ah, j'avais bu trop de Tom et Jerry cette nuit-là, Hop. Tu sais très bien que je ne m'intéresse pas aux attachés de presse. Seulement aux talents.

– Ouille, fit Hop en riant. Écoute, poupée... »

La maison se trouvait dans le quartier snob de Holmby Hills. Merrel n'était pas du genre à ramener des filles comme Dot dans la ferme familiale, mais c'était une fille pleine de ressources et elle avait récupéré son adresse sur un reçu oublié dans un coin de la boîte contenant les gants de fourrure que Merrel lui avait offerts quand il lui faisait des avances.

« Mais c'était il y a quelques années, avait-elle dit à Hop. J'ai entendu dire qu'il tirait trop sur le bambou. Les filles que je connais ne veulent plus l'approcher. »

*

Il s'arrêta devant la maison mauresque aux murs crème.

Et maintenant quoi, crétin ? se dit Hop.

À chaque fois qu'il fermait les yeux, il voyait la couverture ensanglantée.

Il pourrait être chez lui en train de dormir.

Il pourrait être n'importe où.

Mais qu'est-ce que je crois que je vais voir ? se demandait Hop. Qu'est-ce que je pourrais bien voir ?

Et ensuite il traversa la pelouse mouillée par l'arrosage automatique.

Puis il s'enfonça jusqu'à la poitrine dans des buissons, en train de chercher une fenêtre sans stores fermés.

Putain.

Il n'était pas loin de 3 heures du matin, et Hop ne pouvait pas voir grand-chose de l'intérieur de la maison, hormis la brillance des sols de marbre, la lueur tamisée d'une lampe solitaire jetant un vague rayon pailleté entre les rideaux d'une fenêtre à l'étage.

Hop fuma une cigarette en examinant ses chances de survivre à une escalade des gouttières, en s'agrippant au bord de la tourelle pour se frayer un chemin jusqu'au balcon du premier étage.

Minces, tes chances, mon gars. Très minces.

Il ne savait pas vraiment depuis combien de temps il était debout là, quand il entendit un bruit : des feuilles de seringa brassées. Il se retourna lentement, trop abasourdi par les incessantes surprises de cette nuit pour sursauter.

Un type avec une mâchoire taillée à la serpe se tenait là, coiffé d'une casquette de feutre sombre et avec tout le calme contrôlé d'un vieux gardien chevronné.

« Vous chassez le lapin ? » dit l'homme, les mains dans ses poches.

Hop réussit à sortir un sourire faiblard et pas grand-chose d'autre.

« Ah, vous en faites pas ! Écoutez, si vous bossez pour un de ces torchons d'Hollywood – parce que je devine à votre costume, même s'il est plutôt froissé, que vous n'êtes pas flic –, vous avez vraiment pas de chance.

– Ah ouais, fit Hop.

– Le roi du château, il est pas là. » L'homme regarda vers le sol, sa casquette masquant momentanément son visage. Hop eut l'impression qu'il voulait absolument lui dire quelque chose. Caresse-le un peu dans le sens du poil.

« C'est pas grave. Je suis patient. Et ouvert à toute suggestion, dit Hop, en se demandant si le type cherchait à se faire quelques dollars, ou juste un camarade.

– Ça, j'ai pas, dit le gardien. Des suggestions, je veux dire. Mais de la patience, j'en ai à revendre.

– Et alors, où est donc allée sa seigneurie ? » dit Hop, travaillant l'angle camarade.

Le type lui retourna un petit sourire glacial. « Il est allé... attendez que je dise pas de bêtises : au Palacio Sano. »

Une cloche tinta dans le crâne de Hop. « Ah, dit-il, le Lourdes de la haute.

– Vous connaissez cet endroit ?

– Heureusement, non. Mais je suis dans cette ville depuis assez longtemps pour savoir ce que veut dire "aller au Palacio Sano". » La deuxième semaine où Hop travaillait pour le studio, une rumeur courait comme quoi la femme d'une star avait été payée pour l'empêcher d'aller raconter à la presse la visite de son mari au Palacio Sano, surnom donné à un célèbre établissement spécialisé dans la cure des maladies vénériennes. Cela n'avait pas empêché la star en question de s'envoyer la moitié d'une bouteille de tequila et d'écrabouiller sa voiture sur le flanc de sa maison, plutôt que d'y réfléchir à deux fois.

« Si seulement Merrel avait vu tous ces films qu'ils nous montraient à l'armée. Ceux avec ces actrices françaises si sexy qui venaient du fin fond de Dubuque[1] », dit Hop. Il se demanda si Merrel avait été infecté avant ou après sa nuit avec Jean Spangler. « Trop loin déjà pour la pénicilline ?

– Hé, yeux bleus, je suis pas toubib, mais il pense vraiment qu'il en est à son dernier carnet de bal. »

Hop se demanda comment le studio allait parer cette histoire qui réchauffait le cœur. « Le héros adulé des comédies musicales frappé d'anévrisme » ? « Perdu pour faiblesse cardiaque – Une

1. Dubuque, Iowa : toute petite ville, symbole de la « plouquerie » absolue.

malédiction familiale » ? Devrait-il écrire les communiqués de presse lui-même ?

« Le duo ne fonctionnera plus, soupira mélodieusement l'homme. Terminés les pilotes de chasse caracolant dans les hangars de l'Air Force, chantant l'amour dans les nuages. Plus de pirates en duo en haut des mâts où flotte le drapeau noir à la tête de mort pour le plus grand plaisir des jolies jeunes filles. Toute cette merde que ces mecs ont fait croire pendant dix ans.

– Sutton se trouvera une autre paire de gambettes avec qui folâtrer en un rien de temps, dit Hop.

– Oui, vous pouvez parier votre vie là-dessus. »

Hop regarda l'immense étendue obscure de la pelouse. Qu'avait-il besoin de faire d'autre, en fait ? Du peu qu'il en savait, il ne semblait pas y avoir le moindre danger que quoi que ce soit ne sorte en pleine lumière. Ce gardien, il ne ressemblait pas au genre de type capable de sortir un mégaphone – il ne l'avait pas encore fait –, et même s'il le faisait, le fait qu'une star de cinéma répande une maladie honteuse, même une terrible, prouverait difficilement qu'il avait tué quelqu'un. Et Goutte de Citron – elle allait probablement attendre son heure avec cette couverture, et au moment où elle finirait par trouver un moyen de l'utiliser, personne ne se rappellerait même plus pourquoi ils s'en souciaient. Tout ce qui restait sans points de suture, c'était le minuscule trou qu'il avait ouvert pour Frannie Adair. Et combien de jours pouvait-elle réellement passer sur cette affaire, une histoire que personne ne l'avait chargée d'approfondir, basée sur les élucubrations d'un attaché de presse bourré, qui enflait probablement les choses juste pour parvenir enfin sous ses jarretelles ?

« Alors, dans la maison, tout le monde est au courant ? Du grand S ? » La tête de Hop se remettait droit sur les rails. Enfin, sur une sorte de rail. Il offrit une cigarette au bonhomme, qui l'accepta.

« Non. Que moi. Demandez-moi comment ça se fait.

– Comment ça se fait, mon vieux ? » Hop lui craqua une allumette. Quand les yeux vifs de l'homme s'approchèrent pour allumer sa cigarette, Hop vit quelque chose se tordre dans ses yeux.

« Demandez à ma gonzesse.

– Pourquoi vous ne me le racontez pas, plutôt ?

– Je vous le dis, fit le gardien en jetant un regard mauvais vers la maison. Je l'ai amenée ici un jour pour essayer de lui trouver un boulot. Un genre de secrétaire pour sa femme. Avant que j'aie dit "ouf", il l'avait coincée dans la buanderie.

– Est-ce que... est-ce qu'il lui a fait mal ? » demanda Hop, même s'il le savait déjà.

L'homme ne répondit pas. Puis il haussa les épaules et dit : « Je crois qu'elle avait de la poussière d'étoiles dans les yeux. » Il ôta un brin de tabac de sa langue, le visage tordu d'une grimace glaciale. « Mais il en avait fini avec elle une heure après l'avoir rencontrée. Seulement il la lui avait collée. Il la lui avait refilée. »

Hop se souvint de l'attitude insouciante de Sutton quand il avait essayé de lui faire croire que la serveuse avait la chtouille. Il paria que Sutton ne savait pas, pour Merrel. Ça allait être une surprise à faire vaciller sa carrière.

Et ce gardien, comme tant d'autres, une suite infinie d'autres, raconta tout à Hop. Hop avait toujours eu ce don, cet air candide sur un visage ouvert. Un don suprême, mais auquel Hop attribuait sa propre fourberie, pour commencer.

Le gardien raconta à Hop que lorsque ça avait été fini, Merrel avait avoué. Il avait tout dit à la fille sur son état, même dit qu'il était navré, en un sens. Mais d'un autre côté, il ne l'était pas. Et puis il s'était mis à pleurer comme un bébé et il lui avait dit que, maintenant, elle était infectée aussi. Il disait qu'il l'avait depuis assez longtemps pour être certain qu'il était en train de perdre l'esprit. Elle, il allait lui arriver la même chose, ça allait lui pénétrer dans la tête, et elle s'apercevrait que toutes les règles, toutes les lois, toute raison allait la quitter aussi, comme un manteau qui tombe sur le tapis. Rien ne semblerait plus réel, disait-il, et il n'y aurait plus de différence entre sa vie réveillée et celle de ses rêves. Tout était pareil, et il fallait l'accepter comme le véritable état de grâce, parce que c'était le véritable état de grâce. Et il se demandait si elle se sentirait aussi libre que lui de goûter à tout, de laisser courir sa langue infectée sur les crêtes et les sillons les plus sombres dans les pires endroits de la terre. Il voyait des images dans sa tête, de lésions noires et dévastatrices, de cancers, de trous ronds juste sous sa peau. Et il fallait qu'il rende ces visions réelles. Il dessinait ces trucs – des rangées de cercles rouges – sur des serviettes en papier, les journaux, les menus de restaurant. Les femmes de ménage les trouvaient dans ses poches. Elles les ramassaient sur les tables et les bureaux. Il lui disait qu'il n'arrivait plus à arrêter d'y penser, des orbites cernées de rouge, et des cous et des vagins cerclés de rouge, et puis tout commençait à ressembler à ces images de la maladie dans sa tête. Et si cela n'y ressemblait pas tout à fait, il veillait à ce que ça le fasse. Les ténèbres qu'il sentait tout autour de lui, il disait qu'il avait dû décider de les avaler d'un seul coup, il y a longtemps.

Hop sentait sa bouche se dessécher. Il sentit sa cigarette tomber de ses doigts. Le vert sombre de la pelouse lui paraissait soudain empli de ces cercles rouges, les cercles de la couverture que la minuscule fille lui avait montré moins d'une heure auparavant.

« Le plus drôle, c'est qu'elle a fait le test Wasserman. Et rien. Son toubib lui a dit qu'il l'avait probablement depuis des années et qu'il n'était donc plus contagieux. Mais moi, je n'ai jamais eu l'impression qu'il était malade.

– Pourquoi vous n'allez pas à la police ? Ou voir des journalistes ? »

Il regarda Hop, le rouge de sa cigarette crépita. « Elle n'aimerait pas ça.

– Ah, dit Hop.

– Il lui a dit qu'il l'avait chopé dans la chatte d'une métisse pendant un séjour à Panamá, dit le gardien. C'est ça qu'il a dit. À ma nana. »

Hop hocha la tête.

« Je l'avais rencontrée au pique-nique paroissial à Lomita. Elle allait démarrer comme serveuse dans un drive-in quand je lui ai proposé de venir ici. »

Hop hocha à nouveau la tête. Il ne savait pas quoi faire d'autre.

En repartant, il essayait de ne plus penser à l'expression du visage de cet homme. Essayait de ne pas penser à la serveuse du Eight Ball. Et essayait surtout de ne pas penser à la couverture maculée de rouge que la fille avait brandie devant ses yeux. Était-ce son imagination, ou bien y avait-il vraiment eu une odeur de sang si forte qu'il aurait pu se croire dans un abattoir ? C'était impossible que l'odeur soit restée, non ?

Il avait eu son lot de cinglés dans ses années à Hollywood : des actrices hystériques qui aimaient fracasser des fenêtres de leurs mains nues, des acteurs lugubres qui jouaient avec des pistolets chargés au milieu d'une soirée, et qui s'isolaient ensuite dans des chambres obscures pendant des jours, des semaines entières. Des filles splendides qui remontaient leurs robes par-dessus tête en public. Le premier rôle si élégant qui volait des tasses dans les restaurants, et un autre, dans le même genre, qui demandait à ses maîtresses de lui jeter des balles de tennis dans l'entrejambe depuis le fond de la pièce. Hop était rarement surpris ces derniers temps. Mais ça... ce dérangé. Et tout ça si près de lui, juste sous ses yeux. Cette nuit-là... cette nuit de 1949, quand il avait souhaité bonsoir à ces deux filles aux longues jambes – des filles venues d'autres endroits, et une qui était maman, rien que ça, et toutes deux les chéries adorées de leurs parents –, elles allaient quitter le Eight Ball pour plonger directement dans la tête enfiévrée de cet homme. Une tête pleine d'horreurs.

Pourquoi était-il venu ici ? Pourquoi fallait-il qu'il continue à poser des questions ? On ne peut pas gommer ce qu'on a vu, ni oublier ce qu'on sait. Doux Jésus, Hop, tu es en train de creuser ta propre tombe, à force de cette perpétuelle sensation de terre entre tes doigts, de la promesse de quelque chose en dessous qui rachèterait... tout.

J't'ai eu

Vers 4 heures et demie du matin, Hop se retrouva à nouveau devant la maison de Frannie Adair. L'idée de rentrer chez lui, dans son appartement vide, était intolérable, surtout avec le souvenir de Midge là-bas quelques heures plus tôt. Son odeur serait présente partout. Donc il avait roulé jusqu'à arriver chez Frannie, comme s'il était coincé dans une boucle et prêt à d'autres confessions d'ivrogne aux pieds de cette jeune femme rousse. Mais il n'était pas ivre, et il était déterminé à ne pas ouvrir sa gueule. Il s'enfonça dans son siège pour réfléchir à ce qu'il pourrait bien lui dire, et, sans même s'en rendre compte, il s'endormit.

Il se réveilla, avec un torticolis et la bouche pâteuse, au bruit que fit la porte que Frannie venait de claquer. Elle était là, dans une robe bleu marine très sobre, quittant son perron et se dirigeant vers sa voiture garée dans son allée.

Hop se cacha et attendit que sa voiture ait tourné le coin de la rue pour démarrer.

Il la suivit sur Alvarado, jusqu'à Beverly. Ça circulait pas mal et il manqua la perdre plusieurs fois. Il regarda sa montre, et vit qu'il était 9 heures, affreusement tôt pour un dimanche. Et elle ne se dirigeait pas vers l'*Examiner*.

Tout en roulant, il commença à se souvenir du rêve qu'il avait fait, qu'il faisait encore quand la porte de la maison de Frannie l'avait réveillé en sursaut.

Il était au Earl Carrol's, à l'époque où Midge travaillait encore là-bas, prenant des photos des clients et se faisant pas loin de 100 dollars en pourboires certains samedis soir. Dans son rêve, il marchait vers le vestiaire, avec son ouverture décorée en pâte de verre. La fille du vestiaire lui tournait le dos, rajustant un manteau sur un cintre. En s'approchant, il commença à se sentir bizarre, comme s'il souhaitait que cette fille ne se retourne pas – et que pourrait-il bien se passer si elle le faisait ? Il braqua fermement les yeux sur la demi-douzaine de boucles sombres et bien coupées ramassées sur l'arrière de son cou et essaya de l'obliger à rester immobile.

Il savait qui c'était.

Il pensa, je vais juste poser mon chapeau sur le comptoir et repartir immédiatement. Je vais juste passer et je ne vais même pas regarder.

Mais en portant la main à sa tête pour enlever son chapeau, il se rendit compte qu'il n'en portait pas. Il regarda par terre, comme pour le ramasser.

Quand il releva les yeux, la fille s'était retournée et le spot couleur d'ambre au-dessus de l'ouverture tombait sur son visage, et elle était là. Jean Spangler, sa peau nacrée et iridescente émergeant d'une robe verte liserée de jaune sable. Des fossettes à éclater les miroirs. Et elle se penchait en avant, ses seins sortant presque de son bustier. Et elle agitait un ticket de vestiaire entre ses longs doigts fuselés.

« Holà, chantonna-t-elle, et sa voix était grave et profonde, presque vibrante. Vous avez perdu quelque chose ? »

Au moment où il allait répondre, il fut surpris par le flash d'un appareil photo qui l'aveugla dans un bruit fracassant.

Il plissa les yeux, essayant d'y voir à nouveau, et quand il y parvint, il vit Midge debout devant lui. Elle portait son ancienne tenue de photographe, celle qui laissait son ventre à nu, au-dessus d'une jupe courte à paillettes.

« J't'ai eu », dit-elle, tournant sa tête aux reflets d'argent vers Jean en riant. Elles riaient toutes les deux, et les sons de leurs rires se mélangèrent, et alors...

La porte de Frannie avait grincé en s'ouvrant et claqué en se fermant, avalant les rires et apportant une impression de soulagement si intense que Hop fit presque un signe de croix, chose qu'il n'avait pas faite depuis le catéchisme quand il avait 8 ans.

Il resta à distance pendant que Frannie filait dans la Troisième Rue quasi vide, à travers Hancock Park, et pendant un instant il se demanda s'ils allaient à Beverly Hills. Mais alors qu'ils approchaient des énormes grands ensembles tout neufs de Park La Brea, elle tourna soudain dans une rue. Il voyait qu'elle cherchait un numéro dans la rangée de petites maisons individuelles qui avaient poussé comme des champignons depuis la fin de la guerre. C'est à cet instant que Hop commença à avoir comme une sale impression, un étrange pressentiment.

Il regarda Frannie se garer sur Colgate Avenue devant l'un des nombreux bâtiments de ce lotissement. Elle sortit de sa voiture et commença à marcher vers une maison.

C'était comme si quelque chose de chargé en électricité vibrait en lui, expédiant des étincelles le long de sa colonne vertébrale, et sur ses tempes.

Il était déjà venu ici. Pas à côté d'ici, non, exactement ici. Dans l'une de ces maisons. Il était réellement déjà venu là. Cette sensation, c'était comme rêver qu'il sautait une script-girl et se réveiller en pleine action avec sa femme.

Avant même de réfléchir, il ouvrit sa portière, sortit de la voiture, traversa la rue en courant et monta la légère pente de gazon, se cognant presque dans un petit poivrier fraîchement planté.

L'entendant approcher, Frannie Adair se retourna, stupéfaite, la bouche formant un petit *o*.

« Je pensais me joindre à toi, dit-il, le souffle court.

– Tu sais vraiment te rendre envahissant, dit Frannie en portant une main à ses cheveux, remettant inconsciemment une mèche en place sous son petit chapeau bleu. Comment as-tu...

– Écoute, où est-ce qu'on est ici ? » dit Hop d'une voix un peu cassante. Était-il encore en train de rêver ?

C'est à cet instant que la porte s'ouvrit.

« Peggy Spangler ? disait Frannie. Je suis mademoiselle Adair. Nous avons parlé au téléphone. »

Hop n'était pas bien certain de ce qui était arrivé en premier. Il remarqua le petit pot de géranium posé sur le perron, et eut un flash soudain, de l'avoir presque renversé dans le noir et d'avoir essayé de le remettre d'aplomb, se collant de la terre plein les mains. Au même instant, il se prit en pleine gueule l'image de la femme debout dans l'embrasure de sa porte, cheveux blond-blanc, joues roses, épaules rondes, et même – il devina qu'elle était là, puis cela se confirma – une petite tache de naissance dépassant du haut de sa robe d'intérieur fauve.

Miss Hotcha.

« J'espère que ce n'est pas trop tôt pour vous.

– Non, dit miss Hotcha. Je vous attendais... » Cet accent plat du Middle West.

« J'apprécie que vous ayez accepté de me parler de votre cousine.

– Je vous en prie, entrez. »

À cet instant, miss Hotcha regarda Hop. Ses yeux se fixèrent sur lui. Et il y eut comme une étincelle, mélange de reconnaissance, de ressentiment et de panique. C'était un regard que Hop connaissait bien. Les femmes le lui lançaient la moitié de sa vie.

Hop sourit. « Bonjour. Je suis un collègue de miss Adair. »

Frannie lui lança un regard, que Hop ignora. Il se demandait ce que miss Hotcha – Peggy Spangler – allait faire, putain, la cousine à qui Jean avait fait son dernier baiser.

Elle le contempla de haut en bas, essayant de regagner quelque chose. Puis : « Je vois, comme un photographe sans appareil photo. »

Ha ! ha ! Astucieuse. Ou du moins assez astucieuse.

Hop rigola. « Oui, quelque chose comme ça. Nous pouvons entrer ? »

Leur faisant signe de passer devant, elle évita les yeux de Hop. Ils entrèrent dans le petit living-room encombré d'un très gros poste de radio, d'un solide ensemble fauteuils canapé et de lourds rideaux à franges.

Frannie s'assit, et Peggy Spangler s'installa sur un fauteuil en face d'elle, croisant les mains sur ses genoux. Hop commença à marcher dans la pièce, essayant de voir s'il se souvenait de quelque chose. Mais il ne se rappelait que la chambre, et encore pas grand-chose, en dehors de lits jumeaux et de la lampe à froufrous qu'il avait renversée. Sa cervelle marchait à toute vitesse : qu'est-ce que Peggy Spangler cherchait cette nuit-là ? Et qu'est-ce qu'elle avait dans la tête aujourd'hui ?

« Je tiens à vous remercier du temps que vous m'avez accordé hier au téléphone.

– Je suis juste contente que quelqu'un cherche encore. Parfois, Mama Spangler et moi, on se sent comme les deux dernières personnes à se soucier encore d'elle, mademoiselle Adair.

– Appelez-moi Frannie.

– Frannie. Comme je vous l'ai dit, ça fait presque un an que je n'ai pas revu la petite fille de Jean, Christine... » Elle ramassa une grande photo encadrée sur la console près d'elle. Une petite fille de 4 ou 5 ans, visage d'ange en organdi immaculé. « Maman et l'ex-mari de Jean sont en guerre pour la garde. Christine était la petite chérie de Jean, mais la mienne aussi. Je m'occupais d'elle tous les jours. »

Hop l'observait pendant qu'elle parlait. Il n'était pas particulièrement impressionné par sa performance. Une Olivia de Havilland de seconde zone. Peggy Spangler se tordait quasiment les mains. Il n'était pas bien sûr qu'il aurait acheté son baratin même s'il ne l'avait pas reconnue.

« La mère de Jean pensait qu'un petit ami était impliqué dans sa disparition, dit Frannie en consultant ses notes.

– Ouais... oui. Elle croyait que c'était l'acteur Kirk Douglas, à cause de la lettre. Jean était sortie deux ou trois fois avec lui. Mais elle sortait avec pas mal de types du show-biz.

– Vous n'adhérez pas à cette théorie, alors ?

– Non. » Elle secoua la tête en jetant fugitivement un regard vers Hop. « Ces gens ne lui faisaient pas peur. Elle les avait bien cernés.

– Vous aviez dit aux journaux que vous ne la croyiez pas quand elle vous avait dit qu'elle allait travailler ce soir-là. »

Peggy sourit. « Ce n'est pas qu'elle mentait. C'est juste que Christine était là quand elle nous a dit au revoir.

– Donc, elle ne voulait pas que sa fille sache où elle allait. Et où allait-elle ? »

Hop la regarda serrer ses chevilles l'une contre l'autre, rajuster sa robe et gagner du temps. Quel jeu jouait-elle ?

Puis Peggy releva soudain de grands yeux bleus inexpressifs. « Elle était enceinte, mademoiselle Adair.

– Elle vous l'avait dit ? »

Quelque chose apparut dans le visage de Peggy et sa voix accéléra, perdit son maintien de jeune femme. « Elle est allée s'en occuper et un fils de pute de chirurgien aux mains moites l'a mal opérée et l'a tuée. Je crois que son boy-friend, ce petit filou de Davy Ogul probablement, comme je vous l'ai dit hier, l'a envoyée chez un mauvais toubib, sachant peut-être même qu'elle n'en sortirait pas vivante.

– Et le message ? demanda Frannie.

– À mon avis... Elle prévient un autre type qu'elle est en cloque, pensant qu'il pourra peut-être arranger ça. Quand il la laisse tomber, elle décide d'aller se faire opérer, et commence à lui écrire un mot. Quelque chose l'interrompt, ou alors elle change d'avis sur ce qu'elle veut lui dire. Peut-être qu'elle se figurait qu'elle obtiendrait plus de fric de lui s'il ne savait pas qu'un autre mec l'avait précédé. »

Hop avait envie de rire. Dans cette brève analyse, le fin vernis de respectabilité et de raffinement que Peggy Spangler tentait d'afficher jusque-là avait entièrement disparu. Plus près de miss Hotcha, après tout, se dit-il. Laisse-la faire, et elle révélera tout d'elle même. Il essaya de capter le regard de Frannie pour voir si elle l'avait constaté aussi.

« Sacré portrait que vous faites de votre cousine », se retrouva-t-il en train de dire. Puis il s'arrêta net. Putain, Hop, pour qui est-ce que tu penses que tu travailles, en fait ?

Peggy le regarda, les sourcils crispés de confusion, le visage comme figé en plein mouvement. Est-ce qu'elle n'adorerait pas tout balancer sur lui, là, maintenant ? Mais elle n'allait pas le faire. Hop ne savait pas bien pourquoi, mais il savait qu'elle ne cracherait pas le moindre truc.

Les questions/réponses durèrent une bonne demi-heure. Peggy détaillait les manières délirantes de Jean, son flot constant de rendez-vous avec des hommes sur qui on ne pouvait pas compter, des hommes très douteux. Bon sang, qu'est-ce qu'elle haïssait sa cousine disparue et probablement même morte ! songeait Hop. Il regardait le visage tiré de fatigue de Peggy, les cheveux teints et travaillés au fer à friser, la robe bien repassée, le maquillage complet et les jambes rondes qui commençaient à épaissir. Dans quelques années, ce genre de beauté de souris des champs, devenue souris des villes, pourrait tourner négligée et triste. Elle voyait ses chances disparaître un peu plus chaque jour.

« Merci de nous avoir consacré de votre temps, dit Frannie en se levant.

– J'espère bien vous revoir un jour, madame Spangler », ajouta Hop, en portant la main à son chapeau.

En agitant nerveusement la main, elle dit : « Je ne vois pas ce que je pourrais vous dire de plus.

– Peut-être est-ce nous qui aurons des choses à vous dire », lui répliqua Hop avec un sourire dur.

Frannie et Hop marchaient vers sa voiture à elle. Puis, à une distance de sécurité, Frannie se retourna vers lui.

« Écoute, tu vas me suivre comme ça d'un endroit à l'autre ? C'est ça, ton plan ?

– Hé, hier soir au Eight Ball, c'était une heureuse coïncidence, tu te souviens ?

– Et ce matin ?

– Je pensais que je pourrais peut-être aider. »

Elle le fusilla du regard. « Eh ben, quoi que tu fasses, ça fonctionne. Personne ne parle de Sutton et Merrel, même pas un battement de cils. Même pas leur chauffeur, ni les serveurs du Eight Ball. Verrouillés. Fermés comme des huîtres. Je n'ai pas trouvé âme qui les ait vus au Eight Ball ce soir-là, en dehors de toi. Et mon journal ne me laissera pas continuer avec seulement ça, parce que je devine que tu refuseras d'être cité. »

Hop sourit, très légèrement. Il avait mal à la tête. Sa bouche ressemblait à un puisard asséché. Il essayait d'ignorer la désagréable sensation de la sueur coulant sous sa chemise. Un frémissement dans sa nuque lui assura que miss Hotcha le regardait, derrière les persiennes de sa fenêtre.

« Et Peggy Spangler, poursuivit Frannie, elle sait que dalle. Soit elle est bête comme une brève électorale, soit elle sait quand la fermer.

– Elle a l'air d'une gamine plutôt simplette. Mais bon, on ne peut jamais vraiment savoir, hein ?

– Oui, mais je n'abandonne pas aussi facilement. À la manière dont tu me files le train, je commence à penser que je tiens peut-être quelque chose. » Elle s'approcha de lui et pointa un index vers sa tête. « Je vois très bien la fine goutte de sueur sur ta tempe gauche.

– Dure nuit, dit Hop en souriant. Tu aurais dû me ramener chez toi, ça m'aurait évité pas mal de problèmes. » Il se pencha vers elle. Ils étaient assez proches maintenant pour qu'il prenne conscience du fait qu'il avait dormi dans sa voiture. Et qu'il n'avait pas pris de douche depuis son rendez-vous dans le débarras avec... comment elle s'appellait déjà ?

« Écoute Frannie, bien sûr que je ne veux pas me mouiller. Mais j'aimerais aussi essayer d'aider, sinon pourquoi est-ce que je t'aurais balancé tout ça pour commencer ?

– À cause d'un demi-litre de bourbon, je pense.

– Le bourbon, c'était pour me donner du courage, évidemment. Mais j'essayais encore de faire les choses bien, du mieux que je pouvais sans y perdre ma chemise.

– Tu parles exactement comme un communiqué de presse.

– Eh bien, en voilà un, tout en capitales : Jean Spangler est probablement morte. Avortement qui a mal tourné. La cousine t'a à peu près tout dit.

– Et Sutton et Merrel ?

– Une dernière et triste aventure pour une fêtarde qui en a fait une de trop.

– Ça ne conclut pas l'histoire. Si c'était un travail de boucher, je vais retrouver le boucher. J'ai quelques contacts avec des filles qui travaillent dans les clubs du Sunset Strip, dit-elle. Mais c'est ici que nos routes se séparent, cow-boy. »

Hop lui ouvrit sa portière. Puis, comme elle se glissait devant lui, sa main lui effleurant le bras, il dit : « Tu ne vas pas retéléphoner à ma femme, hein ? »

Frannie se figea dans le mouvement et se retourna vers lui. « Alors, elle te l'a dit.

– En cinq lettres, en capitales, commençant par un M. »

Elle avait soudain l'air un iota plus rouge. Elle s'installa au volant et, se penchant pour mettre la clé de contact, elle dit : « Je ne fais que mon boulot.

– C'est ce que je lui disais toujours, fit Hop, et maintenant je sais combien ça sonne minable. »

Hop s'installa dans sa voiture et fit le tour du lotissement plusieurs fois. Puis il se gara sur Fairfax et revint à pied vers la maison des Spangler. Peggy était assise sur les marches du perron, une main couvrant sa bouche.

« Tu étais bien plus gentil quand on s'est rencontrés, dit-elle quand elle le vit venir vers elle, traversant la pelouse.

– J'ai perdu pas mal de ma gentillesse ces derniers jours », dit-il pendant qu'elle se levait pour ouvrir la porte. Ils entrèrent. Hop se tourna vers elle, son visage poudré, ses sourcils de blonde platine relevés très haut par l'attente. Sa bouche. Il sentait quelque chose de pourri grimper depuis son ventre jusqu'à ses poignets, ses tempes. Est-ce qu'elle avait baisé avec lui cette nuit-là pour l'écarter de la véritable histoire ?

« Dis-moi, comment est-ce que tu vois les choses ? » dit-il, marchant si vite vers elle qu'elle recula, manquant de tomber en se prenant les pieds dans le bord du tapis.

Elle redressa les épaules et prit une grande inspiration. Tentant un sourire, elle dit : « Tu veux boire quelque chose ? »

Il croisa les bras, et prit également une grande inspiration. Reste calme, gamin. On ne gagne jamais rien à s'échauffer trop. « Oui, un truc comme dix litres de café noir... »

Il la suivit jusqu'à la cuisine. Pendant qu'elle mettait le percolateur en marche, il jeta un œil d'espion de l'autre côté du couloir, vers la chambre. Lampe à froufrous. Deux tableaux jumeaux de ballerines.

« La scène du crime, dit Peggy, en souriant presque, puis craignant soudain sa très mauvaise plaisanterie.

– C'est quoi, ton vrai point de vue ? » répéta-t-il.

Le percolateur commença à bouillir.

« Mon point de vue ? » Elle aboya presque. « Je suis une veuve de guerre venue du Middle West. Je l'admets : je me suis retrouvée coincée là-dedans à cause de ma propre vanité. Je voulais m'amuser un peu, moi aussi.

– T'amuser, hein ? Un amusement qui a valu à ta cousine bien-aimée un aller simple pour nulle part ? »

Cette fois, elle tressaillit vraiment. « Comment j'aurais pu le savoir ? Et en quoi est-ce que c'est de ma faute ? Je suis sortie cette nuit-là pour m'amuser enfin un peu. Je me disais : pourquoi est-ce que c'est toujours Jean qui passe du bon temps ? Je suis aussi bien roulée qu'elle. » Elle passa une main sur le haut de ses seins. « Je peux rire et danser, et faire d'autres trucs aussi. Tu sais... » Elle fit un petit mouvement de tête pour désigner la chambre.

Hop ne sourit pas. Pour la première fois de sa vie, il ne chercha pas la bonne réplique.

Confuse, elle baissa les bras. « Je voulais participer à une de ses fameuses soirées. C'est si affreux que ça ?

– Donc tu jouais la comédie ? » Hop sentait qu'il était à bout de patience. « La routine de la cousine de la campagne, c'est ça ? Okay. J'ai pigé. Mais maintenant, madame Spangler, ce que je veux vraiment savoir, c'est à quoi tu joues. »

Elle se hérissa visiblement, faisant même un peu marche arrière. « Je ne joue aucun jeu, monsieur Hopkins, dit-elle. Ah oui, je me rappelle *ton* nom.

– Parce que je t'avais donné le vrai, miss Hotcha. »

Peggy porta le dos de sa main à sa joue, légèrement rouge.

« C'était le genre de blague que Jean aimait. Elle blaguait tout le temps.

– Et Iolene ?

– Qui ? » Elle le regardait, étonnée.

« Iolene. La fille de couleur. L'amie de Jean.

– Oh, elle ! Je ne sais pas. Jamais vue avant cette nuit-là. Ni après. Jean ne nous mêlait pas à quoi que ce soit, nous, sa famille.

– Quoi que ce soit ?

– Au show-biz, ou à n'importe quel business.

– C'est bizarre parce que je ne te crois vraiment pas.

– C'est pas mon problème », dit-elle, avec brusquerie. Puis elle se mit à le regarder attentivement, en posant deux tasses sur des soucoupes. Celle-là, elle est mûre à point, songea Hop. Elle est en train de perdre toutes ses chances de jouer cette carte, et elle le sait.

« Bon, je la connais, et alors, lâcha-t-elle. Iolene. Elle a appelé plusieurs fois après la disparition de Jean. Elle voulait du pognon.

– Pourquoi ?

– Comment je saurais ? Je lui ai dit qu'elle s'était trompée de veuve de guerre.

– Quand est-ce que tu as été en contact avec elle pour la dernière fois ?

– Je sais pas. Il y a un bon moment. »

Hop se rencogna dans son fauteuil avec irritation. « Écoute, je perds patience. Or, je ne perds jamais patience. Tu veux vraiment voir comment ça fait quand ça m'arrive ?

– Elle bidouillait des plans avec Jean, tu vois ? Elle entraînait Jean dans des choses auxquelles Jean n'aurait pas dû se mêler.

– Genre quoi ?

– Devine ? Des fêtes. Des virées. » Peggy marqua un temps d'arrêt, puis ajouta : « Des photos.

– Des photos ?

– Ouais, des photographies.

– Du chantage.

– Ouais, ouais. Ça ne peut pas être bien nouveau pour toi, monsieur Hopkins. Tu avais l'air de bien connaître Iolene.

– Pas vraiment.

– Eh bien, elle attire les problèmes. Tu devrais remercier les étoiles parce qu'on dirait bien qu'elle a quitté la ville.

– Comment tu sais qu'elle s'est tirée ?

– Je me dis que c'est pour ça que j'ai plus entendu parler d'elle, dit Peggy en tremblotant un peu.

– Réfléchis bien à ce que je vais te dire, miss Hotcha. La dernière fois que je l'ai vue, Iolene avait affreusement peur. Assez peur pour s'enfuir. Commence à espérer que ceux qui lui faisaient si peur ne vont pas se rabattre sur toi bientôt. »

Elle se laissa tomber en tas dans un fauteuil. Lui jetant un regard à la dérobée, ses yeux virant au rose, elle versa une tasse de café à Hop, et s'en versa une aussi. Il voyait tout dans son visage. Il voyait tout ce qui lui était arrivé pendant qu'elle lui racontait toute cette sale affaire. Et elle lui expliqua tout. Toutes ces soirées coincées dans cet appartement à regarder ses 20 ans passer. Et donc, quand Jean l'avait appelée pour savoir si Christine allait bien, Peggy avait réussi à ce qu'elle lui laisse le numéro de l'endroit où elle était, en cas d'urgence. Comme la mère de Jean était partie voir sa famille dans le Kentucky, Peggy avait demandé à la voisine, Beryl, de surveiller Christine. Ensuite elle avait mis une des robes de Jean, une paire de ses bas, et même son parfum. Elle avait pris un bus jusqu'au terminus, et fait du stop pour aller jusqu'au Eight Ball, le cœur battant pendant tout le trajet.

« Et toi, dit Peggy à Hop, sans le regarder dans les yeux. Toi, avec tes cheveux brillants et la manière dont tu me parlais en me serrant de près. Dès que je suis arrivée là-bas, Jean m'a chuchoté : "Il est tout pour toi, ma douce. Bouffe-le." Je croyais que t'étais un acteur.

– Tu as dû être déçue. »

Elle haussa les épaules, ne le regardant toujours pas dans les yeux.

« Et donc tu ne sais rien de ce qui leur est arrivé après notre départ ?

– Bien sûr que si. Iolene m'a raconté. Elle a dit que Sutton et Merrel ont mis Jean dans une chambre et que les choses sont devenues violentes. Les deux hommes, ils se la repassaient. Je crois qu'il y a même des photos des deux la baisant ensemble. »

Eh bien, elle a pas froid aux yeux, celle-là, songea Hop. Elle me raconte ça comme si elle m'expliquait ce qu'elle a mangé à midi. « Pour leur plaisir personnel ultérieur ? » Elle le regarda, les yeux vides. Il essaya encore. « Pour prendre leur pied ?

– Je crois, oui. Mais Iolene n'est pas idiote.

– Qu'est-ce que tu entends par là ?

– Pourquoi tu crois qu'Iolene est l'héroïne de cette petite histoire ? Ces mecs ne savent même pas se contrôler assez pour comprendre que la petite puissance qu'ils tireront de ces photos ne vaut vraiment pas le risque que ces mêmes photos atterrissent dans les mains de quelqu'un d'autre.

– Iolene revendait ces photos ?

– Qu'est-ce que tu crois, mon petit ? Elle n'allait pas laisser la partie s'arrêter avec la disparition de Jean. »

Hop la regarda, essayant de voir si elle mentait, ou jusqu'à quel point elle mentait. « Sutton et Merrel ont payé ? demanda-t-il.

– Je ne sais pas comment ça s'est terminé, monsieur Hopkins. Iolene a joué longtemps, du peu que j'en sache. Elle était plutôt culottée, celle-là, dit Peggy.

– Tu as vu ces photos ?

– Non, non. Jamais. Mais... d'après ce qu'Iolene disait, ces photos.... » Ses yeux se brouillèrent. Pour la première fois Hop songea qu'il voyait quelque chose de vrai. Quelque chose que Peggy n'avait pas copié sur les séances de ciné du samedi après-midi. Elle se tut un instant, puis reprit. « Ils avaient attaché une lanière de cuir sur sa bouche, dit-elle d'une voix tremblante. Ces photos, elles doivent être horribles. Iolene, elle disait qu'elle n'arrivait plus à se les sortir de la tête. Elle voulait s'en débarrasser. Elles commençaient à la rendre folle. Elle disait qu'elle n'arrêtait pas de les voir dans son sommeil. Elle disait qu'elle en rêvait toutes les nuits. »

Ses yeux étaient devenus rouges. Aucun d'eux ne dit plus rien pendant une minute. Puis elle releva les yeux vers lui et il y vit une certaine férocité. Il pensa fugitivement à Midge.

« Tu travailles toujours pour les magazines de ciné ?

– Bien sûr, mentit Hop.

– Alors tu dois vouloir te faire ton beurre aussi. » Quelque chose se relâchait dans son visage. Comme un écheveau qui se déroulait, encore et encore...

« Qui n'y penserait pas ?

– Je sais où sont les œufs d'or. Une came encore plus chaude que ça, des grands noms dans ce qu'ils appellent des positions compromettantes. Toi et moi, dit-elle en posant la main sur le dessus de sa tasse de café, ses doigts devenant rouges à la chaleur, on pourrait s'associer.

– Ah ouais ? Si c'est si chaud, pourquoi tu as besoin de moi ?

– Connexions, gros bras...

– Tu vois beaucoup de muscles sur mes bras ?

– Assez, dit-elle, en relevant sa main pour l'appuyer sur le comptoir. Je me dis que tu pourrais négocier les clichés. Aux studios. Proposer d'effacer les ragots. Cinquante-cinquante. Sors-moi de cette merde pour de bon, bordel. La vie est déjà trop dure. Pourquoi Iolene serait la seule à récolter tout le blé ?

– C'était ça, ton angle d'attaque, alors ?

– Ça se pourrait bien.

– Je marche. Où est la planque ? »

Poupée de satin

Il dit au studio qu'il avait besoin d'une journée, deux tout au plus. Barbara Payton avait besoin qu'on la cajole. Il allait s'envoler pour Chicago, et de là prendre un train jusque dans le Minnesota pour « baby-sitter » les jeunes mariés. Ça valait la peine, franchement. Bien sûr, il prenait un énorme risque. Il ne jouait pas vraiment dans cette catégorie-là. Et les chances de se faire piquer montraient bien que c'était un pari de crétin.

Le son de sa propre voix au téléphone avec le studio le rendit malade.

Comment est-ce qu'il pouvait allumer si vite et si facilement cette palpitation brûlante ?

Qu'est-ce qui n'allait pas chez lui ? Il se palpa le visage. Sa peau était brillante et lisse, fraîche, comme du plastique moulé, et s'il se tapotait le visage, cela produisait un son creux.

*

En route vers ce qu'il espérait être la cachette d'Iolene, Hop s'arrêta dans un petit restau à l'air lugubre, sur Fountain Avenue. Il se rendit compte qu'il était incapable de se rappeler la dernière fois qu'il avait pris un repas. Était-ce avec Bix Noonan, l'après-midi de la veille ? Ou est-ce qu'il avait juste bu un café ? Tout ce dont il se souvenait, c'était des bretzels rassis et des cacahuètes qu'il avait grignotés au Eight Ball.

Il s'installa à une table d'angle couverte de taches de café et s'envoya une assiette énorme d'œufs brouillés et de purée de pomme de terre ; il dévora jusqu'au dernier brin de bacon grillé.

Le serveur, un vieux type au visage taillé au couteau avec des bras comme un épouvantail, ramassa ses assiettes avec un soin surprenant.

« Ça, j'peux dire que vous aviez faim, dit-il. Vous sortez d'un enterrement ?

– Non, dit Hop. Pourquoi ?

– Vous aviez ce genre d'expression. »

Hop chercha à balancer une réplique amicale, ou même une blague, mais rien ne vint, en dehors de l'amertume du café qui collait à ses dents. Et du goût de graisse grillée dans sa bouche.

Il paya sans tarder et se rendit dans un « tout à dix cents » voisin. Il acheta une brosse à dents et un paquet de poudre de dentifrice. Sans rien demander à personne, il pénétra dans les toilettes réservées aux employés et il se lava en vitesse les dents en en mettant partout. Puis il passa rapidement de l'eau sur son visage mal rasé.

Il regarda dans le miroir, et ce faisant...

Ce faisant, il eut la sensation que quelque chose glissait hors de lui, une sorte de vernis soyeux, quelque chose qui se relâchait et tombait sur le sol – quelque chose qu'il avait si bien porté.

Le serveur avait raison. Il y avait quelque chose sur son visage. Et quelque chose qui y manquait aussi.

Oh, putain, Hop, tu as juste besoin de huit bonnes heures de sommeil, d'une douche et d'un bon rasage.

Peut-être une de ces agréables frictions à l'alcool dans cet endroit si chic de Beverly Hills.

Putain, Hop, tu prends tout ça bien trop gravement.

Maintenant, il se faufilait dans de petites rues tortueuses derrière Hollywood, essayant de trouver Perdida Court. Il imaginait qu'il revoyait Iolene, si elle était encore là, et comment il allait gérer la situation. Il se demandait aussi comment il allait faire pour danser cette danse avec Peggy, juste assez près d'elle pour éviter qu'elle se fâche, qu'elle s'énerve suffisamment pour appeler Frannie Adair, par exemple. Ou la police.

Pauvre Jean. La vie n'était déjà pas assez dure pour toi, il a fallu que tu croises ce mec aux yeux verts qui a tassé – il n'oserait jamais le dire à voix haute – ta *tombe* à coups de pied pour essayer d'en tirer du fric.

Mais ensuite il pensa à ce qu'Iolene et Jean avaient bien pu magouiller, en fait. Moins de dix heures auparavant, il regardait cette couverture tachée de sang et il pensait à Jean Spangler en tant que victime d'un maniaque sexuel protégé par le studio, qui, à partir d'un certain moment, était devenu assoiffé de sang. Maintenant... À quoi est-ce que ces deux filles s'attendaient, à jouer ce genre de jeu ? Il leur aurait fallu des soutiens de première. Et quand bien même, peut-être qu'elles étaient dedans jusqu'au cou en fait, arpentant les planches pour les gars de Mickey Cohen, qui étaient célèbres pour mener des opérations de ce genre dans toute la ville. Et toujours avec des starlettes qui montaient, avant de descendre et de disparaître. Mais Iolene, vraiment ? Et si elles étaient si profondément enfoncées là-dedans, comment ça se faisait que Cohen n'ait pas pu les protéger de gens comme Gene Merrel ? Peut-être qu'elles n'en valaient pas la peine ?

Il repensa à tout ce que Peggy avait dit. Et à cette dernière chose : « Iolene est assise sur ces œufs d'or depuis assez longtemps. Trop effrayée pour en faire quelque chose après que Jean avait... Quelqu'un d'autre pourrait aussi bien faire son beurre avec.

– Comment est-ce que tu sais qu'elle ne sera pas assise dessus quand j'arriverai là-bas ?

– Vous, les reporters, vous ne faites pas de surveillance ?

– Est-ce que j'ai l'air d'un de ces reporters-là ?

– Aujourd'hui ? Un peu, oui. » Elle avait eu un petit sourire narquois en regardant son costume froissé et sa barbe de deux jours.

Elle lui avait tendu un morceau de papier avec une adresse à Hollywood. Hop s'était retenu *in extremis* de lui dire qu'il pensait qu'Iolene vivait à Lincoln Heights. Pourquoi le lui apprendre ? Il était clair qu'Iolene ne restait pas collée en un seul endroit mais circulait beaucoup, faisant des cercles et sur la pointe des pieds, bondissant et courant d'un bout à l'autre de la ville.

« Alors tu ramèneras les photos ici, après ? Ou est-ce que tu veux que je vienne chez toi ? avait dit Peggy, s'approchant si près que Hop pouvait sentir son haleine parfumée au café au lait.

– Je t'appellerai, avait-il répondu. Je vais ramasser le paquet et je t'appelle.

– Vaudrait mieux que je te donne mon numéro, alors, avait-elle dit en l'écrivant sur le papier où elle avait marqué l'adresse d'Iolene. Tu ne vas pas me doubler, hein ?

– Moi ? » Il avait essayé de remettre son masque de gagnant. Ce qui n'était pas facile.

« Tu viens ici pour doubler ta camarade journaliste et regarde ce que tu y as gagné ? » avait-elle dit en souriant. Hop lui avait souri en retour, si fort qu'il en avait eu mal au visage.

Perdida Court était une série de petits bungalows bien rangés. La maison en question était de couleur crème, avec un toit vert dépassant un peu sur le devant pour former une modeste véranda. Il n'y avait pas d'allée menant à un garage, et la rue était semée de voitures, si bien que Hop ne pouvait pas savoir avec certitude s'il y avait quelqu'un dans la maison. À la fenêtre de devant, des rideaux vert passé étaient soigneusement fermés.

Il sortit de sa voiture et s'avança sur le petit sentier, ignorant le léger tremblement qu'il ressentait dans ses jambes. Avant de réfléchir à ce que ça signifierait, de voir Iolene, ou de ne pas la voir, il appuya sur la sonnette.

Pas de réponse.

Son col le démangeait. Il sentait que ses cheveux étaient graisseux, comme une peau de loutre. Ses pieds étaient gonflés dans ses chaussures en croco. Et putain, il aurait volontiers passé Peggy Spangler par la plus proche fenêtre pour lui avoir fait perdre son calme là-bas, réaction si rare que ça le surprenait vraiment.

Donc, décida-t-il, je vais entrer comme le cambrioleur que je suis. Jusqu'où peux-tu descendre, Hop ? Mais il se souvint alors que, dans ses années de journaliste, il avait fouillé un jour les poubelles d'un conseiller municipal, enfonçant avec dégoût ses deux mains dans de vieux spaghettis et du marc de café.

En plein jour, un dimanche. Mieux valait ne pas essayer les fenêtres de devant. Il se dirigea vers l'arrière de la maison, gardant un œil sur d'éventuels voisins arrosant leur pelouse ou mettant du linge à sécher. Heureusement, une haie très épaisse masquait la vue entre cette parcelle et celle d'à côté.

En tournant le coin, sa jambe heurta une poubelle et le fracas le fit sursauter violemment. Bon Dieu, Hop, ressaisis-toi.

Toutes les fenêtres étaient fermées, et un bref regard sur les fermetures lui montra qu'elles étaient verrouillées, malgré la chaleur. Reviens de nuit quand tu pourras peut-être en casser une ? Pouvait-il vraiment attendre ? Frustré, il monta les deux marches menant à la porte de derrière. La porte moustiquaire grinça sur ses gonds et Hop, sans trop y croire, essaya de tourner la poignée de la porte intérieure en bois. Il sentit qu'elle était fermée, mais pas à double tour. Se mettant de côté, il commença à appuyer, en tournant la poignée, poussant de l'épaule aussi fort qu'il pouvait.

La serrure était prête à lâcher. Il s'adossa à la porte et donna un grand coup de pied juste en dessous de la serrure. La porte s'ouvrit à la volée.

Il sentit une bouffée de quelque chose lui éclater à la figure, emplissant ses narines. Entrant dans une cuisine toute blanche, il repéra immédiatement une poubelle près d'une fenêtre. Le couvercle était légèrement ouvert, et Hop devina qu'elle devait être pleine à ras bord pour dégager une odeur pareille. Elle a quitté la ville en vitesse, se dit Hop. Oui, on dirait bien.

Décidant qu'il valait mieux ne pas ouvrir les fenêtres, il se couvrit le nez et la bouche d'un mouchoir. Il traversa la cuisine et entra dans une petite salle à manger qui menait à un salon juste en face. Les meubles étaient simples. Une table ronde et des chaises, des rideaux de mousseline, un sofa mordoré et deux fauteuils assortis. Des particules de poussière dans l'air. Un grand verre était posé dans la trace d'un cercle sur la table de la salle à manger, comme si quelqu'un l'avait posé là un instant pour aller chercher un dessous de verre.

Il vit une petite pile de courrier répandue sur le coussin du sofa. Des factures. Un prospectus d'une épicerie. Une publicité pour une agence de mannequins. Hop regarda plus attentivement à qui le courrier était adressé. Pas à Iolene Harper. Ni à Jean Spangler. Le nom était Merry Lake. Locataire précédente, ou pseudo, se demanda Hop.

Puis cela le frappa. Cette odeur, elle était familière. C'était une odeur qu'il connaissait. Une odeur de couloir d'hôpitaux. D'une très ancienne expédition de chasse avec son père près du lac Ontario. La puanteur du centre de l'énorme fleur carnivore qu'il contemplait dans la fête foraine où son père l'avait emmené quand il avait 5 ans. Une odeur organique, plus douce et plus épaisse et... il se dirigea rapidement vers la seule pièce qui restait : la chambre.

La première chose qu'il vit, c'était la ligne nette d'une semelle de cuir, le bout d'une chaussure, à l'envers sur le sol juste derrière la porte entrouverte. En s'approchant, il parvint à distinguer une sandale entière et un bas couleur bronze, gracieux, élégant. Adorable Iolene.

Au début, le bas avait l'air d'être à motifs, mais en plissant les yeux et en s'approchant encore de la porte, c'était plutôt comme si sa jambe elle-même était marbrée, des volutes vertes et noires entourant ses chairs, qui avaient l'air gonflées, tirant sur les coutures. Hop eut l'impression que son propre corps sortait de sa peau, quittait le sol une seconde, puis dégringolait à nouveau sur terre.

Il appuya ses doigts sur la porte et l'odeur pénétra dans sa bouche et son nez si violemment qu'il vit des étoiles, sentit sa langue enfler, sèche et boueuse en même temps.

Comme il avançait dans la pièce, la chambre lui parut entrer en lui tout entière, avec la puanteur, une odeur médicamenteuse, le bruit des mouches qui bourdonnaient, la vision d'Iolene, de son corps gracieux, souple dans une robe couleur rouille avec des bretelles noires, ses cheveux teints de cuivre, remontés haut sur sa tête, ses poignets et ses bras marqués de bracelets en forme d'écaille de tortue, et son visage... Son visage, il ne pouvait pas le voir. Il était tourné de l'autre côté, presque recouvert par le coin du couvre-lit, la joue tournée vers le tapis pelucheux et usé.

Il s'accroupit, couvrant de ses mains son visage et sa bouche, encore à presque deux mètres d'elle. Plus de peau couleur café crème. Il tourna la tête de côté et prit une grande respiration avant de regarder sa tête. C'est là qu'il aperçut le morceau de plâtre sur le sol.

C'était juste avant qu'il ne se rende compte que ce n'était pas du plâtre, mais de l'os. Un morceau de crâne.

Il ne voulait rien toucher. Il n'osait rien toucher. Alors il avança à quatre pattes.

Un cercle de poudre noire entourait nettement le trou, comme un tatouage. Le trou dans sa tempe, niché dans les délicates mèches de cheveux arrangées si artistiquement à cet endroit.

Il ne parvenait pas à arrêter de regarder de plus près. Quelques grosses mouches vertes formaient une grappe près du trou.

Ses paupières étaient gonflées, ainsi que ses lèvres couleur de baies écrasées.

Ses paupières étaient gonflées, mais ses yeux avaient l'air encore ouverts.

Il arrivait à voir leur brillance entre ses cils ou, du moins, il imaginait qu'il y arrivait.

Il pensa que le bourdonnement ne quitterait jamais sa tête. Il pensa que cette odeur resterait peut-être imprégnée en lui pour toujours.

Pendant un instant, il crut qu'il ne pourrait jamais s'extraire de ce moment.

La brillance de l'œil, et l'éclat de sa pince à cheveux en argent. La sensation de quelque chose qui ondulait dans son estomac, brûlait en lui, chauffait son visage et envoyait une étrange pulsation rythmée dans ses propres tempes. Il sentit son col qui s'ouvrait quand il s'agenouilla au-dessus d'elle, et une humidité sur son cou tandis que la chaleur resserrait ses griffes sur lui. L'odeur devenait encore plus dure à supporter.

Il se releva, sursauta au craquement de ses propres genoux en quittant sa position accroupie. Il prit plusieurs grandes respirations. Il marcha lentement jusqu'à la salle de bains et ouvrit le robinet. Se tenant au lavabo, il tenta d'oublier la sensation de tourbillon de son déjeuner remuant dans son ventre. Mais c'était trop tard. Tombant à genoux, il se pencha sur les toilettes et, rapidement et avec efficacité, il vomit tout. Il tira la chasse et se rinça la bouche au lavabo.

Il sortit de la salle de bains, puis traversa la salle à manger pour gagner la cuisine. Il faillit emprunter la porte de derrière, mais les aboiements du chien des voisins l'arrêtèrent net.

Puis il redevint intelligent.

Il retourna dans la salle de bains et, à l'aide de son mouchoir, il ramassa une serviette de toilette et commença à essuyer les robinets du lavabo, le siège des toilettes qu'il avait agrippé. Le bouton de porte. Il ne pensait pas avoir touché quoi que ce soit d'autre.

Retournant ensuite dans la chambre, il garda les yeux fixés droit devant lui, en tenant la serviette sur son nez et sa bouche.

Il regarda un peu partout. Se servant du mouchoir, il commença à ouvrir des tiroirs. Ils étaient tous vides. Iolene ne vivait pas ici.

C'est alors qu'il vit la valise posée sur le sol de l'autre côté du lit. Elle était ouverte, avec quelques robes qui dépassaient. Il regarda plus attentivement. Une paire de chaussures de rechange. Une trousse de produits cosmétiques. Tout ça rangé si soigneusement que Hop fit la grimace. Elle était vraiment en train de quitter la ville. S'était arrêtée ici pour faire quelque chose, prendre quelque chose, et filer.

Les photos.

Où les photos étaient-elles, en fait, ou avaient été ? Est-ce qu'Iolene avait été tuée pour ces photos ? Pour ce qu'elle savait sur Jean ? Pour les deux ?

Il se pencha pour regarder sous le lit et ne vit rien qu'un fin tapis de poussière. Il s'approcha des longues portes coulissantes du placard sur le mur adjacent. Le placard était vide aussi, en dehors d'une petite boîte métallique pour ranger des dossiers, avec deux tiroirs.

Pas la cachette la plus subtile, pensa Hop.

Il ouvrit l'un des tiroirs. Vide. Il ouvrit l'autre. En dehors d'un trombone oublié, de quelques agrafes pliées, il était vide également. Qui que ce soit qui l'ait suivie jusqu'ici, ils avaient trouvé ce qu'ils cherchaient.

Attends. Regarde ça.

Alors qu'il commençait à refermer le tiroir, quelque chose attira son œil, quelque chose de blanc coincé tout au fond. Il s'en empara et sortit un vieil onglet de dossier, avec une étiquette en papier encore collée dessus.

On pouvait lire sur l'étiquette :

RX COPIES 1945

Il sortit l'étiquette de l'onglet. Tapés à la machine au verso, il y avait les mots suivants :

DR STILLMAN - 1455 S. HILL STREET, LOS ANGELES

C'était quelque chose. Il savait que c'était quelque chose. Il se remémora :

Kirk, je ne peux pas attendre davantage, je vais voir le Dr Scott. Ce sera bien mieux comme ça, pendant que ma mère est absente.

Okay. Scott n'était pas Stillman, mais c'était quelque chose. Il tenait un truc, là. Il pouvait le sentir. Pourquoi Iolene aurait-elle eu l'onglet du dossier d'un médecin dans son appartement ?

Si Jean Spangler avait été victime d'un avortement raté, dont le timing – étrange coïncidence – suivait exactement sa nuit au Red Lily, peut-être qu'Iolene en cachait la preuve. Pour protéger quelqu'un. Ou peut-être qu'Iolene avait mené sa propre enquête. Et que pour ça, on lui avait fait ces adieux expéditifs.

Enfin, malgré tous ses efforts, Hop se laissait aller à intégrer le fait que c'était bien Iolene, la douce Iolene, là, morte. Il tourna lentement la tête et regarda à nouveau le corps.

La regarda, elle.

Ils ne s'étaient même pas embêtés à essayer de faire passer ça pour un suicide.

Il fourra l'étiquette dans sa poche. Il essuya à nouveau le tiroir avec son mouchoir, pour faire bonne mesure. La puanteur recommençait à lui retourner l'estomac.

Il savait qu'il devait partir, mais il la regardait. Il pensait à elle en train de danser. Il se souvenait qu'une fois, bien avant tout ça, quand il bossait encore pour *Cinestar*, il était tombé sur elle à la Fox, où elle tournait dans un film avec Betty Grable. Elle faisait partie du chœur dans une scène évoquant les plantations de jadis, portant un toupet blanc et, d'une manière inexplicable, une robe de veuve joyeuse en taffetas à paillettes, avec des bas résille. Elle piétinait d'ennui, attendant que l'équipe change l'éclairage du plateau. Les musiciens, qui s'ennuyaient aussi, commencèrent à improviser un ragtime. Hop, qui avait juste fini d'interviewer Grable sur sa petite fille qui venait de naître, avait repéré Iolene à trente mètres et, comme il s'approchait, il lui avait dit : « Quand j'arriverai devant toi, Iolene, tu vas danser avec moi. On y est, tu vas devoir faire des cabrioles. Tu sais que l'heure est venue. Tu vas danser avec moi. » Et finalement elle avait éclaté de rire, et elle l'avait laissé la faire tourbillonner pendant quelques minutes, et il avait collé son visage contre son turban blanc, le taffetas et les paillettes craquaient contre sa poitrine, sa voix murmurant chaudement à son oreille. Le parfum de... de... il pensait que cela devait être du gardénia, émanant de son corps. Elle sentait toujours comme les fleurs. Et sa main sur son dos avait rencontré une partie de sa peau et c'était comme du satin, c'était comme... la musique était... elle était...

Et maintenant, ça.

Il jeta un dernier regard autour de lui. C'est à ce moment qu'il remarqua que la porte de devant avait été déverrouillée tout du long. C'était probablement par là qu'ils étaient repartis, songea Hop. Ils... Eux... Qu'est-ce que ça avait à voir avec Jean Spangler ou Sutton et Merrel ? Quelqu'un savait pour les photos, et les voulait, ou voulait qu'elles disparaissent. Il se souvint de ce que Jimmy Love, le pote d'Iolene, lui avait dit au King Cole.

« Ces types se rapprochent. Des types dont il vaut mieux ne pas se faire des ennemis, Hoppity.

– Des voyous ?

– Putain, mais est-ce qu'on ne l'est pas tous ? On ne peut pas vivre dans cette ville sans que ça vous colle à la peau comme du papier tue-mouches. Mais non, ces mecs sont plusieurs crans au-dessus. »

Le dos au mur, Sutton et Merrel pouvaient très bien déclencher quelque chose. Ce ne serait pas surprenant qu'ils aient encore de vieilles connexions avec des malfrats datant de leurs années night-clubs. Ce pouvait être n'importe quel genre de gangsters. Quelque part, ça n'avait plus tellement d'importance. L'histoire de la fille massacrée et de son amie effrayée se changeait maintenant, peu à peu, en la sempiternelle histoire des filles-qui-veulent-se-remplir-les-poches-et-qui-en-payent-le-prix. Est-ce que quelqu'un ne pourrait pas lui donner un nouveau scénario ? Il avait lu celui-là plus de fois qu'il ne pouvait les compter.

Sans même s'en rendre compte, il se retrouva dehors, marchant vers sa voiture. Sans même y penser, il démarra et commença à s'éloigner de la maison, emportant avec lui beaucoup trop de très mauvais goûts dans la bouche.

En revenant sur Sunset, sa tête jouait à de sales jeux.

Comment en suis-je arrivé là ? Six ans auparavant, travaillant à l'*Examiner*, surpris par le rédacteur en chef en train de cuver une cuite dans le bureau des petites annonces, il s'attendait à la punition habituelle, la rubrique nécrologique, et cette pensée lui donnait envie d'écrire la sienne. Mais leur reporter vedette avait choisi précisément cette nuit-là pour partir avec un représentant en cravates de San Francisco, et Hop se retrouva au Grauman's Chinese Theater, pour couvrir la première d'une espèce de mélodrame en chambre avec Joan Crawford et un casting de losers. C'était après, pendant la fête de cette première, qu'il rencontra le vieux directeur de la rédaction du bureau de la côte est de *Cinestar*, avec ses cheveux gris et ses yeux épuisés. Un mec très sympa, qui aimait ses blagues, et qui finit par payer trois tournées de bourbon bière. Il dit à Hop qu'il lui faisait penser à lui-même, un quart de siècle avant.

Pendant leur seconde tournée au Mocambo, le directeur lui avait demandé : « Si tu couvrais cette soirée pour *Cinestar*, ce serait quoi, ton angle d'attaque ? » Hop avait pris son menton entre ses doigts, posture de réflexion profonde, et il s'était lancé : « Le Mocambo, là où les stars profitent de l'occasion pour se mélanger, était incandescent hier soir. Les fêtards fourmillaient après l'excitante première de *Lover for a Day*. La star du siècle, Joan Crawford, attira tous les regards en entrant dans ce night-club si exotique, au bras d'un fringant jeune homme. Mrs. Crawford refusa de révéler le nom de son chevalier servant moustachu, mais offrit le plus charmant des sourires quand on l'interrogea sur son récent divorce avec l'acteur Phil Terry. "C'était un homme merveilleux, mais nous nous sommes éloignés peu à peu. Je lui souhaite tout le bonheur du monde." Et nous vous souhaitons la même chose, chère Joan, notre star brillant pour l'éternité, notre délurée de jadis devenue désormais la plus grande des grandes dames d'Hollywood.

– Pas mal, dit le directeur d'un air pensif. Vire la référence à la longévité de Crawford dans le business, mais en dehors de ça, mon petit gars, tu as plus de maïs sucré en toi que mon oncle Joe entre ses dents dans sa ferme de l'Iowa. »

Hop avait souri. Oui, il avait un truc. Que dire ? Il traînait partout.

Et maintenant, après les night-clubs, les tables rondes au Romanoff's, les courses de lévriers avec les stars de cinéma, les lits moelleux au Beverly Hills Hotel, les coups vite faits avec de jolies costumières et coiffeuses, modélistes et manucures, maintenant, *ça*. Un sentier séparé sur lequel il s'était lancé à toute vitesse, et, désormais, il semblait qu'il n'y ait plus d'issue possible. L'autre route avait disparu, avec sa simplicité, ses soleils et ses lumières tamisées, ses murmures parfumés, et nous deux contre le reste du monde, disparu. Aucune chance de retour en arrière.

Il conduisit pendant un long moment, essayant de faire disparaître l'odeur de sa gorge, de ses vêtements. Quelques miles plus loin, il balança son mouchoir par la fenêtre.

Iolene. Iolene. Tu jouais bien trop près de la ligne, et maintenant regarde. Il savait qu'il devait penser à la manière dont il aurait pu l'aider. Il voulait être ce genre de type. Mais comment pouviez-vous arrêter quelque chose comme ça ? Ces mecs savent ce qu'ils font. Ils l'auraient retrouvée n'importe où.

Alors c'est ça, hein ? Je suis fini, songea Hop. Le dernier rouage grinçant possible s'est fait graisser. Personne d'autre n'avait aucune motivation pour parler de cette nuit-là. Personne d'autre ne parlait du tout. C'était fini, plus mort que le monde du show-biz.

Qui essayait-il de faire marcher ? Il allait chez le Dr Stillman. Après tout, le rouage grinçant a peut-être disparu, mais pourquoi ne pas mettre ton pied dans cette ultime empreinte visible, la suivre et en finir ?

Il essayait encore de penser à Iolene et à ce qui avait pu lui arriver. Mais à la place, tout ce à quoi il arrivait à penser, c'était à la façon dont ces femmes se dissimulaient. Une espèce de danse du feu. Victime, vague de feu, coupable. Ange, pute. Elles le jouaient tellement normal, comme si elles étaient juste des filles, des filles avec des sourires gentils et des besoins simples. Mais la vérité, c'était qu'elles vivaient toutes dans un état de tension permanent. Vous pouviez le sentir, comme une aura autour d'elles.

Quand il avait rencontré Midge, il s'était dit : la voilà. Finalement, une de ces femmes comme Jerry en avait toujours au bras. Celles qui avaient leurs propres jobs et de jolis appartements avec des lumières douces et des draps encore plus doux. Des femmes avec d'autres petits amis qu'il ne voyait jamais, mais qui le préféraient quand même, lui, et qui annulaient un rendez-vous amoureux s'il appelait, mais sans jamais élever la voix, douces comme les Martini qu'elles versaient, comme leurs robes de soie fendues et leurs bas brillants. Des femmes qui étaient toujours jeunes, jeunes sans la moindre avidité effrayante dans les yeux, et matures sans la moindre ride dans le visage ni le moindre désespoir dans la voix. C'était vraiment un truc terrible, non ? La manière dont elle lui avait fait penser que ce serait si facile.

Le trajet vers l'adresse de Hill Street l'amena directement devant le building de l'*Examiner* sur South Broadway et Hop ne put s'empêcher de chercher des yeux la voiture de Frannie, qui n'était pas là. La berline grise de Jerry était là en revanche, et avant de parvenir à s'en empêcher, il s'était déjà garé. Voir son ami maintenant, la seule chose solide et fixe de cette vie, qui pouvait l'aider à remettre les morceaux en place, à parcourir la dernière ligne droite. Mais il ne voulait pas aller dans les étages, histoire de ne pas risquer que Frannie se pointe, il ne voulait pas d'une confrontation avec elle. Il marcha jusqu'au rade délabré de l'autre côté de la rue et mit une pièce dans la cabine téléphonique. Quand Jerry répondit, Hop était embarrassé d'entendre sa propre voix trembler.

« Bon Dieu, Gil, tu m'as l'air plus à zéro que jamais. Reste là, je descends et je vais te remettre un peu de bon sens dans le crâne. »

Assis devant le comptoir vide, Hop commanda un café en attendant, et sa main tremblait quand il souleva sa tasse. Le type au comptoir gardait un œil sur lui, tout en essuyant des verres avec un torchon, l'un après l'autre, comme le barman d'un vieux western.

Dix minutes plus tard, Jerry arriva et prit un siège à côté de lui.

« Même quand on était en Afrique du Nord, tu n'as jamais eu l'air aussi mal, dit Jerry en allumant une cigarette avant de faire claquer son Zippo pour le refermer.

– Les années d'inexpérience sont de retour.

– En général, tu la joues vachement dur à joindre. Et voilà que je te vois, quoi, trois fois en deux jours ? Les gens commencent à jaser », dit-il pour plaisanter, mais il y avait de l'inquiétude dans ses yeux, et cela fit que Hop s'inquiéta de lui-même. Bon Dieu, à quel point avait-il l'air d'aller mal ?

« Et Midge n'a pas dormi de la nuit, dit Jerry, en remerciant le type au comptoir d'un mouvement de tête parce qu'il venait de poser une tasse de café devant lui. Gil, il faut que... Gil, elle est dévastée. »

Hop le regarda, se remémorant la visite surprise de Midge la nuit précédente. Frannie qui lançait des hameçons au hasard, essayant d'obtenir quelque chose de Midge. C'était vraiment la nuit précédente ?

« À cause du coup de fil ? demanda-t-il.

– Quel coup de fil ?

– Frannie... Miss Adair.

– Frannie Adair a appelé Midge ? »

Hop essaya de masquer sa surprise. Midge ne lui en avait pas parlé ? À lui, son chevalier en gabardine étincelante ? Il décida qu'il valait mieux suivre. « Non, non. Frannie essayait de me joindre et elle a eu Midge.

– Comment ?

– Oublie. Laisse tomber. Et écoute, à propos de tout ça... Je suis désolé de t'avoir fui comme ça sans arrêt. Désolé. Je ne sais pas pourquoi. » Sa tête le martelait.

« Frannie a quelque chose sur toi ?

– Peut-être. Il se trouve que j'ai laissé pas mal d'empreintes digitales, de traces de pas, toutes sortes d'empreintes tout le long de la journée.

– Mais c'est à propos de quoi, Gil ? L'affaire Spangler ? Est-ce que quelqu'un te fait chanter ?

– Jerry, j'ai à moitié perdu la piste. Frannie Adair fouine partout. Elle pense qu'il y a quelque chose. C'est ma propre faute, parce que je l'ai chauffée là-dessus. Et Jerry, cette fille dont je t'ai parlé, celle qui était venue me voir. Elle est morte.

– La copine de Jean Spangler ? Comment ?

– Je pense que la balle dans la tête a suffi.

– Bordel ! Mais comment tu as découvert ça ?

– De très près et très personnellement », dit-il, voulant tout raconter à Jerry sur tout ça. Mais il ne pouvait pas le faire. « J'étais inquiet. Je suis allé chez elle. La porte était ouverte. Et elle était étendue là...

– Tu as appelé les flics ?

– Non.

– Tu as laissé des empreintes ?

– Je ne sais pas. Non. Peut-être. J'ai essayé de faire attention.

– Tu ferais mieux de te trouver un alibi, petit. Tu étais avec moi, quelle que soit l'heure où ça s'est produit.

– Je ne m'inquiète pas de ça. J'ai bien d'autres sujets d'inquiétude, crois-moi. » Hop finit son café et attrapa son chapeau. Il savait que Jerry voulait discuter, mais il fallait qu'il parte. Il fallait qu'il parte avant que Jerry ne voie quelque chose. Quelque chose que Hop ne voulait pas qu'il voie. Qu'il voie Hop tomber en petits morceaux là, juste sous ses yeux.

« Pourquoi t'as fait ça, Hop ? dit soudain Jerry, quand Hop était déjà presque arrivé à la porte.

– Fait quoi ? »

Jerry marchait vers Hop. « À Midge.

– Il va falloir que tu sois plus précis, dit Hop avec lassitude.

– Tu sais très bien de quoi je parle », dit-il d'un ton trop sérieux pour que Hop l'ignore.

Il y avait plein de choses dont Hop aurait voulu parler, de ces choses qui se rassemblaient en lui, qui s'entrechoquaient, qui nouaient ses nerfs, qui grimpaient sous sa peau, du tréfonds de ses yeux. Mais il ne pouvait rien faire contre ces choses. Et il ne savait même pas pourquoi. Au lieu d'en parler, il hocha simplement la tête.

Jerry le regarda un moment. Puis, avec un soupir, il dit : « Elle me raconte qu'elle ne s'était jamais énervée de sa vie avant de te rencontrer.

– Je suis un veinard, alors, dit Hop en parvenant à sourire, mais il se demandait s'il parviendrait à tenir debout jusque chez le Dr Stillman. Allez, à plus tard, mon petit cœur.

– Gil... » Jerry avait les yeux lourds. Il avait la bouche à moitié ouverte, comme s'il allait en dire plus. C'était une posture classique chez Jerry. Hop savait que cela signifiait que Jerry allait tout dire, tout faire passer en peu de mots. Puis, finalement, il lança : « Gil, un truc sur Frannie Adair. Elle s'est taillé très tôt la réputation de fréquenter certains voyous pour un article. Elle n'a pas été capable de s'en débarrasser depuis. Peut-être que tu peux te servir de ça. Si t'en as besoin.

– Merci, mon pote, dit Hop, la tête tourbillonnante. Ça se pourrait. »

Dr Stillman – 1455 South Hill Street, Los Angeles.

L'adresse était située dans un bloc assez miteux de buildings aux façades fatiguées composés de bureaux caverneux. Il y avait aussi un petit hôtel avec un barbier dans le hall, un bar irlandais au plafond très haut avec des portes grandes ouvertes éclaboussant le trottoir de musique lyrique chantée par un ténor larmoyant et d'une douce odeur de bière.

De sa voiture, Hop longea la moitié du pâté de maisons pour arriver au 1455, un bâtiment plus petit avec une clinique dentaire fermée au rez-de-chaussée. Ouvrant la lourde porte couverte de suie, il pénétra dans un vaste hall obscur uniquement habité par un kiosque à journaux. Un homme solitaire en bretelles se tenait derrière son comptoir, mangeant bruyamment dans une gamelle odorante ce qui ressemblait à des betteraves et du chou en saumure.

Hop jeta un œil sur une liste des occupants derrière une vitrine en verre sale.

STILLMAN, Dr MITCHEL... 443.

« Un paquet de Pall Mall », dit Hop.

L'homme abandonna sa gamelle avec réticence et tendit la main sous le comptoir pour attraper un paquet de cigarettes qu'il posa devant lui avec une pochette d'allumettes.

« C'est tranquille aujourd'hui, hein ? »

L'homme haussa les épaules. « Y a que quelques bureaux ouverts le dimanche, dit-il. Ça vaut pas vraiment le temps que j'y perds. Vous cherchez le serrurier ? Le dentiste a fermé à 2 heures.

– En fait, je cherche le Dr Stillman.

– Vous êtes un peu retard, mon vieux. » L'homme reprit sa gamelle, et l'odeur sure et acide frappa Hop en pleine gueule.

« Parti pour la journée ?

– Parti pour l'année. J'l'ai pas vu depuis des lustres. Il avait dû payer un an d'avance parce que le syndic n'a pas vidé son cabinet pour le louer à quelqu'un d'autre.

– Où est-ce qu'il est parti ? » demanda Hop, essayant de paraître désinvolte, malgré sa frustration grandissante. Venir de si loin et ne rien savoir, que pouvait-il y avoir de pire ? Cette étiquette de dossier, un dernier chuchotement lointain.

L'homme leva un sourcil hérissé. « Probablement dans un endroit plus tranquille, mon pote. Vous pigez ?

– Pas vraiment.

– Vous savez pas grand-chose, mon pote, pas vrai ?

– Moins que ça encore.

– C'était un docteur pour dames, vous savez, un toubib pour... ce qui peut arriver. Et ça arrive que ça chauffe un peu trop. »

Hop acquiesça. « Ça vous ennuie que je monte voir ?

– En quoi ça me concerne, mon pote ? Moi, je vends des journaux », fit l'homme en haussant les épaules.

Hop laissa 5 dollars pour ses cigarettes.

L'ascenseur grinça en grimpant quatre étages. Il lui fallut tirer des deux mains pour ouvrir la grille rouillée, et il se colla de la rouille plein les doigts.

Les murs du couloir étaient barbouillés des traces ambre et puantes du tabac. Le seul bruit qu'il entendait pendant qu'il marchait provenait de ses chaussures écrasant des mégots ou un papier de bonbon. Il entendit un sifflement de gorge qui le surprit, jusqu'à ce qu'il le reconnaisse comme étant le sien, une sorte de tic nerveux qui lui venait de son enfance, des visites faites à son oncle dans le sanatorium d'Onondaga, ou à sa grand-mère dans un mouroir en 1934.

La vitre dépolie au fond du couloir affichait « MR. STILLMAN, MD. » en lettres noires qui commençaient à s'écailler. Il prit sa respiration et posa sa main sur le bouton de porte, froid et graisseux, qui lui fit penser à un baume pour des brûlures.

Il se demanda ce qu'il s'attendait à trouver. La fin d'un tunnel sans fin. Le sol mangé de vers au fond d'un trou. Du sang et de l'horreur, et une brèche dans le vide, écarlate et bouillonnante.

Ou un bureau vide aussi privé de sens que tout le reste ?

Il tourna la poignée, mais la porte était verrouillée. Putain, c'était pas ça qui allait l'arrêter maintenant. Merde, il allait regarder dans cette brèche béante. Repérant un vieux cendrier sur pied en cuivre, il le souleva et le cogna contre la vitre biseautée, une fois, deux fois, trois fois, et la vitre dégringola en entier sur le sol et, fantôme survivant de son ancienne chance, craqua en étoile sans exploser en tous sens. Il passa la main dans l'ouverture et déverrouilla la porte, qui s'ouvrit, révélant une première petite pièce sombre avec une fenêtre en verre dépoli qui donnait une lumière diffuse venue de la rue. Pas grand-chose à voir : un bureau et une rangée de chaises comme dans une salle d'attente, le tout couvert de poussière. Il traversa la pièce et ouvrit la porte au fond pour découvrir un cabinet médical, avec un placard vitré rempli de scalpels, pinces, rouleaux de gaze. Sur un côté il y avait une table roulante avec des pots encore pleins de mercure ammoniaqué, vaseline et onguents, des bouteilles de Mercurochrome d'un rouge luisant. Et au milieu de tout ça trônait la table d'examen en métal, avec des étriers démontables. Une rangée de femmes écartelées traversa le crâne de Hop. Une image de Jean Spangler, déchirée et désespérée. *Kirk, je ne peux pas attendre davantage, je vais voir le Dr Scott. Ce sera bien mieux comme ça, pendant que ma mère est absente.*

Mais ce n'était pas le Dr Scott. C'était le Dr Stillman. Et pourquoi Iolene aurait eu ses dossiers, ça, c'était loin d'être clair.

Hâtivement, il regarda partout dans la salle d'examen avant de revenir dans la salle d'attente fouiller les placards. Il ouvrit les tiroirs un par un et, comme ceux d'Iolene, chaque tiroir était vide. Il s'attaqua aux tiroirs du bureau : ils ne renfermaient que des fournitures, quelques boîtes de crayons ouvertes, des feuilles de papier. Tout en fouillant, il se retrouva plusieurs fois en train de tourner la tête vers la porte ouverte sur le cabinet et la table d'examen recouverte de papier blanc qui, avec ses plateaux pivotants et ses étriers baissés, prenait la désagréable apparence d'une énorme araignée mécanique. Chaque fois qu'il regardait, il pouvait presque voir les longues jambes de Jean Spangler s'élever de son centre.

Hop, tu es en train de perdre l'esprit.

Abandonnant le premier bureau, il savait qu'il allait devoir retourner dans la salle d'examen mais, en le faisant, il essaya de ne pas regarder l'équipement de trop près ni de renifler le désagréable mélange de poussière épaisse, de moisissure et d'alcool.

Regardant l'autre extrémité de la pièce, son corps irradiant une chaleur piquante, il remarqua un placard qu'il avait négligé auparavant. Il ouvrit la lourde porte de bois et vit quelques vieilles blouses de labo et, derrière elles, plusieurs grosses boîtes empilées en hauteur.

Il sortit les boîtes du placard, s'installa dans un fauteuil à roulettes et ouvrit le couvercle de la boîte du dessus. Dedans, il y avait surtout des reçus, des factures, du papier carbone. La deuxième boîte était remplie de classeurs marron.

Le cœur battant la chamade, il sortit les dossiers un à un, ses yeux examinant les étiquettes beaucoup trop vite pour que son cerveau les intègre. Il saisit si vite et si fort un dossier trop rempli que la boîte tomba sur le sol dans une sorte de grognement. Tous les classeurs se renversèrent en éventail et sur le dessus il y en avait un étiqueté « Registre des employés », d'une écriture étrangement familière. Il se mit à genoux, une main en sueur parcourant le dossier. Des feuilles d'impôts. Des fiches d'identité. Jeanne Horelly, récept. (1944) ; Carl Haus, asst. lab. (1945-1948) ; Laura Seidl, infirmière (1946) ; et ainsi de suite. Des photos individuelles d'employés aux visages sévères, posant tous devant la même toile de fond blanc qui pendait encore sur le mur à côté du bureau de devant. Ses doigts moites se collèrent sur une et il la sortit.

Un trésor bien plus précieux. De longs cheveux blonds ramenés haut sur sa tête, son visage en forme de cœur avec une bouche comme un pétale rond. Des yeux perçants, sexy en diable, brûlants sous ses doigts. Elle les avait toujours eus, ces yeux à vous faire pâmer, des yeux comme des meurtres.

Oh, Midge.

Reno, 1946

Trois semaines après le jour de leur rencontre, Hop conduisait Midge Maberley à Reno, la tête le faisant déjà souffrir de la gueule de bois qu'il aurait seulement dans six heures. Conduisant à toute vitesse à travers le désert pour arriver là-bas avant d'avoir repris ses esprits.

Ils ne pouvaient pas se marier avant que son vingt-septième jour en tant que résidente ne soit achevé. Il fallait qu'elle attende son divorce, celui d'un mariage de sept mois à un chef d'orchestre en tournée qui n'était jamais revenu sur la côte ouest depuis leur lune de miel.

À Reno, Hop raconta des bobards au bureau local de la presse, but et joua aux cartes toute la nuit, toutes les nuits. Il continua à jouer jusqu'à ce qu'il ait tout perdu, perdu les 1 000 dollars avec lesquels il était venu, et le reste. Ces 1 000 dollars étaient tout ce qu'il possédait au monde, la majorité provenant d'un gros gain à Santa Rosa, le gain qui avait déclenché la bringue durant laquelle il avait rencontré Midge, pour commencer. Quand il n'y eut plus rien, Hop, tout seul et à court de distractions, comprit soudain qu'il avait joué comme ça pour pouvoir tout perdre, qu'il s'était voué à perdre. Il ne voulait pas épouser cette fille, Midge, avec une seule pièce de 10 cents en poche, et sans le moindre brin de décence ou d'aspirations. Chaque nuit, il serrait sa main sur l'un de ses genoux blancs et l'aplatissait sur les draps rêches de l'hôtel, et essayait, en baisant, d'effacer toute leur laideur partagée. Et toute sa beauté à elle aussi. Quand le divorce fut enfin entériné, et qu'il se traîna jusqu'à la mairie, il ne restait plus rien d'eux. Pas la moindre bribe de sentiment, ni d'illusions durement gagnées.

Assis dans sa voiture, Hop regardait la photo de sa femme et il essayait de réfléchir, de faire le point. Quand il avait rencontré Midge, elle travaillait au Earl Carroll's. Elle disait avoir fait une demi-douzaine de boulots depuis qu'elle avait emménagé à Los Angeles, shampouineuse jusqu'à vendeuse de cigarettes, danseuse de revue du troisième rang au fond, etc. Mais elle n'avait jamais parlé d'un travail dans un cabinet médical comme ça. Peut-être qu'elle n'y avait simplement pas pensé. Peut-être.

Il regarda les dates d'emploi : mai 1944-février 1945. Pas un emploi assez bref pour ne pas mériter d'être mentionné. Et il l'avait rencontrée à la fin de l'automne 1945.

Était-ce vraiment fortuit qu'Iolene ait des dossiers d'un endroit où sa femme avait travaillé presque un an ? Ouais, peut-être que ce médecin était celui qu'allaient voir toutes les filles qui traînaient dans les night-clubs. Il connaissait bien quelques docteurs dont toutes les actrices du studio s'échangeaient les adresses, comme celles de leurs coiffeurs favoris ou de leurs tailleurs.

Tu peux essayer de te convaincre de ça, Hop, mais...

Midge au Earl Carroll's Theater sur Sunset. La célèbre enseigne sur le devant : PAR CES PORTES PASSENT LES PLUS BELLES FILLES DU MONDE. Il s'en souvenait très bien. Assis là, il se retrouva même à la réciter à voix haute.

« Par ces portes passent les plus belles filles du monde. »

Un frisson lui glaça le dos.

Iolene. La dernière fois qu'il l'avait vue, dans le bar.

« Je connais cette fille depuis toujours, avait-elle dit à propos de Jean. Une des plus belles filles du monde. Ils avaient dû écrire ça pour elle.

– Quoi ? » avait-il demandé.

Elle avait secoué la tête : « Laisse tomber. Tu n'as jamais pigé. »

Est-ce que Jean Spangler avait travaillé au Earl Carroll's ? Il se souvenait vaguement de quelque chose dans les journaux. Comment avait-il oublié ? Jean et Midge, toutes les deux. Est-ce que Midge connaissait Jean ?

Bien sûr.

En une seconde, il s'était retrouvé dans sa voiture, des dossiers répandus sur la banquette arrière.

Midge. Putain de Midge. Existe-il un seul coin de ma vie que tu aies laissé indemne, non infecté ?

Mais qu'est-ce que tu pouvais bien...

Au début, sa tête débordait de trop de faits et de révélations pour pouvoir former une idée, une théorie. Puis, en roulant, des scénarios commencèrent à prendre vie. Presque rien mangé en deux jours, quelques vagues heures de sommeil, bien sûr, mais il savait encore additionner deux et deux. La coïncidence était trop grande : elle travaillait au cabinet du Dr Stillman et des dossiers de son cabinet apparaissent chez Iolene. Jean travaillait au Earl Carroll's et Midge travaillait au Earl Carroll's. Midge jouant les idiotes dans son appartement, prétendant qu'elle ne savait pas ce que Frannie Adair cherchait – « Elle m'a demandé si je me souvenais d'une fille qui avait disparu... Je lui ai dit que je ne me rappelais rien de ce genre... ». Le laissant tirer sur l'hameçon, le regardant se tortiller, alors que, pendant tout le temps, elle *connaissait* Jean Spangler. Dieu, est-ce que Midge travaillait avec elles ? C'était assez tiré par les cheveux, mais pas impossible. Sinon, pourquoi n'avait-elle jamais mentionné avoir travaillé pour un médecin ? Ses veines battant à ses tempes, il imagina le coup : Jean, Iolene et Midge, dansant toutes sur la même musique pour ce voyou de Davy Ogul dans les années 1944, 1945. Jean rencontre Midge au cabinet du médecin, ou alors Midge ne prend ce boulot là-bas que pour avoir accès aux dossiers. Ou Davy Ogul la pousse à prendre ce boulot pour accéder aux dossiers. Est-ce que Midge était restée en contact avec Iolene ? Était-ce pour ça qu'Iolene était venue le voir ? Est-ce qu'elles avaient, toutes les deux, monté un truc contre lui maintenant, prêtes à le faire chanter comme dernière vengeance de Midge ? Il savait qu'il y était presque mais, à la manière dont sa tête tournait, les horribles possibilités semblaient infinies. Jean, Iolene, Midge. Il se demanda, en pleine folie, si elles n'étaient pas finalement une seule et même femme, avec trois tentacules visqueux tendus pour le saisir à la gorge.

Mais il n'était pas un putain de pigeon.

Il se rendit soudain compte qu'il se dirigeait vers chez Jerry, et il espérait que Midge était seule là-bas. Il ne voulait pas la moindre interruption. Que rien ne l'arrête. Elle allait s'expliquer. Ils allaient s'expliquer.

Le sang lui palpitant dans la tête, il se retrouva devant la porte de l'appartement de Jerry sans aucun souvenir d'avoir garé sa voiture, ni d'être entré dans l'immeuble, ni d'avoir grimpé les quatre étages. Et maintenant, il y avait un homme en bras de chemise et en chaussons debout dans le couloir, pointant l'index vers lui.

« Quoi ? Quoi ? dit Hop.

– Si vous continuez à cogner sur cette satanée porte une minute de plus, j'appelle les flics », hurlait l'homme.

Hop regarda son poing sur la porte, ses phalanges rougies. Pour la première fois il entendit le bruit qu'il faisait. Laissant retomber son bras, il se retourna pour faire face au bonhomme.

« Mais vous vous prenez pour qui ? continuait le bonhomme. Il y a des gens qui essayent de manger leur repas du dimanche et il faut qu'ils vous supportent en train de hurler et de cogner dans cette porte ?

– Du calme, mon vieux, dit Hop. On n'est quand même pas dans une bibliothèque municipale. » Il frotta son poing rougi avec son autre main.

L'homme, qui avait bien vingt centimètres de moins et vingt ans de plus que Hop, ne voulait pas lâcher. Croisant les bras sur sa poitrine, il couina : « Je devrais appeler les flics. »

Hop sentit quelque chose monter en lui, quelque chose qui éclatait dans sa tête. Quelque chose qui le fit commencer à s'avancer vers le bonhomme, frottant toujours son poing dans sa main. Avancer d'un air décidé.

Le type dut voir ce quelque chose dans les yeux de Hop parce qu'il recula en vitesse.

« Où tu vas, mon pote ? » dit Hop, se sentant vouloir que l'homme fasse front à sa menace. Vouloir que n'importe qui le fasse.

Les yeux comme des soucoupes, l'homme battit en retraite dans son appartement et ferma la porte.

À soixante centimètres de sa porte, Hop s'arrêta.

Il voulait que cette impression d'éclatement, cet étrange déménagement dans son cerveau, pressant vers le bas et le haut en même temps en secousses violentes, il voulait que cette sensation s'arrête.

Donc, se dit-il en laissant retomber ses bras le long de son corps, elle n'est pas là. Personne à la maison. C'est okay. Tout est okay.

Il redescendit lentement l'escalier, sortit dans la rue et regagna sa voiture.

Tu devrais rentrer chez toi, Hop.

Rentre chez toi. Va te nettoyer le cerveau. Tu peux téléphoner plus tard. Ta tête ne va pas bien, là, maintenant. Tout est bizarrement de travers. Tu as besoin de te reposer.

Au lieu de quoi, il finit par rouler jusqu'à un autre drugstore pour appeler l'appartement de Jerry. Pas de réponse. Bien évidemment. Tu crois au Père Noël, Hop. Alors il appela Frannie Adair au journal.

Elle est en reportage.

Où ?

Au Little New Yorker.

Hop appela au Little New Yorker.

Il entendit le barman appeler Frannie. Quelques minutes plus tard, il entendit sa voix au téléphone. Directe et vivace, comme d'habitude, mais un peu plus sourde. Un iota plus fatiguée.

« Tu me surveilles de près. Je commence à avoir l'impression que mon vieux est en ville », dit-elle, puis elle s'arrêta, comme si elle attendait la réplique de Hop. Il savait qu'il ne pouvait absolument pas en sortir une, et elle continua sans lui. « Eh bien, mon garçon, il se trouve justement que j'essayais de te joindre. Ce mec avec qui j'ai parlé au studio, il s'avère qu'il s'est souvenu de quelque chose. Souvenu d'avoir entendu dire que Jean Spangler s'était embringuée dans une espèce de racket aux photos compromettantes, organisé par un gang. Et qu'elle avait une amie qui travaillait avec elle, une fille de couleur, une bombe.

– Mmh, quelle bonne Samaritaine, cette Jean. » Il se maudit d'avoir laissé ce truc d'Alan Winsted lui échapper. C'était uniquement de sa propre faute. Qui aurait pu savoir que ce petit ringard du studio en savait autant, ou était aussi avide de ragots ? J'aurais dû le savoir, moi, plus que qui que ce soit, pensa Hop.

« Cette fille de couleur, c'est celle qui est venue te voir, non ? Venue chercher de l'aide parce qu'elle était sous pression ? Quelqu'un – peut-être quelques gros gangsters, peut-être des gens des studios, peut-être les deux à la fois – pensait qu'elle détenait quelque chose, quelque chose qu'elle pourrait utiliser pour les faire chanter, eux ou Sutton et Merrel, ou tous à la fois. Peut-être bien qu'elle avait quelque chose, ou pas, mais ils ne voulaient prendre aucun risque. »

Elle s'arrêta. Il ne dit rien. Il sentait l'espace entre sa tempe et l'écouteur du téléphone devenir de plus en plus humide.

« Écoute, Hop, Iolene a peut-être déjà disparu comme Jean Spangler. Voilà où j'en suis.

– Dis donc ! » fit Hop, surpris par le calme soudain de sa propre voix. Pour lui, elle semblait aussi forcée que dans un film de série B, mais peut-être pas pour Frannie. « Tu as beaucoup progressé, ma petite détective. Donc les flics n'étaient pas si loin de la vérité. Juste une autre fille à louer, travaillant pour la bande à Cohen puis essayant de bosser en solo pour se faire plus de fric, non ?

– Comment tu en arrives là ? dit-elle, d'une voix énervée.

– Hé, j'ai cru à l'histoire de la demoiselle en détresse aussi longtemps que je pouvais, la fille qui se retrouve au mauvais endroit au mauvais moment. Massacrée et abandonnée pour avoir eu la malchance d'avoir de belles guibolles. Mais soyons réalistes. Elle n'était qu'un escroc de plus qui se faisait du fric à l'horizontale. Elle est devenue plus gourmande et elle a payé le prix », dit Hop, vite et froidement.

Frannie ne répliqua pas. Il faisait au moins 120 degrés dans la cabine téléphonique. Il pouvait presque entendre les planches s'écarter sous la chaleur.

« Bon sang, Frannie, je peux quasiment voir tes yeux d'Annie la petite orpheline, dit-il. Allons. Tu as assez roulé ta bosse pour écrire la fin de ce mélo. »

Elle soupira. « Ce n'est pas parce qu'elles ont été recrutées dans une histoire de chantage que Sutton et Merrel ne l'ont pas démolie, voire pire. L'un n'annule pas l'autre.

– Eh bien, il y a des indices pour l'un et pas pour l'autre, donc tu prends un risque. » Même en le disant, il se remémora la couverture tachée, ses traces de sang, son odeur de viande. L'avait-il réellement vue ? Ou était-ce l'un de ses rêves démentiels, issus de nuits descendues à l'alcool, à dormir assis dans sa voiture, Iolene devenant Jean devenant, d'une certaine façon, Midge à nouveau. Le Red Lily lui-même ressemblait de plus en plus à un rêve enfiévré avec contours flous, grincements démentiels et horreurs jaillissantes.

« Il y a des indices pour tout, soupira Frannie. Trop d'indices et pas assez de preuves. Mon rédac chef ne me laissera pas attaquer quoi que ce soit avant que je n'aie obtenu un feu vert de la police. Et même si je démontrais que Jean Spangler et le juge Crater[1] vivent ensemble dans une caravane à Mountain View, les hommes en bleu ne lèveraient pas le petit doigt. Ils en ont marre de voir ma gueule. »

Avec une gueule comme ça, impossible, faillit dire Hop, alors qu'il l'aurait certainement dit moins de quarante-huit heures auparavant. Maintenant, il ne pouvait plus dire un mot. Mais son visage ne pourrait jamais devenir ennuyeux. Il avait trop de choses étincelantes en lui, trop de promesses de mains chaleureuses, de sourires entendus, de cafés du matin sur des tables de cuisine aux nappes à carreaux rouges et blancs, de longues balades en voiture dans des campagnes ensoleillées, de films du samedi soir avec des mains se caressant doucement, les yeux

1. Le juge Crater (1889-...) : très célèbre cas de disparition subite, à New York, en 1930, jamais élucidée.

scintillant de la lumière de l'écran. Les choses réelles et pesantes derrière eux, débordant de leur propre étonnement obscur. Un étonnement implacable qui le tisonnait à chaque fois qu'il la regardait.

Mais quelque chose frappa soudain Hop. « Attends une minute. Tu as dit Iolene.

– Quoi ? dit-elle, étonnée.

– Il y a quelques minutes, tu as dit qu'Iolene pouvait avoir aussi bien disparu que Jean Spangler. Où as-tu entendu ce prénom ? »

Elle marqua un temps d'arrêt. Une demi-seconde, peut-être moins, mais c'était là. Puis elle affirma : « Je te l'ai dit. Le type du studio. Il m'a donné son nom.

– Sois bénie, Frannie Adair, tu es une horrible menteuse.

– Je ne suis pas mauvaise, à l'occasion. Mais écoute, tu ne me dis pas tout. Pourquoi devrais-je tout te dire ?

– Tu ne devrais pas, dit Hop. Tu ne devrais pas. » Sa tête palpitait à la pensée de la quantité de choses qu'elle pouvait savoir à l'heure actuelle. Le souvenir de la photo de Midge dans le classeur passa fugitivement dans son cerveau et soudain son sang battit à nouveau comme pour jaillir de sa peau. Il n'avait pas le choix. Il fallait qu'il sache. « Écoute, reprit-il en essayant d'empêcher sa voix de trembler, est-ce qu'on peut se voir ?

– Okay, répondit-elle, la voix retrouvant un ton plus voilé. Retrouve-moi au Don's Bar & Grill dans une demi-heure. Hé, Peggy Spangler a appelé. Elle voulait ton numéro de téléphone. Mais ne voulait pas me dire pourquoi.

– Tu le lui as donné ?

– Non. Elle a dit qu'elle avait appelé tous les canards de la ville et que tu ne travaillais pour aucun d'eux, dit Frannie, et Hop pouvait presque voir son sourire. Je lui ai dit que tu étais freelance, ce qui est vrai, si on veut.

– J'y serai dans trente minutes », dit Hop avant de raccrocher. Il n'était pas inquiet à propos de Peggy Spangler. Elle n'était qu'une déviation sur une route secondaire. Encore une de ces filles avec quelque chose de dur et de métallique cognant dans sa poitrine, une boîte de punaises, un réveil rouillé. Un autre visage vide avec des dollars à la place des yeux.

Putain, Hop, garde ta prose fleurie. Et ne t'en fais pas pour Frannie Adair. Ne perds jamais ton temps à t'inquiéter de quelqu'un qui n'arrive même pas à mentir au téléphone.

Il essaya d'appeler à nouveau l'appartement de Jerry. Pas de réponse.

Il prit l'annuaire et arracha la dernière page. Sortant un stylo de sa poche, il écrivit :

Midge,

Rejoins-moi au Don's Bar & Grill. Au coin de Pico et Main, ce soir. J'ai des nouvelles importantes et des choses que je veux te dire.

Gil

Et si Jerry trouvait son message et le lisait en premier ? Hop ne pouvait pas empêcher ses pensées de courir assez longtemps pour s'en soucier. Il se contenta de plier la feuille, d'écrire Midge dessus, et il retourna chez Jerry.

Il frappa une fois de plus à la porte, très fort, espérant à moitié que la grande gueule de l'étage allait ressortir. Il ne réapparut pas.

Comme personne ne répondait, il glissa le message sous la porte.

Ce n'est qu'une fois arrivé à mi-chemin de Downtown qu'il commença à se demander ce que Frannie avait bien pu aller faire au *Little New Yorker.* L'endroit était l'un des abreuvoirs préférés des gangsters de la ville.

Quand est-ce qu'il l'avait vue pour la dernière fois ? Hier ? Une heure auparavant ? Cinq minutes ? La semaine dernière, il ne la connaissait pas et maintenant elle s'était glissée au centre de chaque nœud, ce brin de roux s'accrochant dans tous les coins, fermement tressé.

« Frannie. Frannie. » C'était tout ce qu'il disait. La seule femme de son existence qui n'essayait pas de le piéger, pensa-t-il, avant de se souvenir qu'elle avait voué ces derniers jours à essayer de creuser sa tombe.

Elle était seule à une grande table couverte de ronds d'humidité de verres qu'on venait d'enlever. Les joues très roses, comme celles d'une poupée de porcelaine. Ayant presque terminé le verre qu'elle tenait à la main, elle souriait et fronçait les sourcils en même temps. Le peigne bleu brillant qui retenait ses cheveux était un poil de travers.

« Ça fait quoi ? Quelques heures ? dit-elle en lui faisant signe de s'installer à côté d'elle.

– Cher petit cœur », dit Hop en croisant ses bras devant lui. Qui aurait cru qu'il pouvait encore jouer le séducteur ? Pas lui. À l'intérieur, il se sentait dénué de charme, comme un mercenaire. Un tireur d'élite, avec une cible en vue.

Il se glissa à côté d'elle dans le box. Sentant son parfum léger, il s'approcha un peu plus sans même y penser. Et il fut surpris de la proximité qu'elle lui accorda. Un souffle de sa bouche, lourd de genièvre, lui donna sa confirmation finale.

« Frannie Adair a l'air d'avoir bien tapé dans la bouteille.

– Je suis okay. T'inquiète pas, dit-elle en secouant légèrement la tête. Je n'ai fait que travailler.

– Ça ressemble beaucoup à mon propre travail.

– Pas *à ce point-là*, heureusement.

– Alors, tu as déjà ton gros titre ? »

Elle fit non de la tête. « Mais un nombre infini de rumeurs complètement crédibles mais impubliables. Ce tuyau sur Iolene Harper, j'ai bossé cet angle avec quelques types au Little New Yorker. C'est comme ça que j'ai appris son nom.

– Le New Yorker est l'endroit idéal pour ça. Pas trop de gens coincés ou de citoyens honnêtes par là-bas.

– Donc, fit-elle en l'ignorant, je crois que je n'obtiendrai pas un mot de toi sur ce que cette Iolene pourrait t'avoir dit. Maintenant que je sais qui elle est.

– Iolene qui ? » dit Hop, hissant un sourire. Il fit un signe à la serveuse, et commanda un double scotch. S'il devait continuer à avancer, il allait devoir oublier tout le reste, et surtout la peur qu'il combattait. La peur était celle-ci : en réalité, rien n'a d'importance. Ces filles, elles bourgeonnent pour devenir ces fleurs d'oreillers, l'invitant à entrer, puis elles se changent en guirlandes clinquantes, tout en brillance et bords tranchants, et, encore plus tard, elles deviennent quelque chose d'autre... Mais quoi ?... Qu'est-ce que c'était ?

« Hop, ton verre ? » Frannie remercia la serveuse et fit glisser le double scotch vers lui.

Hop se souvint de ce que Jerry disait – c'était juste quelques heures auparavant, non ? – à propos de Frannie Adair : « Elle s'est taillé très tôt la réputation de fréquenter certains voyous pour un article. N'a pas été capable de s'en débarrasser depuis. Peut-être que tu peux te servir de ça. Si t'en as besoin. »

« Revenons une seconde au Little New Yorker. Tu as été causer à l'équipe de Cohen, dit-il, l'attaquant de front. Tu as bu avec eux. Juste pour vérifier une touche ? »

Les yeux de Frannie s'agrandirent légèrement, et du rouge lui monta fugitivement au visage.

« Pas de soucis, dit Hop. Bon Dieu, ce que je fais en une seule journée...

– Je sais qu'y a pas de soucis, dit-elle avec brusquerie. C'est mon boulot. Je ne pourrais pas faire mon boulot sans ça. Pour les faire causer, il faut accepter de faire une ou deux choses. Et celle-là, pour moi, est plus facile que l'autre. J'ai passé douze ans à Sainte-Cecilia avec des chemisettes amidonnées et des bas de laine, et une dose salutaire de : "Oh non, ça ne se fait pas."

– C'est charmant, dit Hop avec froideur, mais un peu usé. Je devine que c'est ça que tu dis à ces mecs quand tu commandes à boire. »

Elle tressaillit. Il n'avait pas voulu parler si durement. Ou l'avait-il voulu ? Il prit vite une petite gorgée de son verre.

« Oui, c'est vrai que je peux plus concourir pour le prix de la Fleur la plus pure de Sainte-Cecilia, dit Frannie en remuant le touilleur dans son verre d'un air fatigué. Mais les filles qui plongent vraiment avec ces mecs ont une route beaucoup trop cahoteuse devant elles pour une fille aux hanches fines comme moi. Je reste en dehors de la route et je regarde depuis le bas-côté.

– Ça me va », dit Hop, faisant machine arrière. Qui était-il pour douter d'elle, la couture de bas la plus droite qu'il ait croisée en cinq ans ? « Et qu'est-ce qui se dit sur le bas-côté ? »

Frannie soupira et but une longue gorgée de son verre, amenant une vague humidité à ses yeux. « Je déteste quand l'histoire dans son ensemble s'avère plus simple et plus moche que ses épisodes. Tu peux oublier Sutton et Merrel. Ce ne sont que des mufles, peut-être de très méchants mufles, mais pas des assassins. Oublie ton grand truc des studios. Ils ne sont pas si intéressés.

– Non ?

– Tu avais raison. Ce qui se dit, c'est que Jean et Iolene faisaient le vieux coup du chantage pour Davy Ogul. Il semblerait qu'elles aient voulu gagner plus. Je ne connais pas les détails, mais l'un des apaches de Cohen surveillait Jean depuis deux jours. Il semble qu'ils l'aient enterrée dans Griffith Park. Ils ont dû oublier le sac. »

C'était si simple. Était-ce vraiment aussi simple ?

« Et Iolene ? demanda Hop en se raclant la gorge.

– Les photos qu'ils pensaient que Jean avait, eh bien, elles se sont soudain remises à circuler. Ou ils pensaient qu'elles circulaient. Ils ne pouvaient que deviner qu'Iolene les avait en sa possession. Un contrat sur elle a été mis la semaine dernière. Et ces choses ne prennent pas beaucoup de temps en général. Un malfrat quelconque avec la moitié d'un billet de 100 dans sa poche l'a suivie et, d'après ce que j'ai entendu, lui en a collé une dans la tête. »

Hop revoyait l'éclat du peigne argenté dans les cheveux d'Iolene, son talon tourné vers le sol. L'odeur de choses écrasées, de choses douces changées en acier ou en plastique ou en chrome, et puis douces à nouveau, une fleur pourrissante, abandonnée à la mort.

« Je suis désolée, dit Frannie, apercevant quelque chose dans ses yeux. Je crois que tu l'aimais bien. »

Hop la regarda. « Je ne la connaissais pas vraiment », dit-il, la voix brisée. Il acheva son verre. « Demandons le reste de cette satanée bouteille. »

Frannie prit une profonde respiration et se tortilla un peu dans sa robe. « Au point où on en est... »

Ils discutèrent pendant un moment. Une fois, Hop s'excusa et alla téléphoner à nouveau chez Jerry. Toujours pas de réponse. En revenant vers leur table, il regarda Frannie, la regarda avec ces grands yeux, ses chevilles parfaitement croisées sous la table, remettant une mèche rousse en place. Le faisait-elle pour lui ? Il était à peu près sûr que oui.

Il se rassit.

« Alors pourquoi tu l'as épousée ? demanda-t-elle abruptement.

– Pardon ? » Il se glissa plus près. Il voulait respirer cette odeur qui ressemblait à des taies d'oreillers fraîchement repassées, des fleurs cueillies, du vent dans du linge qui sèche. Quelque chose. Mais c'était difficile à atteindre à travers l'odeur de gin, de fumée, de sciure, de cerises écrasées et de zestes d'orange piétinés.

« Je pensais à combien tu es attentif. Combien tu es prudent. Et puis je me suis dit que tu devais être vraiment détraqué pour me dire tout ce que tu m'as dit cette nuit-là, quand tout a commencé, dit-elle, reposant son visage sur sa paume retournée, les yeux tournés vers lui. Ta femme. Ça doit être un sacré numéro. Pourquoi tu l'as épousée ? »

Il y pensa pendant une seconde. Et en même temps, il réfléchit aux raisons qui poussaient Frannie à lui poser cette question. Quelque chose lui disait que c'était purement personnel.

« Je ne sais pas, dit-il finalement. Quelqu'un est toujours en train d'essayer d'obtenir quelque chose de toi et, très souvent, tu te résous à le lui donner.

– Alors ça aurait pu être n'importe quelle fille. Mauvais endroit, mauvais timing.

– Pour tous les deux, dit Hop avec un petit sourire affecté. Mais, c'est sûr, il y avait d'autres choses aussi. » Il essayait de répondre sans penser à ce qu'il venait juste de découvrir dans le cabinet du Dr Stillman. C'était encore trop compliqué à raccorder. Et au lieu de ça, il se laissa envahir par l'alcool, il suivit l'alcool. Le fit sien. « J'éprouvais vraiment quelque chose pour elle quand on s'est rencontrés. Ça m'a rendu un peu cinglé. Mais ça a disparu. »

Frannie le regardait, et dans ses yeux il y avait la chose, la chose qu'il essayait toujours de faire apparaître chez les femmes. Une espèce de sympathie et de chaleur diffuse qui débordait en elles mais qui s'interrompait avant de s'étendre à l'extérieur pour exiger quelque chose, ou de tout submerger. Cela semblait s'étendre dans tout son corps, derrière son visage, et se glisser dans sa gorge, le long de ses bras, crépitant au bout de ses doigts, de façon presque visible, mais ne demandant rien en échange.

Mais était-il si brisé ? Était-il si démoli pour mériter ça d'une fille comme Frannie Adair ? Une fille qui n'avait jamais porté des bas résille à paillettes, ni comptabilisé les tournées dans un bar, ni remué son cul pour quelques pièces ? Une fille qui n'avait jamais peint ses ongles en magenta pour les faire courir sur les genoux d'un vieux protecteur pour un boulot ou un vison ? Une fille qui n'avait jamais fait la queue avec plein d'autres filles et tourné ses jambes dans un sens, puis dans l'autre, pour un directeur de casting lubrique, lui promettant avec un clin d'œil qu'elle pourrait faire tourner ses jambes toute la nuit ?

C'était de ces filles-là que vous pouviez obtenir ce regard. Parce qu'elles étaient si heureuses pour vous. Si heureuses au moindre truc drôle et insouciant. Mais pas les filles comme Frannie Adair.

Comme si elle avait lu dans ses pensées, elle dit : « C'est peut-être la gnôle, Gil Hopkins, mais si je ne faisais pas gaffe, je dirais que je perds la boule pour toi.

– Eh bien, j'ai monté le niveau de charme assez haut ces derniers jours, dit-il.

– En fait, je t'aime mieux comme ça. Tout déguenillé et désespéré.

– Comme un cow-boy. Ou un vagabond. »

Elle sourit malgré elle. « Ou un marchand de bagnoles d'occasion.

– Je vendrais pas mal de bagnoles.

– Plus tu dégringoles bas, plus j'aime. Tu as perdu le... brillant métallique qui faisait de toi une espèce de roulement de tambour vivant quand tu entrais dans une pièce. Maintenant tu es... » D'une main légèrement tremblotante, elle tapota son poignet avec un doigt.

« Cabossé, suggéra-t-il. Brisé ?

– Non », dit-elle. Et elle sourit, et il sourit de cet étrange partage de sourires qui arrive quand il y a un lourd musc d'alcool dans l'air, que les lumières sont tamisées et luisent doucement, que les sièges se sont rapprochés et que la musique tremble sous chaque table en douces secousses artistiques.

C'est alors qu'il commença à penser à ramener Frannie Adair dans son lit.

Elle pourrait soigner tout ça, non ? Si elle, qui connaissait au moins la moitié du sordide qu'il avait traversé ces derniers jours, ne s'en sentait que plus séduite...

Et elle, avec tout son catholicisme glissant, était la moins souillée des femmes qu'il avait connues depuis une décennie, avec un sens très Middle West du bien et du mal, du crime et du châtiment, et de ramener l'ombre en pleine lumière, et...

Est-ce qu'elle pouvait le sortir de son propre dégoût de soi en baisant avec lui ?

Pourquoi ne pas essayer ? Pourquoi ne pas la laisser essayer ?

Mais ça, c'était s'il ne prenait pas en compte le risque de l'infecter, l'infecter d'une manière bien plus affreuse que le fléau répandu par Merrel, réel ou imaginaire, ou les deux...

Avant de s'enfoncer dans ce tunnel de pensées, il prit un autre grand verre, puis posa très légèrement la main sous la table, sur la jambe de Frannie Adair, qui était couverte d'un fin shantung.

« Tu es si belle, Frannie Adair, que ça me donne envie de ne plus jamais te revoir.

– Allons, dit-elle avec calme et contrôle, mais sans pouvoir masquer le rose qui lui montait aux joues, allons, je suis à peine jolie et très loin d'être belle. Donc, tu peux me revoir tant que tu voudras.

– Je n'arriverais pas à le supporter, Frannie Adair, dit-il, les doigts posés sur sa jambe, l'autre main à deux centimètres de son visage. Tout ce qui me viendrait à l'esprit, ce serait de remettre ce pli du drap sur ta joue.

– C'est censé être un compliment ? dit-elle.

– C'est de ça que je te préviens, répondit-il en écartant les doigts, touchant, effleurant sa mâchoire, sa joue. C'est pour ça que je ne pourrai sans doute plus te voir. Et tu m'enlèves toute envie de me lever et d'y aller. Cette énergie de lièvre qui me fait grimper l'échelle. Avec toi, Frannie Adair, je n'aurai jamais envie de te quitter, toi, tes lits jumeaux et ta demi-bouteille de bourbon.

– Dis-donc, quel beau tableau tu peins », dit-elle, essayant le sarcasme, mais ses genoux, eux, tremblaient. Il le sentait.

« Frannie, dit-il, est-ce que tu ne pourrais pas simplement m'enfermer à double tour là-bas avec toi, et puis y mettre le feu ensuite pour que je ne puisse jamais revenir ? Une fois ta maison en feu, je serai obligé de retourner bosser.

– Tu as une façon de flirter affreusement bizarre.

– Le flirt, c'est pour les crétins, Frannie Adair. Je suis mortellement sérieux. Quand vas-tu te débarrasser de ma main d'une bonne claque ?

– Une main ? Quelle main ? »

Il lui sourit avec légèreté, reposant son menton sur la paume de sa main, tandis que l'autre main parcourait sa robe, remontant le bord du bout des doigts, sentant une chaleur insupportablement tentante. Une promesse de pardon, d'absolution.

« J'obtiens tout ce que je veux, dit-il. Je n'y peux rien. »

C'est à cet instant qu'il l'aperçut au coin de son œil. Un rayon de blanc argenté.

Midge, en lamé de la tête aux pieds, et sa peau nacrée dépassant de sa robe, de longues boucles d'oreilles en guirlande qui se balançaient, et la tête du renard blanc autour de son cou qui semblait être à la chasse, dents prêtes à mordre.

« J'ai eu ton message, Gil. Bon sang, mais qu'est-ce que tu veux encore ? » dit-elle en approchant de leur table, ses propres dents sorties.

Dans sa tête, le blanc se transforma en son négatif et, pendant une fraction de seconde, il vit Jean Spangler devant lui, yeux noirs, cheveux noirs, lèvres noires, puis à nouveau l'image de la photo de Midge, employée au cabinet médical, aussi splendide que la plus splendide photo d'identité possible.

Elle l'avait trompé. Elle s'était jouée de lui. Il le savait soudain. Elle tenait ses cartes si près d'elle, feignant l'innocente victime. Quelque part au fond de lui, il s'était haï pour ce qu'il lui avait fait, alors que, pendant tout ce temps-là, elle se jouait de lui. Il ne savait juste pas exactement pourquoi.

Il était debout, son cœur galopait en avant de lui, son sang jaillissait, bouillant et frénétique, à travers chaque vaisseau dans sa tête.

« Et cette putain de salope montre finalement sa gueule », dit-il sans même savoir qu'il le disait, les mots brûlaient sa langue et soudain sa main saisit son cou blanc comme du talc et la poussa contre une colonne, sa tête la heurtant avec un son inquiétant. Il ne pouvait pas s'arrêter.

Il y avait plein de bruit derrière lui, des chaises qui s'écartaient des tables, des voix qui criaient, Frannie. Mais il était focalisé sur les yeux de Midge pendant que sa main serrait sa gorge plus fort, bras tendu – il ne voulait pas s'approcher trop près. Elle avait les yeux très vaguement alarmés. Ils étaient plutôt mornes, vitrés, ne cillaient pas. Il semblait avoir perdu depuis longtemps la faculté de la choquer, même s'il se choquait toujours lui-même.

Il pensa, alors qu'il sentait qu'on lui tirait les bras, qu'on lui tirait le corps, que même s'il pouvait lui tordre le cou pour l'éternité, il ne pourrait jamais l'arrêter. Son habileté à transformer son existence en nœuds bien serrés était sans limite. Elle s'était infiltrée dans chaque recoin, dans chaque minuscule espace.

« Tu me tues, dit-il, la voix brisée, perdue. Comment est-ce que t'as fait ça ? Depuis combien de temps tu savais ? Est-ce que tu savais depuis toujours ? »

Son corps fut si violemment arraché à elle que sa main lâcha son cou comme le goulot d'une bouteille. Balancé sur son siège par deux clients, il reprit son souffle pendant qu'un responsable et deux femmes entouraient Midge, lui masquant sa blancheur aveuglante.

« Qu'est-ce qui va pas, mon gars ?

– Vous avez vu ce type ? J'ai cru qu'il allait tuer cette femme ! »

Il avait perdu Frannie dans la mêlée. Ou peut-être était-elle partie. Il se retrouva escorté sans ménagement hors du bar, jusque dans la rue, par le barman et l'un des clients aux bras comme des jambons, qui lui colla un coup dans la mâchoire, puis une baffe brûlante dans l'oreille pour lui montrer « ce qui arrive aux mecs qui maltraitent les dames ».

Quand ils furent certains qu'il n'allait pas revenir à la charge, ils rentrèrent dans le bar et Hop s'adossa à une vitrine, touchant doucement sa mâchoire du bout des doigts. Il était à moitié ivre et complètement épuisé. L'avait-il vraiment saisie à la gorge ? Mais qu'est-ce qui n'allait pas chez lui ? Il n'était pas ce genre de mec. *Pas ce genre de mec.* Il était le type qui retenait les hommes, qui leur parlait pour les calmer, qui les ramenait doucement à l'humanité tout en glissant des billets craquants à tous les témoins médusés qui avaient vu la grande star balancer une droite à sa femme usée jusqu'à la corde.

Il chercha Frannie des yeux dans la rue, pensant qu'elle le cherchait aussi, mais à la place il aperçut Midge qui marchait à tout petits pas, sur le trottoir, vers lui. Dans cette robe, éclairée par chaque réverbère de la rue, c'était Lana Turner sous son meilleur jour.

« Pourquoi diable faut-il qu'elle soit si sacrément belle, merde ? murmura-t-il pour lui-même.

– Allez. Allez, espèce de fils de pute, dit-elle en s'approchant de lui. Allons-y. »

Ils étaient assis dans un coffee-shop du coin de la rue. Elle avec de la glace sur son cou, où fleurissait une grappe de bleus, lui avec de la glace sur sa mâchoire, qui enflait de minute en minute.

« Merci encore pour le collier signé Gil Hopkins, dit-elle.

– Hé, qui le méritait plus que toi ? » répondit Hop, puis il se sentit nauséeux d'avoir dit ça. Sa honte se mêlait avec une rage due au souvenir de sa photo dans le cabinet du Dr Stillman, comme s'il l'avait surprise au lit avec un autre homme. Il semblait ne pas pouvoir s'en empêcher. « Fringuée comme ça – il fit un geste vers son lamé, qui pendait sur elle comme des décorations de Noël –, tu dois coûter à Jerry plus que sa dignité.

– Affreusement sarcastique pour quelqu'un qui était à trois secondes de passer la nuit au bloc.

– Mais grâce à toi, il n'en est rien, c'est ça ? » dit-il, puis il secoua la tête, se disant à lui-même de se reprendre, de tenir jusqu'à ce qu'il aille jusqu'au fond. Mais n'était-il pas déjà au plus profond ?

« Écoute, dit-elle, son étole de fourrure remuant comme un animal prêt à attaquer, pour quel nouveau péché est-ce que tu veux me pendre ? Je ne suis pas un ange, mais à ce que je vois, partout où je me tourne ces derniers jours, tu me fonces dessus comme un bélier enragé. Quand est-ce que tu vas te trouver une nouvelle fille pour passer ta rage ? À moins que ce ne soit déjà fait ? »

Hop la regarda, les yeux enflammés, lourds. Il sentait leur rougeur, sentait le sang qui les injectait.

Il décida de lui donner la raison. « Quand as-tu travaillé pour le Dr. Stillman ?

– Oh, dit-elle, tressaillant visiblement. Comment as-tu découvert ça ? » Elle versa un sachet de sucre dans son café, puis un deuxième.

« Je ferais mieux de boire un verre, décida Hop.

– Ils n'ont que de la bière.

– Je vais en commander une douzaine, dit-il en agitant la main pour appeler la serveuse.

– Comment as-tu su, pour le Dr Stillman ? lança Midge après le départ de la serveuse.

– Tu ferais peut-être mieux de parler la première.

– Je travaillais là-bas. Avant de te rencontrer. Avant de décrocher le boulot au Earl Carroll's. J'ai fait plein de petits boulots à cette époque-là. Où est le problème ?

– Ouais, mais ce n'était pas n'importe quel docteur, pas vrai ?

– Tu sais bien mieux que moi, Gil, que c'est ce genre de médecin qui permet à cette ville d'exister.

– Pourquoi tu ne me l'as jamais dit ?

– Je l'ai probablement fait. Quand on a commencé, si tu te rappelles, tu ne prêtais pas beaucoup attention à mes talents pétillants pour la conversation.

– Si j'avais prêté plus attention à ce que tu disais, on ne se serait probablement jamais mariés, pour commencer, dit-il, puis il ajouta sans réfléchir : mais il y avait la façon dont tu entrais dans une pièce... » Il vit ses sourcils se soulever de surprise. Il s'était aussi surpris lui-même.

La serveuse posa sa bière devant lui. La moitié passa par-dessus bord et gicla sur ses mains repliées.

« Gil, dit-elle, qu'est-ce que le Dr Stillman a à voir avec quoi que ce soit ? Est-ce que ça a un rapport avec cette journaliste ? Avec tout ça ? »

Hop acquiesça.

« Je vois. Alors, tu as couché avec elle aussi ? » demanda-t-elle, mais le cœur n'y était pas. Elle réfléchissait dur, fixant son café comme une cartomancienne.

Il ne répondit pas. Il savait que quelque chose était en train de se produire. Elle ne se raccrochait plus que vaguement à sa froideur, à sa dureté.

« Écoute, Midge, finit-il par dire, peut-être que je ne mérite pas toute l'histoire. Peut-être que j'ai raconté trop d'histoires moi-même pour le mériter. Mais je suis à la fin de quelque chose, là. Tu ne le vois pas ? Il ne me reste qu'un centimètre de corde pour me pendre avec.

– Oui, je vois ça, dit-elle. Et merde, tu es un affreux fils de pute, mais je suis une poire, et je l'ai toujours été. Une poire face à ta sale petite gueule. Eh non, tu ne le mérites pas, mais bon Dieu, je ne peux plus le supporter. Je ne peux plus. »

Hop ne prononça pas une parole, n'osant pas dire quoi que ce soit qui la fasse changer d'avis.

Carrant ses épaules, elle commença. « Écoute, quand cette journaliste a appelé l'autre nuit, je ne savais pas quoi penser. Ce n'est que lorsque Jerry m'a dit qu'une fille était venue te voir à propos... à propos de Jean Spangler que j'ai commencé à remettre les pièces en place. Je me suis mis à réfléchir. Peut-être que tu avais aidé à enterrer cette histoire – c'est ça, ton boulot, après tout – et que maintenant il fallait que tu surveilles tes arrières. L'autre nuit, quand je suis venue te voir, j'ai réalisé que tu t'approchais très près de l'histoire. J'essayais de voir si j'aurais le cran de te raconter.

– Me raconter quoi ? » Hop se courba sur sa chaise, mit une main chaude sous son menton. « Que tu étais cul et chemise avec Jean Spangler ? Jusqu'à quel point, exactement, est-ce que tu la connaissais, Midge, pour lui donner accès à la cachette d'une mine d'or pour maîtres chanteurs ?

– T'es vraiment trop idiot, Gil, dit-elle en secouant la tête. Pour toi, c'est toujours si simple. Les gens veulent, ils prennent, ils s'en rendent malades. Et puis ils recommencent tout.

– Tu parles de moi ou de toi ?

– Ouais, eh bien moi, je ne fais plus ça, dit-elle. Le fait est que les choses sont beaucoup plus compliquées. Tu veux savoir à quel point elles sont bordéliques ou tu veux juste me démoraliser ? »

Hop la regarda, épuisé. « J'en sais rien », dit-il sincèrement.

Midge croisa son regard, s'enfonça dans sa chaise et ses yeux se perdirent dans un espace noir quelconque dans un coin de la pièce.

« Elle était si adorable, dit sa voix en saccades plaintives. Et la première fois qu'elle est venue au bureau du Dr Stillman, elle était si calme, si détachée. J'étais plus nerveuse qu'elle. Je ne travaillais là que depuis une semaine ou deux. Elle avait fait une fausse couche et qu'est-ce qu'elle était soulagée... »

Hop évitait les yeux de Midge, même s'il pouvait sentir qu'ils étaient immobiles.

« Elle m'a raconté comment elle l'avait perdu avant même de savoir qu'il était là, en elle. Ça s'était passé dans les toilettes du Florentine Gardens. Elle avait glissé sur le sang répandu et s'était cogné la tête sur la porte des toilettes. Elle avait un minuscule pansement blanc près du coin de l'œil. Ces yeux de star, sombres, étincelants. »

Midge s'arrêta un instant, puis reprit. « Elle était revenue un mois plus tard et on avait discuté très longtemps, et elle avait fini par m'inviter à déjeuner. Nous sommes restées copines, depuis cette époque, même si on ne se voyait qu'épisodiquement. C'était juste une autre de ces filles qui en voulaient. J'en connaissais des centaines. Ouais, et j'en étais une aussi, à ma façon. »

Elle s'avança au-dessus de la table et prit la bière de Hop, se penchant dessus comme si c'était une tasse de chocolat chaud.

« Quand j'ai lu dans les journaux qu'elle avait disparu, je me suis dit qu'elle avait été trop loin pour son propre bien. Et j'ai eu de la peine pour elle. Et pour sa famille, sa petite fille. » Tout à coup, Midge arbora l'ombre d'un sourire. « Quand j'ai lu le message dans les articles, là, j'ai pas pu m'empêcher de rire. Comment ils essayaient de trouver un Kirk et un Dr Scott...

– Pourquoi ?

– Ce n'était pas un message de Jean », dit-elle. Elle but une brève gorgée de la bière de Hop et ôta la mousse de ses lèvres d'un petit coup de langue. « Je veux dire que ce n'est pas quelque chose qu'elle avait écrit.

– C'est une sorte de devinette ?

– Une des fois où Jean était là, il y avait une très jeune fille qui attendait. Cette fille était là pour... tu sais, un avortement. Elle était si nerveuse et elle avait ce petit carnet de notes à la main. Elle écrivait quelques mots dessus, et elle s'arrêtait, puis elle recommençait. Finalement Jean a posé la main sur le bras de la fille et lui a dit : "Chérie, en dehors d'un devoir de latin, rien ne devrait être aussi difficile à écrire." La fille a souri, elle ne devait pas avoir plus de 19 ans, avec des fossettes, un front brillant et des genoux noueux. Elle a dit qu'elle avait essayé toute la journée d'écrire à son galant – elle l'appelait son galant – et je me souviens qu'elle a dit : "Il s'appelle Aloysius Kirkland, mais je l'appelle Kirk, comme la star de cinéma." Bref, elle disait qu'elle n'arrivait pas à écrire sa lettre. Elle a fait défiler toutes les pages du bloc-notes pour nous montrer tous ses faux départs : "Cher Kirk, je fais ce qui est le mieux pour nous. Cela ne peut pas être." "Mon chéri, je suis désolée pour le fardeau que je t'oblige à porter..." "Kirk : ce n'était pas écrit dans les étoiles. Pas pour nous." Tout droit sorti d'un mélo du samedi en matinée. Et puis la dernière... qu'est-ce que c'était ?

– *Kirk, je ne peux pas attendre davantage, je vais voir le Dr Scott. Ce sera bien mieux comme ça, pendant que ma mère est absente.* Et ça se terminait par un point », récita Hop. Désormais, il le savait mieux que le Notre-Père, beaucoup mieux.

« Eh bien, eh bien, c'est exact. Bref, la fille s'était arrêtée à cet endroit et avait ri. Elle venait de se rendre compte qu'elle s'était trompée de nom pour le médecin. Scott à la place de Stillman. Scott, c'était le nom de son médecin de famille qu'elle voyait, petite, à Louisville ou ailleurs.

– Putain de moi », dit Hop. Voilà le genre de choses auxquelles vous ne pourrez jamais penser, ni deviner. La pièce manquante du puzzle que vous ne trouverez jamais tout seul.

« Bref, Jean et moi, on avait essayé de la calmer. Elle n'a jamais eu le temps de finir son message avant de passer dans la salle d'examen. Je ne m'étais même jamais rendu compte que Jean avait pris le message, jusqu'à ce que je lise les journaux.

– Mais pourquoi... » Mais il comprit pourquoi, lui aussi, même avec lenteur. Ce message rappelait quelque chose à Jean. Lui rappelait la Jean Spangler qui était descendue du bus à la station Greyhound, Downtown, avec toutes les autres Jean,

Iolene, Midge. Putain, il était descendu de ce bus, lui aussi, il avait porté la main à son chapeau pour saluer l'agent de station, et il avait tiré sa valise serrée de lanières de cuir jusqu'en haut de la Sixième Rue. Il savait ce que cette petite note lui rappelait. Il connaissait ce genre de messages. *Cher Gil, j'attends avec impatience le moment où tu pourras m'envoyer un billet pour l'Ouest. Tu me manques terriblement. Love, Bernice.*

Midge regarda Hop, et ses yeux semblaient avoir mille ans. Elle ouvrit la bouche comme pour parler, mais rien ne sortit. Ouvrant son sac à main, elle en sortit un tube de rouge à lèvres en argent. Après avoir passé du magenta sur sa bouche, elle dit : « Cette jeune fille, elle a survécu à l'opération. Mais elle est revenue six mois plus tard. Cette fois, pas de message. La brillance sur son front avait disparu, poudrée à la perfection. Plus de genoux noueux. Et plus aucune mention d'un élégant. Ni Kirk ni rien. J'ai vu après sur le formulaire, à l'endroit où un contact était demandé en cas d'urgence, qu'elle avait écrit : "Sodome". » Midge sourit vaguement. « Je n'étais plus inquiète pour elle. Elle avait tout compris.

– Tu sais, Midge, dit Hop complètement épuisé, contrairement à ce que tu peux lire dans *True Confessions* [1], cette ville n'est pas seulement une sorte de grill à viande clouté de platine où des vierges arrivent à un bout et sortent à l'autre bout changées en putes dures à cuire. »

Elle souleva un sourcil parfait. « Ah bon ?

– Hé, chérie, si je te dis ça, c'est simplement parce que ça m'est arrivé aussi, exactement comme ça. »

Et elle éclata de rire, et c'était la première fois qu'il entendait son rire depuis un siècle ou plus, et c'était si pétillant et délicieux, comme un grog bien chaud. C'était dur de dissimuler son plaisir. Et dur de ressentir autre chose, à cet instant, que le souvenir de son petit corps ensorcelant entre ses mains, sous des

1. Premier magazine « people » lancé en 1922, et qui existe encore.

draps chauds, son rire dans son oreille, sa bouche mordillant son oreille et riant.

« Il y a des choses que tu ne sais pas, Gil, dit Midge, se penchant en avant et posant son menton dans sa paume. Tu penses que Jean n'était qu'une autre de ces starlettes dégringolant à force de filouteries. Mais elle avait une tout autre histoire à raconter. Comme toutes les autres.

– Même toi.

– Tu connais mon histoire.

– Je croyais que je la connaissais. De vieux riches te glissant d'occasionnelles liasses de cash pour une partie de pelotage. Une virée en ville. Il y a eu autre chose ?

– Seulement ce que tu m'as appris », dit-elle avec une explosion de froideur. Puis : « Je n'étais pas assez affamée pour glisser dans les mêmes trucs que Jean. Mais je n'étais pas aussi... sensationnelle.

– Sensationnelle ?

– Tu as tout raté, soupira Midge. Elle a été une coureuse quand elle avait besoin de l'être. Qui ne l'est pas ? Mais elle avait quelque chose de brillant, d'étincelant en elle. Si tu essayais de t'y frotter, gare au choc.

– Et tu l'as fait ? Tu t'y es frottée ? » dit Hop, essayant, sans succès, de supprimer le ton tranchant de sa voix.

Midge fit non de la tête. « J'aimerais vraiment que tout soit aussi facile que tu l'imagines.

– Moi aussi. Pourquoi tu ne m'expliques pas combien c'était dur ? Pour Jean. Pour vous deux, dit Hop, même s'il ne savait pas bien pourquoi. C'est elle qui t'a trouvé le boulot au Earl Carroll's, hein ?

– Oui, dit Midge. Elle l'a fait. »

Et puis elle parla à Hop. Elle lui rappela qu'elle-même avait fait du chemin depuis la fille aux joues comme des pommes et aux yeux étoilés, qui avait voyagé d'Ada, Ohio, jusqu'à Los Angeles, Californie, en tant que Miss Muffin Fourré 1942.

Il existait une façon de vivre qu'elle désirait. Elle l'avait vue dans les films, dans les magazines de cinéma. Terminés, les samedis soir au drugstore du coin, à tuer le temps – des mois, des années même – en sirotant des sodas au citron vert, en lisant *Look*, levant les yeux au ciel devant les garçons du coin, avec leurs mâchoires qui tombaient et leur peau boutonneuse. Myrna Loy, Claudette Colbert, Hedy Lamarr, elles n'étaient pas obligées de vivre comme ça. Leurs soirées, elles les passaient à étinceler dans des night-clubs, Cary Grant au bras, avec des bouchons qui sautaient, des orchestres qui swinguaient. C'est comme cela qu'on doit vivre.

Juste après ses 18 ans, elle avait fait ses bagages avec une détermination d'acier, équivalente à celle des trois années précédentes, passées à transformer son visage normal et son corps très banal en un paquet parfumé de fossettes et de courbes papillonnantes et désinvoltes. Ses cheveux, brun lavasse, raides comme des baguettes, devinrent d'un blond brillant pour aller avec le bouton de rose éclos de sa bouche. Contrairement à sa mère enthousiaste et au cœur sur la main, elle savait qu'elle ne reviendrait pas après les événements publicitaires, les petites annonces dans les journaux et à la radio, et la visite guidée de la côte ouest en trois semaines. « Une fois ici, j'ai planté mes talons dedans », avait-elle dit à Hop un jour, des années auparavant, des siècles auparavant.

Non pas que Midge ait voulu devenir actrice. Elle avait toujours été beaucoup trop réaliste pour ça. Elle connaissait les tenants et les aboutissants, et elle connaissait aussi les limites de ses propres talents. Non, elle voulait juste profiter de la grande vie sur place, utiliser son joli minois pour obtenir des trucs, s'amuser, se débarrasser pour toujours de la poussière d'Ada, son bled natal.

Elle rebondissait de petit boulot en petit boulot quand une amie dans un meublé lui parla du Dr. Stillman. Il avait besoin d'une fille, une belle et souriante fille du Middle West, pour répondre au téléphone avec gentillesse, s'occuper du confort de ses patientes dans sa salle d'attente, et calmer leur nervosité. Et Midge se dit : okay. Pelleter du pop-corn au Bijou de West Hollywood ne payait pas assez pour qu'elle puisse continuer à se payer des bas. Et les autres filles qu'elle connaissait, il leur arrivait parfois des trucs très durs. Une fille avait vendu ses cheveux. Une autre se servait de cire pour remplir les trous dans ses dents. C'est ça qu'elles faisaient.

Et le Dr Stillman était gentil et Midge n'avait jamais été facilement dégoûtée et, de son Ohio natal, elle n'avait emporté avec elle aucun jugement préconçu.

Mais un jour le docteur l'appela dans son bureau et son visage était plus grave que jamais. Il avait remarqué que des dossiers manquaient dans son cabinet. C'était arrivé à deux occasions, et les deux fois juste après qu'elle avait fini ses heures. Avait-elle quelque chose à lui dire ? Elle répondit non, et qu'elle n'avait jamais pris aucun dossier, jamais. Pourquoi l'aurait-elle fait ? Il la regarda pendant une longue minute, puis dit : « Okay. » Il la croyait. Mais il allait la surveiller.

Midge se sentait très mal. Qu'est-ce qu'il croyait qu'elle voulait faire avec un paquet de dossiers médicaux ? Bien sûr, certaines patientes étaient des actrices, et certaines étaient très connues. Mais la plupart n'étaient que des filles envoyées par des acteurs, des metteurs en scène, des producteurs, des patrons de studios, des politiciens, la liste était sans fin. Bien sûr, c'étaient des secrets. Mais à quoi cela pourrait-il bien servir à Midge Maberley, d'Ada, Ohio ? Et désormais, elle sentait les yeux du médecin qui la surveillait en permanence, déterminé à la prendre sur le fait. Qui aurait voulu passer toutes ses journées de travail comme ça, au milieu de cette épouvantable odeur de Mercurochrome ?

Donc quand sa nouvelle amie, Jean Spangler, lui avait dit : « Chérie, ton visage est trop beau pour ces corridors. Viens que je te présente le manager du Earl Carroll's, il me doit plus de faveurs que je ne peux compter », elle avait donné son préavis de départ.

Une semaine avant son dernier jour, Jean l'avait emmenée voir un photographe. Elle pensait qu'il pourrait aider Midge à apprendre à se servir d'un appareil photo. Puis elle avait emmené Midge faire du shopping. En tant que photographe de salle, elle allait porter un uniforme de satin vert émeraude, avec plein de dorures, et des bas dorés. Jean l'aida à choisir des colliers étincelants, des boucles d'oreilles, des gants de soirée et même des porte-jarretelles pour attirer les regards.

Puis elles se rendirent au Roosevelt Hotel pour boire un verre. Et Midge était si reconnaissante envers Jean qu'elle lui demanda s'il y avait quoi que ce soit qu'elle pourrait faire pour elle. Et Jean écarta sa proposition d'un geste de la main.

Trois Gibson plus tard, pourtant, Jean chuchota : « Midgie, tu devrais saisir l'occase pendant que tu peux encore.

– Quelle occase ?

– Le cabinet du docteur, chérie, c'est un vrai trésor.

– Mais il n'a pas d'argent au cab...

– Tu sais très bien ce que je veux dire. »

Et alors Midge s'était souvenue de Jean, assise dans la salle d'attente, une semaine ou deux auparavant, bavardant pour ne rien dire. Elle regardait Midge qui sortait les dossiers des patientes pour les compléter et les remettre en ordre. « Il y en a, des secrets là-dedans, avait dit Jean avec un clin d'œil.

– C'est pas mon genre, Jean », disait-elle maintenant, avec une fermeté très Ohio toujours enfouie profondément quelque part en elle. Et elle comprenait que c'était Jean qui avait pris les dossiers. Elle le savait, mais qu'est-ce qu'elle en avait à faire ? Elle avait un nouveau boulot au Earl Carroll's. Elle allait prendre des photos d'Errol Flynn et de Gary Cooper. Et elle l'avait fait. Et Jean avait commencé à avoir de plus en plus de petits rôles dans des films, et elle traînait moins dans le coin. Elles se voyaient de plus en plus rarement. Et puis Midge rencontra un très beau jeune reporter sans le sou, mais avec une tête couverte de cheveux étincelants et des yeux pleins de soucis.

« Mais Hop, lui disait-elle maintenant, sa voix baissant d'un ton, mélancolique, ils l'ont tuée, non ? Ils ont tué Jean.

– Qui c'est *ils* ?

– Je ne sais pas. Les grands *ils*.

– Ouais, je connais les grands *ils* », dit Hop en pensant à Iolene. À Iolene se cachant. Sachant que son temps était compté.

« C'est bizarre. Jean était toujours superstitieuse sur tout ça, dit Midge en remuant son café qu'elle n'avait toujours pas touché. Elle disait souvent qu'elle ne ferait pas de vieux os. »

Hop regarda les yeux de Midge et il y trouva quelque chose. Quelque chose dont il se souvenait, ou pensait qu'il se rappelait. Quelque chose d'ancien et de pur.

« C'est pour ça qu'elle avait gardé ce message à propos du docteur. J'en suis sûre. Une espèce de porte-bonheur, qui lui rappelait ce à travers quoi elle était passée. Elle ne marchait jamais sur les craquelures des trottoirs, et elle n'ouvrait jamais un *fortune cookie*, continua-t-elle. Elle avait un trèfle à quatre feuilles qu'elle gardait dans son sac à main. Elle l'avait commandé, et reçu par la poste, en lisant une petite annonce dans un magazine. Elle me l'avait montré deux ou trois fois. Elle l'avait collé sur une carte postale. Je me souviens que la carte montrait un lac où elle avait été quand elle était petite fille. C'était très haut dans les montagnes de San Bernardino. De l'air frais, des aiguilles de pin sous ses pieds, tout le truc. Et il y avait un slogan imprimé sur cette carte postale. Quelque chose comme "Revenez à Merry Lake", ou "Souvenir de Merry Lake". Ce lac, elle disait que c'était son idée du paradis. »

Merry Lake, songea Hop. Quelque chose se promenait dans sa tête. Merry Lake. Le lac heureux... « Et alors, elle y est retournée un jour ? » demanda-t-il finalement.

Midge haussa les épaules. « C'était juste un de ces projets que tu souhaites réaliser, de tout ton cœur, quand tu en es à ton troisième bourbon.

– Je connais vaguement ce genre de projets.

– Moi aussi. Est-ce que ce n'est pas comme ça que nous...

– Ouais.

– Gil, une dernière chose », dit-elle, sentant qu'il allait bientôt partir, ce qu'il se préparait précisément à faire. Ce qu'il savait qu'il devait faire.

« Ouais ?

– Malgré tout ce qu'il y avait de mauvais entre nous, dit-elle, d'une voix délicate, pourquoi est-ce que... » Ses cils se levèrent et elle laissa ses grands yeux frémir à travers lui. Elle était brutale.

« Parce que je savais qu'il prendrait soin de toi », dit-il rapidement, heureux d'avoir enfin une chance de le dire. Il ne l'avait jamais dit avant, même à lui-même. « Je crois que je le savais, au fond. Et je savais que ce serait bien pour vous deux. C'était quelque chose pour vous deux.

– Très élégant, dit-elle d'une voix atone.

– Je n'ai pas parlé d'élégance. Je voulais juste que les choses aillent mieux pour nous trois.

– L'arrangeur. Toujours là pour tout arranger.

– Mais je l'ai fait, Midge, non ? Je n'ai pas arrangé les choses ? dit-il et, mortifié que sa voix tourne presque au sanglot, il se leva de son siège.

– Tu m'as manqué toute ma vie, dit-elle, en levant des yeux désespérés vers lui.

– Ça n'a aucun sens », dit-il, parce qu'il savait que cela en avait plein.

Merry Lake

Il pouvait voir les mots danser devant lui, tapés à la machine sur une enveloppe : MISS MERRY LAKE.

Oui, le courrier abandonné dans la cachette d'Iolene de Perdida Court. Les vieilles factures, les prospectus.

Mais quelle était la connexion ? Car il devait y avoir une connexion. Et à chaque fois qu'il croyait qu'il n'y avait plus de fil à tirer...

Il lui restait douze heures, maxi, avant de devoir se repointer au bureau sans risquer de perdre son job. Il ne savait pas s'il pouvait s'en sortir. Il dut même réfléchir une longue minute pour se souvenir de quoi était fait son dernier mensonge. Ah oui, un voyage dans le Minnesota pour peaufiner tout le truc avec Barbara Payton.

« Lil ?

– J'ai de la crème plein la figure, Hop.

– Désolé, désolé...

– Vous êtes toujours dans le Missouri ?

– Par ici, ils prononcent Minnesota.

– Tu sais, on croyait que tu ferais beaucoup mieux avec la Payton.

– Qu'est-ce que tu veux dire ?

– Cette citation était réelle ? C'était assez bien de ta part de l'avoir concoctée, mais seulement si tu avais un plan qu'on ignorait.

– Moins vite, Lil. Fais comme si j'étais ta vieille mère et que je t'appelais de Parsippany.

– La citation dans le... Picotin pour Mules, de Duluth, ou je ne sais plus comment s'appelle ce canard local. Ils ont appelé la Payton à son hôtel pour lui demander comment se passait sa lune de miel.

– Et qu'est-ce qu'elle a dit ? » Hop sentait le téléphone glisser le long de sa mâchoire, trempée de sueur.

« Attends, j'essaie de me souvenir correctement : "Je pensais que ce serait pour toujours." Mais toujours ne dure qu'un week-end, plus ou moins.

– Putain ! Que quelqu'un colle une muselière à cette pute, bordel de merde !

– Houla, dit Lil, voilà qui ne ressemble guère au doux sirop qui sort généralement de tes lèvres. Et de plus, est-ce que ce n'est pas ton boulot, la muselière ?

– J'ai été un peu débordé. Je vais m'en occuper.

– Tu ferais mieux, oui. Mr. Solomon a vu cette citation reprise sur les télex, et il voulait annuler son appel de félicitations. Il a également dit qu'il avait entendu d'autres choses dont il voulait te parler. Tu ferais mieux de la bâillonner correctement et de revenir à la civilisation. »

Hop raccrocha et essaya de rassembler tout son plus beau baratin pour passer un coup de fil à Barbara.

« Opératrice ? Duluth, Minnesota, L'Auberge du carrosse.

– Ne quittez pas... »

Après avoir passé cinq minutes à essayer de trouver Merry Lake sur la carte sortie de sa boîte à gants, Hop démarra, mettant la radio aussi fort que le bouton du volume le permettait. Trois heures de route, et il ne voulait pas entendre ses propres pensées. Il voulait ne plus penser du tout. L'intérieur de sa bouche était comme de la toile de sac trempée, il était encore imbibé de scotch et de bière, il avait oublié depuis longtemps son dernier rasage correct.

Il ne voulait plus penser du tout. Ni à Frannie Adair et sa nature saine si tentante, et sa terrible danse au bord du malheur, des mauvais endroits qui la guettaient toujours. Elle avait des fourmis à force d'attendre le type brillant à la parole suave qui allait la sortir de là, sous prétexte de danser un boogie-woogie, et il n'était pas prêt à être cet homme.

Et il ne voulait pas penser à Midge et à comment elle pouvait le démolir, le rendre cinglé, la sensation de sa propre main serrée sur sa gorge à elle, ses doigts étalés sous sa mâchoire, il n'était pas ce genre d'homme... et qu'est-ce qui était le pire, cette rage qu'elle avait inspirée, ou les saccades dans sa poitrine quand leurs têtes s'étaient rapprochées et qu'elle lui avait montré ce frémissement d'amour qu'il avait été si certain d'avoir détruit il y a si longtemps ?

Il ne voulait même pas penser à Jerry. Jerry qui arrivait encore à s'élever au-dessus de tout ça, sincère, mélancolique et totalement inébranlable, au-dessus du trouble fétide de tous ceux qui l'entouraient. Avec toutes les femmes avec qui Jerry avait été, toutes les choses qu'il avait vues dans son boulot, comment pouvait-il s'en sortir si noblement, sans être contaminé, et toujours honnête ? Hop savait parfaitement pourquoi. Cela tenait à la différence entre eux deux, cette chose que Jerry avait et que lui-même n'avait pas, n'avait jamais su vouloir. Il ne pouvait pas la nommer, mais elle était là, entre eux deux, comme une vieille promesse.

Et pas à Iolene, pas à cette fille perdue... ni à Jean.

Jean...

Son visage à l'arrière-plan.

La voix lointaine frissonnant dans sa tête. Une voix qu'il avait probablement inventée. Pouvait-il vraiment se souvenir au moins de sa voix ? Il se souvenait juste qu'elle n'avait pas le rythme sirupeux de celle d'Iolene. Non, c'était comme la voix de quelqu'un fatigué de parler depuis longtemps.

Il n'avait pas la moindre idée de ce qu'il s'attendait à trouver à Merry Lake. Il ne savait pas bien quel Merry Lake – l'endroit, ou la personne – était le son original, et lequel était l'écho. Mais il avait ce sentiment bizarre qu'il le saurait quand il y serait.

À minuit, il tournait sur les routes de montagne, baissant sa vitre en quête du moindre signe de vie. C'était à peine une ville, même si le panneau disait, en faux caractères indiens : « Population 242 ».

Les peupliers s'étiraient si haut que Hop pouvait à peine distinguer le ciel. Des boîtes aux lettres étaient plantées sur le bord de la route, mais les noms qu'elles portaient – Gilroy, Canning, Randolph – étaient sans signification.

En montant encore plus haut, il passa devant un point de vue et il aperçut le lac miroitant. Il arrêta sa voiture et sortit.

Des aiguilles de pin crépitaient sous ses pieds comme du verre brisé et il prit soudain conscience d'une odeur fraîche et âpre qu'il n'avait plus sentie depuis un été en camp de vacances dans les Adirondacks quand il avait 15 ans. Était-ce un endroit dont Jean Spangler aurait rêvé ? Comment aurait-il pu le savoir, de toute manière ? Dans sa tête, c'était un mélange entêtant et irrégulier de fille de série B, de brave fille, de la fille d'à côté, de victime, de maître chanteuse, de demoiselle en détresse, de fille morte, de fille de rêves brisés... Bon Dieu, elle était comme des milliers d'autres qu'il avait rencontrées, pas différente. Mais dans sa tête elle était aussi devenue toutes ces filles à la fois – et un succube, pas moins, s'accrochant fermement, refusant de le libérer bien après qu'il avait eu une raison quelconque d'être sous son emprise.

Alors qu'il contemplait ce vaste espace ouvert, l'étendue du lac saignant invisiblement en cercles de maisons de bois, bungalows pour estivants, cabanes de bûcherons, il se rendit compte que c'était son premier moment de paix réelle, de solitude, de lucidité depuis des jours... des années ? Il n'était pas bien certain d'aimer ça.

Peut-être, si Jerry était là, pensa-t-il. Nous pourrions aller pêcher là en bas, louer une de ces vieilles barques grinçantes, nous allonger et la laisser flotter à la dérive. Là, il pourrait se remettre les idées en place. Se souvenir de quoi est quoi. Arrêter de laisser ces femmes...

Oh, et puis merde, putain, merde à tout ça !

Il alluma une cigarette.

Tout en fumant, il se retrouva en train de se balancer légèrement sur ses talons. D'où venait ce son ? De l'eau ? Non, Hop, pas de ressac sur un lac. Non. Non. C'était de la musique venant de quelque part. La radio d'une voiture ? Une fenêtre ouverte ?

Il scruta la nuit sur sa gauche. Il avança, se frayant un chemin pendant quelques mètres dans de hautes herbes sèches, et aperçut un bungalow avec un porche, toutes fenêtres éclairées, à une soixantaine de mètres en contrebas, au bout d'un petit sentier tortueux. Un bar, Dieu tout-puissant, faites que ce soit un bar. Sainte Vierge, si c'est un bar, je ne raterai plus jamais la messe, se dit-il. Il commença à descendre.

Comme il approchait, la musique lui sembla familière. Hoagy Carmichael, non ? Une de ces vieilles chansons sur lesquelles Hop se souvenait avoir dansé avec des douzaines de femmes juste après la guerre. Une chanson lente que les orchestres aimaient transformer, en l'accélérant, en quelque chose de chaud et trépidant. Il se souvenait d'une blonde cuivrée avec une voix grave et rauque comme Tallulah Bankhead, soufflant son vibrato dans son oreille pendant qu'ils tanguaient sur la piste de danse dans ce style frénétique du Jour de la Victoire, ses seins frottant contre son torse à chaque pirouette. « *Love comes along, casting a spell*, chantait-elle. *Will it sing you a song ? Will it say a farewell ?* »

C'était celle-là qu'il aurait dû épouser.

THE HOT SPOT était écrit en lettres rouges sur un petit panonceau suspendu à clou sur la balustrade du porche. Hop ouvrit les portes battantes façon Far West sauvage, et absorba un nuage de fumée, de vieille bière, et de quelque chose qui sentait comme de l'alcool de contrebande. L'endroit n'aurait pas pu contenir plus de vingt-cinq personnes, mais il y en avait au moins quarante entassées dedans, assises à de longues tables, jouant aux cartes et se servant de bocaux en verre pour boire, ou perchées devant le bar sur des tabourets qu'on aurait dit creusés dans des rondins. Le juke-box tremblait impitoyablement dans un coin. Apparemment le Hot Spot était le seul troquet du bled.

Il se faufila jusqu'au bar, en évitant au péril de sa vie les clients qui étaient compressés dans tous les coins. Après avoir attendu deux ou trois minutes le barman harcelé et en nage, Hop tendit finalement le bras par-dessus le comptoir pour s'emparer de son propre bocal. Il était à une seconde de se retourner pour se diriger vers le fût quand le barman l'aperçut enfin.

« Désolé, mon pote, mais c'est pas un self-service.

– Vous êtes sûr ? » dit Hop en observant avec attention le bonhomme qui tirait sa bière, pour s'assurer qu'il ne crache pas dedans.

Elle était affreusement bonne, mais pas aussi bonne qu'un petit coup de bourbon.

Un siège se libéra à l'une des rares tables pour une personne façonnée avec des tonneaux. Hop le prit.

Contemplant la cohue, il se demandait s'il y avait quoi que ce soit qu'il pouvait faire.

Contemplant la cohue, il se demanda comment il avait perdu le contrôle de la situation. Quand il avait appelé Barbara Payton avant de partir, il lui avait fait la danse des sept voiles. Le genre de chose qui pourrait facilement lui exploser à la figure. Elle ne s'était pas vraiment vantée de sa conversation avec un journaliste à propos de son malheureux mariage.

« Peut-être que si tu avais été là, Hop, je ne me serais pas sentie aussi seule et que je ne me serais pas laissée aller à une conversation amicale avec ce journaliste aux antennes de scarabée.

– Mais, B. P., ma chérie, je croyais que c'était ça que tu voulais.

– Je me suis trompée de mec. Tom me manque. J'adorais rester au lit avec lui, à compter ses muscles.

– Alors ce sera Tom.

– Pour de vrai ? Le divorce avec un grand D, entre Franchot et moi ?

– On peut arriver à le vendre, B. P. Les actes irréfléchis d'une jeune femme essayant d'avoir du sens pratique. Elle le pensait vraiment quand elle a prononcé ce serment, mais maintenant elle réalise qu'elle ne peut pas lutter contre son propre cœur.

– Mon cœur a plein d'opinions différentes, Hop.

– Ça, c'est sûr, B. P. Donne-moi une journée et je vais te faire bouger tout ça comme Gypsy Rose Lee[1]. »

*

Se remémorant cette conversation quelques heures plus tard, il n'était pas du tout certain de savoir comment il allait s'en sortir. Et au lieu de bosser sur l'histoire de Payton en passant des coups de téléphone pour nettoyer les choses, il était dans un bled paumé, en train de boire de la bière que des hommes en bretelles et chemises à carreaux lui renversaient dessus.

Son bocal déjà vide depuis longtemps, il se demanda s'il existait quelque chose comme un service à la table. Il se leva et regarda par-dessus la horde. Ce faisant, il capta un bref reflet de lui-même dans un miroir au-dessus du porte-chapeau juste à côté. Qu'est-ce que c'était que ce visage de vieil homme qui lui rendait son regard, au lieu de sa propre jolie petite gueule ? se demanda-t-il. Putain, même le beau costume n'aide en rien. Il avait l'air d'avoir dix ans de plus que la semaine dernière. Il espéra être capable d'effacer tout ça en se débarbouillant et en se rasant. Mais que pourrait-il faire pour arranger l'étrange

1. De son vrai nom Rose Louise Hovick (1911-1970), cette strip-teaseuse devint, grâce aux Ziegfield Follies, une star du burlesque américain et fonda le premier syndicat des artistes du burlesque. Elle joua dans quelques comédies musicales et eut même sa propre émission de TV dans les années 1960.

aspect de ses yeux ? Ce regard vide qui semblait dire : je suis prêt à quoi que ce soit. Plus rien ne peut me surprendre.

Il se rassit, sentant ses genoux craquer.

Il entendit une voix indistincte crier, venue d'une table à côté : « Iolene ? Iolene ? Et alors, ça vient, cette tournée ? »

Hop se tourna, un tremblement brûlant monta de ses pieds directement dans sa poitrine. Alors que tout prouvait le contraire, il s'attendait carrément à voir l'adorable et vive Iolene Harper débarquer en se déhanchant à travers ce plancher encombré, sa peau caramel luisant, ses seins hauts et fermes drapés dans du satin vert, ses hanches pivotant vers lui, un long bras étendu de côté, avec une main oblique en bas, lui faisant signe.

Mais à la place... à la place...

Une fille apparut, chemise blanche enfoncée dans une jupe, cheveux tirés en arrière en queue-de-cheval, une longue écharpe dorée nouée autour du cou, deux gros bocaux de bière mousseuse éclaboussant ses mains. Une Blanche, une grande fille, une fille très, très jolie, avec une démarche de danseuse de revue. *Boom-chica-boom*. Une fille qui servait à table dans un endroit comme ça ne devrait pas avoir cette démarche.

Et comme elle s'approchait... comme elle s'approchait...

La photo sur papier glacé dans sa poche de veste se mit à vivre.

Revint à la vie.

Jean Spangler, de retour du pays des morts.

Il fut soudain certain qu'il avait perdu l'esprit.

Sa main trembla sur son bocal de bière et l'envoya rouler sur le sol, sans qu'il se casse.

Il avait l'impression que tout le bar pouvait entendre son cœur cogner.

Il tenta de parler, mais rien ne sortit.

Elle posa les bières sur la table d'à côté avec un murmure de sourire.

Cette fille morte.

Et alors, comme si elle avait senti l'attention qu'il lui portait, elle releva les yeux et regarda Hop. Marchant vers lui, une voix jaillit d'elle, et pénétra dans les oreilles de Hop, noyant tout le reste.

« Vous en voulez encore, mon gars ? »

Il essaya à nouveau de parler, mais rien ne sortit.

Jean Spangler. Sans toutes les paillettes.

Cette peau nacrée un petit peu moins nacrée. La posture un petit peu moins brillante, moins étincelante, moins prête à esquiver avant de voir ce qu'elle pourrait bien déclencher. Mais c'était bien Jean Spangler, sans conteste. Visage de lait. Ses yeux lançant des éclairs derrière ses longs cils, et cette moue... Cette masse de cheveux noisette. Ses jambes commençaient là où elles devaient, et se perdaient à l'infini.

Tout l'univers de Hop implosait totalement et elle servait des verres, tel Lazare, dans un bar à soixante-dix miles de là.

Oui, j'en veux encore. Encore plus. Putain de bordel de merde.

« Hé, toi, gronda Hop en se levant pour la regarder en face, mais putain qu'est-ce que tu fais ici ? Pourquoi tu n'es pas sous terre ? »

Il avait perdu la raison. Il le savait. Son esprit venait de disparaître.

Il vit les mains de la fille serrer son plateau très fort. Il vit son visage virer au blanc.

« Qui vous a envoyé ? » lâcha-t-elle, si bas qu'il pouvait à peine l'entendre dans le vacarme.

« Personne ne m'a envoyé », dit-il, conscient que tout cela ressemblait de plus en plus à un rêve. Il parlait à Jean Spangler. En chair et en os. Il s'attendait à moitié à voir des serpents jaillir de sa tête.

Elle se pencha tout près de lui pour pouvoir chuchoter. « S'il vous plaît, laissez-moi. Je n'ai *rien*. » Elle, à peine quelques centimètres de moins que lui, les poussant tous deux dans le coin du mur, avec juste le plateau vide entre eux. « Je n'ai rien à vous donner.

– Tu ne comprends pas », dit-il, posant les mains sur ses avant-bras, crispés sur le plateau. D'un mouvement brusque, il lui arracha le plateau des mains et l'envoya valser bruyamment sur le sol. Il le regarda, par terre, et se demanda ce qui lui prenait. Putain, Hop, merde.

« Vous êtes ici pour terminer les choses, alors, dit-elle, d'une voix tremblante. Pour terminer tout. » Son visage était si près du sien maintenant, qu'il avait la sensation de regarder au fond d'elle, à l'intérieur de ces yeux sombres, sans fond, écarquillés de terreur. Et il pouvait sentir la bergamote sur sa peau, presque la goûter.

« Non, non... Tu ne... Tu ne te souviens pas de moi ? » Il s'aperçut qu'il chuchotait. Contre toute attente, il sentit sa colère et son agressivité s'évaporer. C'était peut-être le parfum. La peau luisante. La manière dont il percevait son corps trembler contre le sien.

Il se sentit soudain désespéré, et bizarrement stimulé. Il comprenait qu'il n'avait que quelques secondes pour tout remettre en place correctement. Comment diable pouvait-il lui faire comprendre ce qui lui était arrivé à lui, et combien ils étaient proches désormais ? Intimes. Et comment Iolene... et tout.

« Je... je ne veux rien me rappeler. » Elle secoua la tête. « J'en ai fini avec ça. »

Hop sentit sa colère remonter. « T'en as peut-être fini avec ça, mais tout ça n'en a pas fini avec toi. Ni avec ceux qui restent. »

Elle ne dit rien. Elle se contenta de le regarder. Ses yeux suppliaient.

« Écoute, il faut qu'on aille quelque part. Il faut qu'on parle », dit Hop en la tirant plus près, en la tirant tout contre lui, la bouche contre son oreille. Enfonçant ses doigts dans ses bras, il savait qu'il lui faisait mal, et il n'arrivait pas à s'arrêter, et il ne voulait pas s'arrêter.

« Pas maintenant, implora-t-elle, les yeux regardant de tous côtés, plus tard.

– Pour que tu puisses filer sur la pointe des pieds encore une fois ? » Ses doigts serrèrent davantage ses bras, comme s'il la pressait en lui.

« Non, non. Vous pouvez attendre ici. Je finis mon service. Dans une heure. Juste une heure.

– Pas dans une heure. Maintenant. » Il ne voulait pas lui dire qu'il ne pourrait pas tenir une heure assis là à la regarder sans savoir. Il n'avait plus d'heures.

Elle entrevit quelque chose dans son visage car elle dit : « Laissez-moi parler à l'autre serveuse. »

Elle l'entraîna dans un appartement au premier étage d'une maison couverte de rondins. L'escalier courait sur l'extérieur du bâtiment, qui sentait le goudron et le moisi.

Quand ils entrèrent, elle se tourna, se débarrassa de son imper d'une secousse et traversa la pièce pour allumer une petite lampe sur le sol. L'espace était sommairement meublé : un canapé en rotin, une table de bridge couverte d'un tissu à franges et une plante d'un vert de jade à moitié morte.

« Venez ici, dit-elle, l'appelant d'un geste du fond de la pièce.

– Pourquoi... » Il traîna les pieds pour marcher vers elle.

Quand il atteignit l'endroit où elle se tenait, penchée au-dessus de la lampe, il se rendit compte qu'elle essayait de le voir mieux, de le remettre. Il s'approcha tout près, directement au-dessus de cette lampe à la lueur blonde. Elle le regarda de très près et soudain, elle sourit, et ses fossettes si attirantes réapparurent.

« Le reporter. Le reporter. Tu es encore pas mal, mais pas aussi mignon. »

Hop se détendit un peu. « Tu me vois sous un très mauvais jour. »

Elle sourit une nouvelle fois, mais son sourire s'envola. Elle se souvenait de choses. De toutes sortes de choses. Il n'aurait pas voulu être dans sa tête. Ou peut-être y était-il déjà. Il l'avait été depuis des jours.

« Assieds-toi, dit-elle. Tu veux boire quelque chose ?

– Non, non. » Il s'installa dans une chaise à dossier droit, face à elle.

Elle craqua une allumette sur l'accoudoir en rotin du canapé et alluma une cigarette, éloignant le bord de son écharpe du bout incandescent. Ses mains tremblaient. Mais celles de Hop tremblaient aussi.

« Je n'ai pas d'argent. Tu peux voir que je n'en ai pas, dit-elle.

– Je me fiche de ça.

– Alors, c'est quoi, le jeu, journaleux ? »

Ce ton abrupt et dur, sa ressemblance avec celui de Peggy Spangler, hérissa Hop. Son visage était magnifique dans la lumière, certes, mais il était comme de la cire. Il sentit sa colère revenir.

« Qu'est-ce que ça fait d'abandonner sa famille ? demanda-t-il. Ils pensent tous que tu es morte, ou pire encore. »

Elle ne tressaillit pas. Elle s'y attendait. « Ils sont tellement mieux comme ça. Ils sont en sécurité. Je n'étais rien d'autre qu'un porte-malheur.

– Quel genre de mère abandonne sa fille ? » dit-il, comme s'il connaissait quoi que ce soit aux mères. Comme s'il avait ne serait-ce qu'une fois pensé à... à... Est-ce qu'elle ne s'appelait pas Christina ?

« Le genre de mère qui sait qu'elle n'est rien qu'un aimant à problèmes. Et je ne dis pas ça parce que j'étais une piètre maman. » Elle se redressa, enroulant le bord de sa longue écharpe dorée autour de ses doigts. Mais sa voix demeura plate. Banale. Sans expression. « J'étais une bonne mère, monsieur

Hopkins – bien sûr que je me rappelle ton nom. J'étais une bonne mère qui s'est retrouvée entraînée dans quelque chose de pourri et je ne voulais pas mettre ma petite fille en danger à cause de ça.

– Entraînée, hein ? C'est comme ça que tu vois le tableau ? Tu sais, quand on glisse dans le chantage, on ne tombe pas. On saute. C'étaient des durs, les mecs avec qui tu t'étais embringuée. Mais je ne t'ai pas vue hurler ni te débattre à coups de pied.

– De quoi tu parles ?

– Tu savais ce que tu faisais, pas vrai, poupée ? » Mais depuis quand appelait-il les femmes *poupée* ? Il n'aimait pas le son de sa propre voix, il ne savait pas bien ce que c'était, mais il n'arrivait pas à l'arrêter. Ses mots qui volaient selon des angles aigus, comme des échardes sifflant dans l'air. « Les plus grandes stars de la ville. Tous prêts pour une danse avec toi. Tu voyais clignoter des dollars tout le long du chemin de l'arrière-salle du Red Lily.

– C'est ce que tu crois, dit-elle, avec à peine un tressaillement.

– Oui, répliqua-t-il, en observant ses réactions.

– Tu sais tout, alors, hein ?

– J'en sais assez.

– Tu ne sais absolument rien », dit-elle tranquillement. Puis elle se tut pendant dix longues secondes, le visage pétrifié, avant de porter une main à son cou et de la placer sous l'écharpe qui l'entourait. Elle la détendit ; puis elle donna un coup sec et l'écharpe tomba sur ses genoux.

Autour de son cou il y avait une ligne pointillée, rose pâle, presque comme des marques de dentelures, comme ces poupées de papier avec différentes têtes que vous pouvez fixer, la marque montrant où découper pour remplacer la tête de la blonde par celle de la brune.

Quand elle balança ses cheveux en arrière, il put voir que la ligne partait de sous le lobe d'une de ses oreilles, et courait tout autour de son cou délicat, jusqu'à l'autre oreille. Pendant une fraction de seconde, il eut peur que sa tête ne tombe tout simplement en avant, laissant un moignon couronné de rouge.

« Il y a plus, monsieur Hopkins », dit-elle en souriant presque. Elle se détourna de lui et prit le bord de sa jupe du bout des doigts, et elle commença à la relever doucement. Puis elle se retourna lentement vers lui, comme pour un genre de strip-tease pervers.

Sa jupe était désormais entièrement rassemblée autour de ses hanches et il y avait ces jambes exagérément longues, que Hop voyait entièrement, depuis les attaches de ses sandales jusqu'en haut, tout en haut, tandis qu'elle se tournait pour lui faire face. Elle tira la jupe jusqu'à sa taille, et Hop sentit ses yeux monter lentement de ses chevilles jusqu'à ses genoux et du haut de ses bas jusqu'aux jarretelles serrées qui se cramponnaient à ses cuisses sveltes.

Elle le regarda. « Viens plus près », dit-elle de cette voix somnolente, berçante et hypnotique.

Troublé et excité mais aussi honteux de son excitation, il se pencha en avant. Qu'allait-elle lui montrer ? Voulait-il vraiment voir ? Était-ce réellement horrible, ou était-ce une invite ? Ou les deux ?

Sa chaise racla bruyamment le sol quand il s'approcha. Les plis de sa jupe frôlèrent sa main quand il la posa, non sans hésitation, à côté d'elle sur le canapé.

La lumière était faible, et il avait peine à voir. Il y avait quelque chose de rose, plissé et en épaisseur sous les mailles de la jupe, au-dessus des jarretelles. Quelque chose sur sa peau. À première vue, il pensa que c'était la cicatrice d'une césarienne, mais c'était trop bas, trop irrégulier. Puis il se dit que cela ressemblait à des brûlures – comme un marquage de bétail au fer rouge, même. Il fut bientôt si près que sa figure frottait contre la jupe, si près qu'il pouvait la sentir : pas de la bergamote, non... du chèvrefeuille... *Honeysuckle... You're so much sweeter, goodness knows. Honeysuckle rose...* Rose chèvrefeuille...

Il entendit un raclement et se rendit compte qu'il avait tiré tout le canapé vers lui. Il n'arrivait toujours pas à voir correctement et elle n'allait pas relever sa jupe plus haut, n'allait pas se lever pour qu'il voie mieux. Elle allait le laisser regarder de cette façon-là, sa façon.

À quelques centimètres de sa poitrine, il comprit ce qu'il était en train de regarder. Une série de cicatrices ridées traversait sa hanche, disparaissant sous sa culotte jaune pâle, qu'elle avait légèrement baissée pour qu'il puisse voir.

Des lettres. Des mots.

On les avait gravés sur elle et ils demeuraient en cicatrices épaisses, roses comme des pétales de rose, d'une hanche à l'autre.

Qu'est-ce qu'ils...

Que pouvaient-ils dire d'autre ?

P-U-T-E-M-O-R-T-E.

Il continuait à regarder. Il avait peur de se redresser et de croiser son regard. Le souffle court sur sa peau, il fixait les mots et il se rappelait la couverture au Red Lily. Eh oui, c'était absolument vrai. Ou en tout cas bien assez vrai. En un sens, c'était beaucoup plus simple et beaucoup, beaucoup plus compliqué qu'il aurait jamais pu l'imaginer.

Ses doigts, comme indépendants de lui, touchaient délicatement les lettres. Il la sentit se déplacer, à peine un frémissement.

Puis, ses doigts toujours sur elle, il entendit sa voix, lente et étrangement sexy.

« Après, je les ai entendus dire à des types qui travaillaient là-bas de se débarrasser de mon corps et qu'ils leur fileraient 500 dollars pour ça. Une très jeune fille est entrée pendant qu'ils faisaient affaire. Elle a vu mes yeux. Elle savait. Elle m'a aidée à sortir par l'arrière. Elle m'a donné un vieil imper pour couvrir tout ça et quelques dollars. Elle m'a dit qu'elle allait tout arranger. Plus tard, je me suis dit que les types avaient dû prendre les 500 dollars et prétendre avoir balancé mon cadavre dans Griffith Park. Tout ce qu'ils avaient balancé, c'était mon sac à main. »

Hop se redressa lentement. Ses doigts le brûlaient, comme électrifiés.

« Pourquoi tu n'as pas été voir les flics ? »

Elle le regarda, ne se fatiguant même pas à remettre sa jupe en place. Son regard disait tout. Mais elle lui raconta son histoire quand même. Elle n'avait jamais eu la chance d'en parler à personne. Et elle mourait d'envie de le faire.

*

Marv Sutton, costume croisé et pommadé, tout ce qu'une fille en chasse pouvait désirer. Il avait rencontré Jean au restaurant du studio, l'avait emmenée dîner chez Chasen's, faire de longues promenades en voiture le long de l'océan jusqu'à de grands hôtels où il la balançait sur les draps les plus doux qu'elle n'avait jamais touchés. Il lui chuchotait les promesses habituelles et, malgré elle, elle avait presque commencé à le croire. Elle le laissait lui faire des choses, des choses que normalement elle ne faisait pas, pas même quand elle était mariée. Il lui avait donné un flacon de trois onces de Numéro 5 de Chanel et des bas en dentelle venus de Paris. Il lui avait acheté des boucles d'oreilles couvertes de perles, si lourdes pour ses lobes qu'elle avait du mal à lever la tête quand elle les portait. Et, à peine trois semaines après le début de leur histoire, elle sentit que ça se dégradait. Elle vit une script-girl, le visage empourpré, sortir de sa loge en rajustant la fermeture de sa robe. Une copine lui raconta qu'elle l'avait vu s'envoyer en l'air avec une danseuse de revue du Tropics dans le parking derrière le club. Donc, quand elle l'avait vu au Eight Ball, elle ne savait plus très bien où elle en était avec lui. Elle ne savait plus trop si elle avait envie de se fatiguer à continuer. Mais peut-être que si. Il était très beau, et il était avec son partenaire, Gene Merrel, qu'elle n'avait jamais rencontré. Le fait que le duo soit de sortie ensemble avait créé une grande excitation au Eight Ball et tout le monde semblait ne parler que de leur table. Et il y avait eu son empotée de cousine. Quelle barbe, qu'elle se soit pointée sans être invitée ! Elle avait dû se dépêcher d'expliquer à Peggy comment jouer le jeu. Mais heureusement, le journaliste à la langue bien pendue avait l'air partant pour n'importe quoi, et Peggy faisait un excellent gibier. Marv lui prêtait beaucoup d'attention et n'avait même pas jeté un regard sur l'affriolante Iolene, donc les choses semblaient aller pour le mieux.

Elle se disait que Davy Ogul aurait sans doute bien aimé qu'elle prenne des photos de ça. Il avait été un bien piètre petit ami – sombre, coléreux et perpétuellement infidèle. Mais elle aimait ses gerbes de roses aux longues tiges, le petit lapin en peluche qu'il avait apporté à sa fille pour Pâques, le large bracelet d'émeraudes qu'il lui avait offert (et repris pour rembourser des dettes de jeu). Quand elle sortait avec lui, il les avait cajolées, elle et Iolene, pour faire quelques petits boulots. Le truc habituel : elles allaient dans des soirées où certains hommes devaient se rendre, et tout ce qu'elles avaient à faire, réellement, c'était d'entraîner ces hommes dans une chambre, ou dans un hôtel, ou même une fois sur le balcon d'un appartement d'Hollywood, et faire en sorte que les choses deviennent juste assez piquantes pour que les photos vaillent le coup. Si Jean était celle qui se frottait au haut responsable d'un studio, au patron d'un night-club ou au gros producteur, Iolene se chargeait des clichés, et *vice versa*. Elle n'allait jamais jusqu'au bout. Elle ne l'aurait pas fait, même pour un pont d'or. Et si on avait essayé de l'y forcer, elle aurait immédiatement rompu.

Même si ça payait quelques factures et si ça lui avait rapporté une audition une fois, ni elle ni Iolene n'aimaient ce truc de chantage. Davy les avait entraînées dans cette affaire sur le mode « j't'adore, ma gosse, je fais ça pour t'aider ». Et donc, quand la romance avec Davy s'était achevée, ces boulots s'étaient arrêtés aussi. Et elle en était plutôt contente. Mais Iolene et elles n'étaient pas stupides. Elles avaient fait des copies de toutes les photos qu'elles prenaient avant de donner les négatifs à Davy. Elles les avaient cachées chez Iolene et n'avaient aucune raison de croire que Davy le saurait un jour. Elles appelaient ça leur police d'assurance. Au cas où. Une fois, Jean avait même enrichi le stock en prenant quelques dossiers chez son médecin. Elle était copine avec une fille qui travaillait là-bas et, un jour, quand cette fille l'avait laissée seule dans le bureau, elle en avait pris une grosse poignée et les avait ajoutés à leur trésor caché.

Mais tout ça, c'était terminé depuis longtemps. Les choses allaient mieux désormais. La pension alimentaire tombait plus régulièrement. Elle trouvait des engagements. Elle allait de l'avant. Jusqu'à cette soirée, jusqu'à ce que cette opportunité se présente.

Et donc, quand les garçons lui demandèrent, elle répondit oui pour le Red Lily. Pourquoi pas ? Elle en avait entendu parler. Qui n'en avait jamais entendu parler ? Elle était sur ses gardes, peut-être, mais Iolene venait aussi. Toutefois, elle ne voulait pas que Peggy les suive, prête à utiliser contre elle ce qu'elle pourrait éventuellement voir, ou pire, à essayer d'entrer dans la danse. Donc elle dit à sa cousine que le journaliste valait le coup qu'elle y consacre du temps, qu'il connaissait tous les gens importants et, en plus, il était drôlement mignon, pas vrai ? Est-ce qu'il ne ressemblait pas à une star de cinéma ? Et elle, elle méritait bien un bon coup, non ?

Au Red Lily, Marv et Gene avaient leur chambre favorite. Marv avait dit que la came allait vraiment rendre les choses dingues. Ce serait sensas. Elle n'aimait pas trop l'héroïne, mais il semblait qu'il n'y avait pas moyen de refuser pour que le jeu puisse continuer.

Iolene avait sorti son appareil photo et elle disait : « Allez, les garçons, prenons quelques clichés. » Et le type du studio, Bix, n'arrêtait pas de dire : « Pas de photos. Pas de photos. » Mais Marv et Gene étaient tellement défoncés qu'ils s'en foutaient et ils avaient commencé à poser. Des trucs de gamins. Marv l'avait attrapée et l'avait collée sur ses genoux en faisant semblant de la fesser. Il avait relevé sa robe. Mais Gene était terriblement surexcité par les flashes. Il n'arrêtait pas de bondir partout en faisant semblant d'arracher et de manger sa robe comme une espèce d'animal sauvage. C'était étrange et elle ne savait pas s'il blaguait, mais elle essayait d'en rire. Finalement, il lui arracha le bras de sa robe en essayant de la tirer vers lui sur le sofa. Plus elle se tortillait, mal à l'aise, plus il devenait agité. Mais tout le monde riait. Ils continuèrent à rire et ça le poussa à continuer. En tournant sur lui-même, il ôta sa ceinture, saisit Jean et lui serra son ceinturon sur le visage, lui bâillonnant la bouche. Marv faisait des plaisanteries sur le marquage du bétail. Ils riaient, mais pas Iolene. Et l'appareil photo d'Iolene prit un dernier cliché avant qu'elle n'arrête. Et Jean vit qu'elle avait peur. Et Jean songea : « Je sais que je devrais avoir peur aussi, mais je ne sens rien. »

Jean ne savait plus quel était son plan. Mais elle se retrouva en train de dire à Iolene que c'était okay si elle partait. Elle dit à Iolene qu'elle devait le faire, qu'elle devait continuer. Elle tenait le poignet d'Iolene si fort, à le briser, et elle lui répétait qu'elle devait le faire. C'était la seule manière d'en terminer. De tout terminer définitivement.

Et alors les choses commencèrent à devenir floues, les couleurs enflaient, son corps s'étirait comme du caramel chaud, et Iolene n'était plus là, et le type du studio n'était plus dans la pièce non plus.

Marv dit : « Ça ne te gêne pas si Gene reste ? Il restera assis dans son coin. Il ne nous embêtera pas. Allez, viens, bébé, fais-le comme j'aime. »

Elle ne voulait pas vraiment. Elle n'aimait pas beaucoup ce Gene qui, si attirant dans les films, si enfantin et si joyeux, le troubadour Technicolor au visage de bébé, semblait maintenant... complètement parti. Un drôle d'air dans les yeux, lointain. Elle se demandait ce qu'il voyait. Et puis... et puis il s'était mis à chanter. Doucement. Annie Laurie, *I'd Lay me Doon and Dee*, son truc cadencé. Comme dans les films, mais pas tout à fait. Cassé, ou quelque chose comme ça. Un truc n'allait pas. La voix, sa voix, elle résonnait en écho, se mélangeait avec les sons grinçants de l'eau clapotant sur le vieux bois, léchant des coques rouillées. Un vieux matelas sans ressorts, des cris violents directement sortis d'un plancher presque à claire-voie. Et cette voix, sa voix, distordue comme si elle sortait d'un vieux phonographe, grésillante, tremblotante, mais gazouillant encore de vieilles chansons de marin. Un chant de sirène. Les enfants perdus.

Marv chuchotait : « Il tire sur le bambou parce qu'il croit qu'il va mourir. Croit qu'il a la syphilis, mais aucun toubib n'est d'accord avec lui. C'est dans sa tête. C'est sa tête qui va pas bien. »

Elle ne savait pas bien combien de temps ça avait duré – pas longtemps – quand elle regarda à nouveau, dans les vapes, tremblante, à peine consciente de ce que Marv faisait, aussi violent et inamical que d'habitude, et elle vit que Gene pleurait. Il sanglotait avec un étrange gémissement, en se tordant les mains. Il ne va pas bien, se rappelait-elle avoir pensé à travers les vapes. Quelque chose ne va pas dans sa tête. Puis elle se souvenait avoir pensé : qu'est-ce qui va bien dans la mienne ?

Et juste après, il était là, avec ses mains sur son cou à elle. Marv fit une faible tentative pour l'écarter – « Gene, Gene, pourquoi tu devrais faire ce truc ? » – mais il était si défoncé lui-même qu'il paraissait ne pas pouvoir l'en empêcher. Les mains de Gene étaient si serrées, et l'odeur de feuilles brûlées était partout, et sa propre tête était complètement partie à cause de la came qu'ils lui avaient donnée.

Il chuchotait à son oreille et il n'y avait aucun autre son, aucune autre sensation, et son souffle faisait comme quelque chose en train de mourir en lui, et il était là, chuchotant, et disant, encore et encore : « Je vais te sauver, Jane. Je te sauve. Tu me remercieras quand ce sera terminé. »

Elle pensait : « Je vais mourir et tout est fini. Je vais mourir et il ne connaît même pas mon prénom. »

Puis elle vit le couteau tomber de sa poche sur le sol. Et il se tourna, comme un chien avec les oreilles dressées, il vit son couteau et elle savait ce qu'il pensait. Il ôta une main de sa gorge pour ramasser le couteau, et elle prit vite une respiration avant qu'il ne remette sa main.

Et elle le sentit couper. Oh, Dieu, elle le sentait !

La dernière chose qu'elle se rappelait avoir dit, c'était pendant cette respiration : « Stop, stop. Je suis déjà morte. »

Et elle s'était évanouie. Par chance, elle était inconsciente.

Elle ne pensait pas être restée dans cet état longtemps. Quand elle émergea vaguement, tout son corps lui semblait déconnecté d'elle-même, comme un poids terrible dont elle pouvait désormais s'arracher, fourmillant encore des effets de l'héroïne. C'est à ce moment qu'elle avait entendu les voix dans le couloir, parlant de balancer son corps. Juste derrière la porte, Marv suppliait frénétiquement – « Je suis très ami avec votre boss, le grand patron à qui vous envoyez les sacs de fric. Ils me connaissent et ils seraient d'accord pour que vous m'aidiez » –, et ses paroles et sa promesse de fric semblèrent suffire. Elle savait qu'elle n'avait plus beaucoup de temps. Quand la fille apparut, elle saisit sa chance au vol. La fille lui trouva un imper et la fit sortir par-derrière. Elle la cacha dans la cave jusqu'à ce qu'elle puisse partir en toute sécurité. Elle lui donna de quoi prendre le bus parce qu'elle n'arrivait pas à retrouver son sac à main.

Dans le bus, elle ouvrit l'imper et elle se regarda pour la première fois. C'est à ce moment qu'elle vit le sang, qu'elle ne vit que du sang. Il couvrait tout son corps. Il formait des toiles d'araignées sombres sur ses jambes. Il était chaud et ce n'est qu'à cet instant qu'elle comprit qu'elle était vivante.

Le bus la déposa près de chez Iolene, mais Iolene n'y était pas, elle était restée avec son nouveau petit ami, Jimmy. C'était chez Iolene qu'elle avait caché leurs photos, les dossiers qu'elle avait piqués dans le cabinet médical. Tous leurs péchés planqués dans un classeur. Elle était malade d'y penser, maintenant. Elle ouvrit un tiroir et prit la moitié des dossiers. Sortant une valise de sous le lit, elle les colla dedans. Après une douche brûlante et douloureuse, elle passa une robe d'Iolene et c'est à ce moment-là qu'elle vit les mots sur son ventre. Elle approcha une main comme pour les toucher. Elle pensait qu'elle allait s'évanouir, ou vomir. Elle réussit à s'en empêcher. Mais en un éclair, elle sut où elle devait aller. Elle prit 5 dollars dans la boîte à biscuits d'Iolene et partit.

« Alors je suis allée voir Davy Ogul. Il a fait venir un de leurs médecins pour me nettoyer et recoudre les morceaux, dit Jean, pendant que Hop l'écoutait, totalement médusé. Et puis j'ai montré à Davy quelques dossiers qui pouvaient valoir quelque chose. Je lui ai dit qu'il pourrait les avoir, pour 100 dollars.

– Et il te les a donnés ? réussit à dire Hop, la cervelle complètement engourdie par ces horreurs, par cet horrible film d'épouvante qui se déroulait devant ses yeux.

– Bien sûr qu'il me les a donnés. Il n'est pas idiot. »

Hop faillit la corriger – « Il *n'était* pas idiot » – mais il se rendit compte qu'elle ne savait probablement pas qu'Ogul s'était évaporé peu de temps après elle. Puis il se rendit compte qu'il y avait pas mal de choses que Jean ne devait pas savoir.

« Est-ce que... est-ce que tu lui as dit qu'il y avait d'autres dossiers ?

– Il l'a demandé. J'ai dit que je quittais la ville pour de bon, mais que si ça l'intéressait, il fallait qu'il aille voir Iolene. Je savais qu'il se comporterait bien avec elle. »

Hop sentit quelque chose dégringoler dans sa poitrine. Il calcula dans sa tête. Davy Ogul essaye de faire fructifier les dossiers auprès du mauvais bonhomme, ou son boss, Mickey Cohen, découvre le chantage parallèle d'Ogul. Prochaine étape, Ogul disparaît. Les gros durs recollent les pièces manquantes, éventuellement, et Iolene se retrouve avec un gros trou dans le front. Ou alors Iolene, affolée, essaye d'en fourguer un peu de son côté – peut-être même de fourguer ces photos de Jean. Ou alors, plus probable, Iolene, paniquée, parle de ces photos, comme elle l'avait fait avec Peggy Spangler. « Iolene, elle disait qu'elle ne pouvait plus se les sortir de la tête. Elle voulait s'en débarrasser. Elles commençaient à l'obséder. Elle disait qu'elle n'arrêtait pas de les voir dans son sommeil. Elle disait qu'elles étaient dans tous ses rêves. » Si elle en avait parlé à Peggy Spangler, à qui d'autre est-ce qu'elle avait pu en parler ? Et, d'ailleurs, à qui d'autre est-ce que Peggy Spangler avait pu en parler ? Combien de temps faut-il à quelque chose d'aussi brûlant pour revenir aux oreilles des mauvaises personnes ? Et Dieu sait qu'il y avait plein d'yeux et d'oreilles au Red Lily pour mettre des choses en route. Putain, Jean, tu as appuyé sur la gâchette de cinquante manières pour provoquer la mort d'Iolene. Et une seule a suffi. Comme le lui avait dit Frannie Adair : « Un gangster quelconque avec la moitié d'un billet de 100 dans la poche l'a suivie et lui en a collé une dans la tête. »

« Mais, Jean... » commença-t-il, mais tant de questions lui taraudaient la tête qu'il n'arrivait pas à en choisir une. Finalement, il lâcha : « Le message. Pour Kirk. » Il voulait être certain que Midge avait dit vrai.

Elle posa sur lui un regard vide pendant un instant, puis un éclair de reconnaissance traversa son visage. « J'avais oublié qu'il était dans mon portefeuille. Ce n'est pas moi qui ai écrit ça. C'était un souvenir. »

Hop fit des pieds et des mains pour trouver une autre question. « Ta cousine disait que tu étais enceinte. »

Jean esquissa un vague sourire. « Pauvre Peg. Est-ce qu'elle a eu sa photo dans les journaux ?

– Non. Seulement toi. »

Elle secoua la tête, avec encore l'ombre d'un sourire. « J'avais trouvé ce message – juste un petit mot écrit par une fille quelconque – dans une corbeille à papier. Je l'avais gardé. Il me faisait penser à des choses que j'aurais pu oublier.

– La fille descendue du bus Greyhound », murmura Hop. Et merde, lui aussi était descendu de ce bus.

« Quoi ?

– Oublie ça », dit Hop. Une centaine d'autres questions tourbillonnaient dans son crâne, mais aucune ne sortait assez rapidement et il craignait qu'elle ne prenne son silence comme une chance de terminer les choses.

Comme si elle avait lu cette pensée, elle lissa sa jupe et rajusta son écharpe, et c'était comme un rideau qui se referme. Il percevait son propre abandon dans l'atmosphère. Il savait qu'il devait se dépêcher.

« Donc, tu vois bien que j'ai laissé tout ça loin derrière moi, dit-elle.

– Vraiment ? murmura Hop, distrait par les pensées qui se précipitaient dans sa tête.

– Écoute, dit-elle en se penchant en avant, tout en balançant un pan de son écharpe sur sa peau nacrée, je voudrais que tu comprennes.

– Je comprends.

– Non, tu ne comprends pas. Tu fais partie de ceux qui aiment rester dans le fumier », dit-elle en secouant la tête. Il se demanda comment elle pouvait savoir ça. Puis il se rendit compte que tout le monde le pouvait.

Elle continua. « Ce que j'ai tiré de tout ça, c'est... quelque chose comme ça : il faut parfois faire des choses mauvaises pour redevenir pur, dit-elle. Un peu comme brûler quelque chose pour le désinfecter. »

Il essayait de réfléchir. L'instant semblait lourd de sens, mais il n'était pas bien certain du sens, justement. Puis il la regarda et dit : « Tu crois vraiment que tu peux faire ça ? Redevenir quelqu'un d'entièrement nouveau ? Est-ce que tu n'emportes pas tout ça avec toi ? Est-ce que ça ne te colle pas à la peau, comme une cicatrice ? »

Elle le regarda, les yeux écarquillés.

« Pardon, je ne voulais pas dire...

– Ne t'en fais pas, dit-elle en secouant la tête, et sa voix devint froide, distante. Attends une seconde », fit-elle en se levant. Elle se rendit dans la chambre à côté. Quand elle revint, un instant plus tard, elle portait un gros classeur marron en accordéon. « Je me demande si tu peux me faire une faveur, dit-elle en serrant l'épais classeur sur sa poitrine.

– Qu'est-ce que c'est ?

– Ma famille, ils sont mieux comme ça, tu sais. C'est mieux pour Christine, ça, c'est certain. Mais Iolene... Je veux qu'Iolene sache que je vais bien. » Sa voix changea à nouveau, passant de lointaine à presque brisée. Ses yeux, pour la première fois, s'emplirent de larmes. « Si tu pouvais lui dire que je suis désolée de l'avoir lâchée comme ça et que... que je ne lui souhaite que du bien. »

Hop la regarda et ne dit rien. Il sut à cet instant qu'il ne lui dirait pas ce qui était arrivé à Iolene. Et, en la regardant dans les yeux, il espérait qu'elle ne le saurait jamais.

« Et il y a quelque chose que je voudrais que tu lui donnes de ma part, continua-t-elle en se reprenant un peu. Les dossiers que j'ai pris à la maison, je n'ai pas vendu tous ceux que j'avais pris à

Davy. J'en ai gardé quelques-uns. Ceux qui ont le plus de valeur. » Elle posa le classeur. « Je voulais les conserver au cas où j'aurais été vraiment dans la mouise. Je ne savais pas si quelqu'un allait partir à ma recherche. Je ne savais pas si j'arriverais à rompre complètement avec tout. J'avais besoin de quelque chose à monnayer. Bref, ça fait longtemps maintenant, et je vais bouger à nouveau. Plus loin cette fois. Et je ne crois pas que j'en aie besoin. Pas autant qu'Iolene. » Elle regarda vers un espace invisible, derrière l'épaule de Hop. « Tu vois, je l'ai larguée et elle... elle était plus proche de moi que qui que ce soit au monde. Plus proche. »

Si proche que tu as pris son prénom, songea Hop. Avant de pouvoir s'en empêcher, il lança : « Tu l'aimes. » Il ne savait pas d'où ça sortait, ni ce qu'il entendait par là.

Elle secoua vaguement la tête et ne répliqua pas, et tout était là devant lui. Toutes les questions qui lui restaient, il savait maintenant qu'il ne les poserait pas.

« Je les lui donnerai », dit-il en se levant. Elle ne bougea pas. Il commença à se diriger vers la porte. La main sur la poignée, il se retourna pour la regarder, assise là, ses avant-bras posés sur les accoudoirs du fauteuil, tendus, ses doigts crispés autour du bois. Sa tête retomba légèrement, et la lumière passa à travers ses cheveux sombres, comme s'ils étaient en feu.

Il voulut soudain lui donner quelque chose, mais il ne savait pas quoi.

« Midge. Tu connais ma femme, Midge ? Elle a dit que tu étais si adorable, qu'il y avait quelque chose de brillant, d'étincelant en toi. Elle voulait dire quelque chose de spécial. »

Relevant lentement la tête, elle le regarda. Brutalement, il eut cette impression qui vous saisit une fraction de seconde avant qu'on ne vous frappe. Midge lui avait appris cette sensation.

« Pourquoi tu as fait ça ? demanda-t-elle, plissant soudain les yeux, comme des fentes.

– Fait quoi ?

– À Midge.

– Il va falloir que tu sois plus précise, dit Hop, sa main devenant moite sur la poignée de la porte.

– Je suis tombée sur elle à l'hôpital du Bon Samaritain en, oh, 1948. Avant toute cette histoire. J'étais dans la salle des urgences – un de mes petits amis m'avait cassé le bras – et c'était la première fois que je la revoyais depuis deux ans. Elle m'a reconnue tout de suite. »

Et il se souvint comme si cela se produisait à nouveau, là, sous ses yeux : Jean et Iolene dans son living-room cette nuit-là, en octobre 1949. Jean regardant un ensemble de photos encadrées. « C'est ta femme, là ? »

« Tu as vu Midge ? demanda-t-il.

– Pourquoi tu as fait ça ? répéta Jean en hochant la tête.

– Fait quoi ? répéta-t-il à son tour.

– Elle était contente de me voir, de voir quelqu'un, dit-elle, froide. On aurait dit qu'elle avait pleuré pendant des jours et des jours. Son visage était à vif. Et elle m'a raconté comment elle s'était mariée. Avec un reporter. Et ensuite elle m'a raconté comment il l'avait poussée par-dessus un fauteuil, qu'elle était tombée et qu'elle avait perdu le bébé.

– Elle est tombée, dit Hop, mécaniquement, en tournant la poignée de la porte vers la droite, puis vers la gauche. Au moins ça, c'est vrai.

– Tu veux dire que tu ne l'as pas poussée ou qu'elle n'a pas perdu le bébé ?

– Je veux dire qu'elle n'était pas enceinte, répliqua-t-il en agitant la tête. Elle espérait juste l'être. Et elle est tombée parce qu'elle essayait de me balancer un cendrier en marbre en pleine figure. »

Elle hocha doucement la tête. « Ça fait une grande différence... entre vos deux histoires.

– Est-ce que ce n'est pas toujours comme ça ? »

Durant le long voyage du retour, il pensait à plein de choses. À Iolene et ses dernières terribles heures. Sa beauté sans tache et sa tendresse. La seule erreur qu'elle ait commise était une erreur de jugement. En s'adressant à lui, elle n'avait pas choisi le bon bonhomme pour venir à son secours. Ni pour rien, d'ailleurs. Et il pensait à Frannie Adair, avec sa voix claire et son visage si frais, si majestueuse, froide, s'élevant au-dessus de tout ça comme une espèce de déesse, les semelles de ses chaussures effleurant l'horreur dans laquelle le reste de ses semblables avait coulé jusqu'au menton, voire plus profond encore. Et Midge et son cœur borné et meurtri parce qu'elle pourrait peut-être aimer Jerry pour toujours, mais qu'elle ne le laisserait jamais l'atteindre aussi profondément que lui, Gil Hopkins, l'avait fait. C'était une leçon terrible. Leçon qu'il lui avait enseignée mille fois.

C'étaient les pensées les plus sentimentales qu'avait Hop depuis des années et elles le mettaient mal à l'aise, il les triturait gauchement, puis il les laissa s'évaporer. Pouf.

Il était à mi-chemin de chez lui quand il jeta un coup d'œil vers le classeur en accordéon posé sur le siège à côté de lui. Il s'était ouvert et, dans un virage serré, quelque chose avait glissé de l'un des dossiers. Il se pencha et vit que c'était un morceau de papier. Il le plaça devant lui en l'appuyant sur le volant pour pouvoir l'examiner.

C'était une carte postale, en fait. Un lac bordé de sapins, avec un faon sur la berge, prêt à mettre un sabot dans l'eau. En caractères d'imprimerie en haut, ces mots : « Merry Lake vous attend. »

Il la retourna et, bien évidemment, sous un papier collant jaunissant, il y avait un trèfle à quatre feuilles.

Elle devait avoir pensé qu'Iolene en aurait besoin. Elle avait eu raison. Trop tard, mais elle avait eu raison.

Hop arrêta la voiture sur le bas-côté. Il tenait la carte à la main. Il percevait le bruit de son souffle, haché et rauque.

Il baissa la vitre et écouta le sifflement du vent dans les arbres, le bruit des voitures qui passaient, le calme entre deux passages. Il regarda ses yeux dans le rétroviseur pendant une longue minute. Puis il chercha cigarettes et allumettes dans la boîte à gants. Il secoua le paquet, sortit une cigarette et arracha une allumette.

Enfin, il retrouvait son souffle, se reprenait. Il alluma sa cigarette et inspira jusqu'à ce que sa poitrine lui fasse mal. Puis il souffla la fumée et éclata de rire. Un rire bizarre qu'il ne se souvenait pas avoir eu, jamais. Il redémarra, riant toujours.

Qui était Jean Spangler pour croire que sa chance pouvait être donnée en cadeau ?

Quatre ans plus tard

« T'as fait du chemin, gamin. » Ce cliché usé que Hop ne se lassait pas d'entendre, il le serrait tout contre sa poitrine la nuit, pour se tenir chaud. Il avait une secrétaire aux seins haut perchés, aux hanches prêtes à pivoter derrière sa porte. Sa secrétaire tout à lui personnellement, depuis ses chevilles fines et ses boucles blondes jusqu'à sa délicieuse manière de ronronner « Bureau de monsieur Hopkins. Que puis-je faire pour vous ? » de sa voix de miel de Caroline du Sud.

Le téléphone, il sonnait toute la journée, et Hop parlait tout en regardant le studio à travers sa grande baie vitrée – le studio, comme un cirque rempli des gens les plus beaux et les plus fragiles du monde, qui dansaient tous, visaient haut, faisaient des sauts périlleux, marchaient sur la corde raide, juste pour lui.

Il parlait aux stars sous contrat et aux beautés qui dérivaient d'un autre studio pour un film ou deux. Elles venaient toutes à lui. Burt Lancaster, Kirk Douglas aussi, et même Humphrey Bogart. Et les femmes, Jeanne Crain, Doris Day, Jennifer Jones, Jane Wyman, Anne Baxter. Elles venaient toutes. Et des meilleures, moins dures en affaires, parmi les nouvelles arrivantes : Janice Rule, Dorothy Malone, Jan Sterling, Carroll Baker. Tous les jours. Et bien évidemment, les chroniqueurs, les singes à rumeurs qu'il dirigeait comme un joueur d'orgue de Barbarie. Walter, qui était toujours dans la course, Hedda, Louella, Sheilah, et toutes leurs imitations de moindre envergure, tous dansaient pour lui.

Et il allait à des premières avec les filles les plus étincelantes du moment, déjeuner au Derby, sur le champ de courses avec John Huston et sa bande de viveurs. Quand quelqu'un avait besoin de ramasser le boucanier de haut vol dans l'abreuvoir à ivrognes et de glisser quelques billets pour étouffer les choses, il envoyait Mike ou Freddy, ou ce vieux Bix sur qui on pouvait compter, et qu'il avait engagé lui-même. Ils balançaient les seringues dans les bouches d'égout, glissaient des lettres d'adieu dans les poches des suicidés, faisaient passer des essais aux prostituées. Hop s'en occupait. Hop arrangeait tout. Monsieur Ciel d'Azur. Tout ça depuis son bureau tout chrome et acajou, cool et magistral et se nourrissant du battement de son propre sang. Putain, il adorait sa vie. Qu'avait-il fait pour la mériter ?

Il était surpris, s'il se laissait aller à y penser, de combien il avait été facile de plonger l'histoire Spangler dans l'oubli. Il avait rattaché tous les liens épars. Il avait branché Frannie Adair sur une autre histoire, bien plus brûlante, à propos du président du syndicat des acteurs, Ronny Reagan, et de ses accords secrets avec MCA. Et putain, il avait même trouvé un bon job pour Peggy Spangler pour la remercier d'oublier pas mal de choses. Elle était réceptionniste dans une agence de talents en vue, et elle rencontrait de grandes stars tous les jours. Il était content d'aider.

Et quand Tony Lamont avait négocié un meilleur contrat pour Sutton et Merrel chez Universal, Hop était secrètement plus qu'heureux de ne plus jamais avoir à utiliser ses talents pour les beaux yeux de ces deux-là. Il ne l'avait jamais fait. *Ça*, il ne l'aurait jamais fait. En vérité, c'était Hop lui-même qui avait suggéré cette idée à Tony, comme par inadvertance. Il avait même aidé à graisser les rouages. Hop avait aussi fait de son mieux pour répandre la rumeur, discrètement bien sûr, comme quoi ces deux-là n'apportaient que le malheur, surtout pour les dames. Et il essayait de ne pas écouter quand le moulin à rumeurs lâchait, tous les six mois à peu près, leurs peccadilles, leurs déviances, légères ou sombres. En privé, en de rares occasions, il se laissait aller à se demander combien de temps Merrel pourrait continuer, frappé par le destin, se convainquant lui-même qu'il n'avait plus rien à perdre, afin de poursuivre ses descentes dans ces tunnels sexuels enténébrés, encore et encore.

Ces choses-là, je ne peux pas les arranger, songeait-il durant ces longues nuits, ces longues nuits qu'il finissait au bourbon devant la table de sa cuisine après une soirée modérée de premières et de Slapsy Maxie's, et de Don the Beachcomber's, et d'Ambassador Hotel. Il y a des choses que je ne peux pas changer. Tu fais ce que tu peux. *Tu fais ce que tu veux. Tu fais ce que tu fais.* Comment aurait-il pu aider aucun d'entre eux ? Ils avaient tous fait leurs propres choix. Toutes ces filles aussi, en chasse dans toute cette sanglante histoire. Comment aurait-il pu en arrêter même une ? Tout ce que vous pouviez faire, c'était verrouiller la porte, fermer la boîte, et balancer de la terre dans le trou. Il aurait bien aimé découvrir ça plus tôt. Mais peut-être l'avait-il fait.

Il s'était également occupé de quelque chose. Il y avait une pierre tombale en granit blanc camélia qui remplaçait la simple dalle Iolene Harper, 1922-1951, avec un gardénia planté de chaque côté. La pierre tombale la plus grandiose du cimetière, plus chère que quoi que ce soit qu'il ait acheté dans sa vie. Voilà. Il avait fait ça. Vous ne pouviez pas oublier ça.

Il avait eu l'intention de passer chez Jerry le jour où ils allaient quitter la ville. Pour dire au revoir, et même pour proposer d'aider à emballer les derniers cartons, aider à charger le long divan bas de Jerry, ses centaines de disques de jazz, dont son enregistrement préféré de Bessie Smith, de 1925, chantant *Careless Love Blues*. Il avait voulu passer ses bras autour de la minuscule silhouette de Midge une dernière fois, sentir la jacinthe de ses cheveux, sentir la chair élancée et dure de sa taille de guêpe qui s'arrondissait d'une nouvelle chair. Voulu serrer la main de Jerry, cette main solide et ferme qu'il avait vue s'accrocher fermement à sa caméra déglinguée pendant la guerre, vue s'acharner sur des machines à écrire, couverte d'encre, ou encore serrant des verres de scotch, partout. Jerry, c'était ça.

Ils étaient partis depuis longtemps désormais, deux ans déjà, Jerry plongeant dans le terrier à renard d'un autre torchon de Hearst, le *San Francisco Examiner.* « Je peux pas laisser ce vieil Hearst sans une conscience », avait dit Jerry en riant jaune. Il était prêt à retourner dans les tranchées, fini le boulot d'édition dans un bureau clos de vitres, il allait couvrir l'hôtel de ville. Mais pour son premier jour dans le bâtiment, pourtant, il allait dire « oui ».

Oui, oui, oui, Midge. Voilà pour toi et la future petite danseuse de revue dans ton ventre. Tu ne pourrais mettre au monde que des reines de beauté, des mannequins, des actrices, des chanteuses de boîte de nuit, des filles faciles au cœur brisé par trop de semi-prostitution et de déceptions avec les hommes. T'es un bel enfant de salaud, Gil Hopkins. Elle pourrait très bien donner naissance à une libraire, une institutrice, une assistante sociale. Et même à un garçon. Non, jamais un garçon, Midge...

La vérité, c'était qu'il avait été trop occupé pour passer dire au revoir.

La vérité, c'était qu'il préférait se souvenir de Midge telle qu'elle était la dernière fois qu'il l'avait vue :

« Tu m'as manqué toute ma vie », elle avait dit, et ça c'était encore autre chose. C'était quelque chose de mieux que ce qu'il méritait. C'était son cadeau. Ces mots qui vous arrivaient dessus si vite, si fort, qu'ils vous faisaient presque pleurer avant que vous ne puissiez vous en empêcher. Qui vous rendaient faible. Perdu. Et quand il y repensait maintenant, ça lui donnait envie de rire. Même elle, qui connaît le pire de moi-même, elle ne peut toujours pas voir ce que je vois simplement en me regardant dans une glace.

Et Jerry, oui, Jerry. Il savait qu'il reverrait Jerry. C'était écrit dans les cartes. Jerry le connaissait. Il y avait des choses que Jerry... Jerry comprenait tout. Jerry, il...

Parfois, Frannie Adair passait le voir. Elle avait été fiancée à un type du bureau du procureur, mais ça n'avait pas marché. Il avait été viré pour avoir détourné 60 000 dollars pour une dette de jeu en « compromettant ainsi le bureau », après qu'un usurier s'était pointé au tribunal pour récupérer son fric. Frannie couvrait de plus grosses affaires désormais, frappant aux portes de Downtown et levant le coude avec les hommes au service des hommes qui faisaient arriver les choses, ou les empêchaient d'arriver.

Et elle l'appelait, et s'il était seul, il l'invitait à passer dans sa nouvelle baraque à Holmby Hills – bien sûr, il n'avait pas encore fini de se la payer, mais ce ne serait plus long. Et alors il lui préparait un verre et il l'attendait, et en l'attendant il pensait toujours à cette ligne estompée qu'il avait vue sur son visage, le pli du drap aussi délicat qu'une feuille d'or, qu'une dentelle ancienne. Et il se la remémorait jusqu'à ce qu'elle soit arrivée.

L'une des premières fois, il l'avait raccompagnée jusqu'à la station de taxi au coin de la rue. En se glissant sur la banquette arrière, remettant ses cheveux en place d'une main tremblante, elle avait dit : « Je crois que je vis ici, maintenant », et il avait dit : « Tu vis ici depuis des années », même s'il savait pertinemment ce qu'elle voulait dire, et elle avait raison.

Le bourdonnement d'appel de sa secrétaire le fit sursauter. Hop bondit dans son fauteuil. « Oui ?

– Barbara Payton veut vous voir. Je lui ai dit qu'elle devait prendre rendez-vous. Est-ce que je la renvoie ? »

Il se renfonça dans son fauteuil. En voilà une triste histoire, un cliché bien plus usé par le temps, et frotté jusqu'à perdre tout éclat. Cette fille, elle avait tout, mais ses jambes ne la menaient que dans une direction, et c'était toujours la mauvaise. Quelques mauvais gros titres de plus – Barbara les attirait comme elle attirait les mauvais mecs – et les rôles avaient cessé de lui échoir. Mais pas les histoires. Divorce d'avec Franchot Tone. Divorce d'avec Tom Neal qui la battait quand il était bourré. Barbara payant une ardoise de 200 dollars dans un bar avec deux manteaux de fourrure. Rumeurs d'héroïne et de ramassage de grooms aux Jardins d'Allah sur Sunset Boulevard. Une pute qui a eu de la chance, avait dit d'elle quelqu'un, un jour, mais ce n'était pas Hop. Et sa chance s'était tarie, finalement.

« Faites-la entrer », dit Hop sans réfléchir. Elle le surprenait dans un rare moment sentimental.

« Non, mais regarde-toi, bordel de merde », s'annonça-t-elle en entrant, un nuage de cheveux négligemment démêlés, le teint brouillé, les yeux injectés de sang.

Oh, Barbara, songea-t-il, tout ce qu'il te reste, ce sont tes seins et ta grande gueule ordurière.

« Quand je t'ai rencontré, dit-elle en s'asseyant, son chemisier trop tendu sur sa poitrine, et avec un bouton qui manquait, tu n'étais qu'un gamin qui parlait trop vite, avec des manières mielleuses et astucieuses. Tu avais l'air bon à croquer, mais tu ne m'as jamais regardée dans les yeux. Tu n'as même jamais regardé mon râtelier. »

Hop secoua la tête. « Je parlais peut-être trop vite, mais je voyais encore plus vite. Et en plus, ton carnet de bal était plein, à l'époque.

– Peut-être. J'aurais rajouté une ligne de plus rien que pour toi. Mais je n'ai jamais été futée pour ces trucs-là, dit-elle, avec un demi-sourire. Mais regarde-toi maintenant. Tu as un succès fou. Peut-être que si on avait dansé ensemble à l'époque, tu serais nostalgique aujourd'hui et tu ferais quelque chose pour aider une copine. »

Il s'y attendait. N'y avait-il donc plus de surprises ? « Je le ferais, Barbara, si je pouvais, dit-il avec un grand sourire. Mais je n'ai aucune emprise sur le casting ni la production. Je ne m'occupe que de presse et de publicité. »

Haussant les sourcils, elle s'enfonça dans son fauteuil. « Ouais, dit-elle, hochant la tête en le fixant avec attention. Tu sais, je ne viens pas de débarquer de ma cambrousse. Je sais exactement ce que tu fais ici. Et ce que tu défais. Et il n'y a pas de raccommodeur plus précieux dans ce studio. Tu sais précisément où sont enterrés tous les cadavres, dit-elle en le regardant droit dans les yeux. C'est toi qui les enterres. »

Hop sourit vaguement en haussant les épaules. « J'aimerais avoir la moitié du pouvoir que tu me prêtes. T'as pas entendu ? Le bateau coule, en fait. Le monstre cubique prend le pouvoir. Moi, j'ai même pas un poste de télévision. »

Elle lui rendit son sourire, mais c'était un sourire de voyou, un sourire de putain. Plus la moindre trace de *pompom girl* ni de reine de beauté chez elle. Elle était tout en méfiance façon Hollywood Boulevard maintenant. Où était passée la douce chose blonde qu'il avait cajolée pour qu'elle aille dans le Minnesota ?

« Tu sais, j'ai entendu des choses, dit-elle, en pointant un ongle rongé vers lui. J'ai entendu parler des choses que tu sais. Des secrets que tu possédais sur les gros pontes. Ils t'auraient promu empereur pour que ces secrets restent bien gardés. »

Hop la regarda.

Dans sa tête, le feu roulant habituel : qu'aurait-il dû faire ? Quelques dossiers qui n'auraient mené à rien. Plus d'Iolene à qui les remettre. N'importe qui à sa place aurait fait la même chose. Pourquoi ne pas transformer en quelque chose cet énorme néant dévorant ? Mais ce n'était pas ce que Barbara suggérait, une promotion en échange d'une bouche cousue. Il n'aurait jamais fait ça comme ça. Il avait remis ces dossiers aux personnes impliquées : la fille du patron du studio, baisée par un Noir, ou cette gamine sourde et muette de 13 ans à qui la plus grande star du studio avait refilé une dose, pour pouvoir en disposer comme il voulait. C'était leur perpétuelle gratitude qui avait donné à Hop le gros coup de pouce le faisant grimper de simple attaché de presse à cadre supérieur, puis à chef du département avec une augmentation plus que substantielle. C'était un sale truc, évidemment, mais cela ne voulait pas dire que ça n'avait pas servi la bonne cause, finalement. Il faisait un boulot formidable ; tout le monde le pensait. Les stars de l'écran l'adoraient, se sentaient à l'aise avec lui, lui confiaient leur existence même. Et les galonnés se sentaient parfaitement sereins. Et, grâce à son talent et à son estomac, il était passé, en cette putain d'année 1955, de cadre supérieur à chef du département des relations publiques. Il était arriviste, oui, mais de la meilleure manière : une escalade qui signifiait que ce qu'il désirait le plus, tout ce qu'il désirait vraiment, c'était les rendre tous heureux.

Alors il dit, d'un ton plein de sous-entendus à Barbara Payton, cheveux brillants et pantalon de toréador, une odeur de bar flottant autour d'elle : « Tu es la dernière personne, B. P., dont j'aurais pensé qu'elle croirait aux rumeurs.

– Hé, *moi*, je n'ai rien à cacher, dit-elle en croisant les jambes, sa mule couleur rouge à lèvres pendant au bout de son pied. Elles sont probablement vraies, toutes autant qu'elles sont. Est-ce que tu as vu les photos que Mr. Franchot Tone avait diffusées dans toute la ville il y a quelques années ? Ces photos qu'un privé avait faites de moi, à genoux, tout en perles et jarretelles noires devant mon partenaire de boxe préféré, Tom Neal ? Combien de filles se relèvent de ça ? »

Hop la gratifia de son célèbre hochement de tête entendu et compréhensif.

Elle soupira, se frottant le bras d'un air nostalgique. « Qu'est-ce que j'étais censée faire ? Jouer la Vierge Marie ou Betty Crocker ? Je me marrais. Et je n'allais pas serrer les freins juste à cause de Louella Parsons ou de Daryl Zanuck. Je sais que ça m'a fait beaucoup de tort. J'ai payé. Ces temps-ci, on ne me voit plus trop à l'écran avec Gregory Peck ou Jimmy Cagney. Le fric m'a filé entre les doigts. Il y a eu pas mal de sales mecs. Je suis tombée dans la bouteille. Le médecin d'un hôtel a dû me sortir un flacon de Seconal du ventre avec un tube. Puis j'ai pris l'habitude, comme disent les junkies. Ça a commencé à me coller à la peau. Tu connais la chanson. Tu pourrais me la chanter. »

Sous le regard dur, la couche de maquillage, l'épaisseur cireuse du rouge à lèvres, sous tout cela... merde, Hop avait cessé de regarder sous tout cela depuis longtemps. Il y avait bien trop de chances pour que, dessous, ce soit pire.

« Je peux essayer, Barbara. Je peux passer quelques coups de fil. Je vais le faire. »

Elle sourit, gentiment cette fois. « Merci, gamin. Merci. Je dis merci parce que j'ai besoin de fric. En vérité, mon petit Hoppy, je ne sais pas si je vais revenir au cinéma pour très longtemps. La vie n'est qu'une ombre. Ça ne m'a jamais paru vraiment réel, tu sais ? »

Hop sourit et regarda subrepticement sa montre.

« Tu n'as jamais eu l'impression que rien de tout cela n'est réel, Hop ? Comme... – elle s'avança dans son fauteuil, les yeux fixes, ses beaux yeux bleus injectés de rouge – comme si tu n'étais pas réel. Je pense que si je tendais la main au-dessus du bureau, elle passerait à travers toi. Je sais que ça se produirait. Tu n'as jamais ressenti ça ?

– Non », dit-il, surpris par sa propre brusquerie. Soudain, il eut l'impression qu'il pourrait faire n'importe quoi pour la sortir de son bureau. Qu'est-ce qu'elle voulait dire avec sa main qui passerait à travers lui ? Qu'est-ce que tout ça avait à voir avec lui ? « Jamais. Mais je sais que beaucoup de stars pensent à ça. Pensent à leurs personnages...

– Je ne parle pas de ça, dit-elle. Je parle de l'ombre d'une vie. De la vie que tu vis à la place. La vie que tu vis parce que tu ne peux plus te battre toi-même. Tu es tellement fatiguée, merde, que tu ne peux plus combattre toi-même. »

Hop la regarda. Il se sentait prêt à le faire lui-même.

« Regarde-moi bien, Hop, dit-elle. Je pense que je vais retourner me battre.

– Bonne chance. »

Cette nuit-là, Hop rentra vers minuit dans son nouvel appartement, qui sentait encore la peinture fraîche. Il avait dû faire des pieds et des mains pour refuser quand – comment s'appelait-elle ? Maura ? Mona ? Mina ? – celle avec la robe à paillettes et le zézaiement de petite fille avait offert de lui griller un steak dans son petit appartement de West Hollywood. Il était fatigué. Il n'avait pas envie de parler. Il s'ennuyait.

Il se versa trois doigts de scotch avant d'enlever son habit de soirée. Défaisant son col et sa cravate, il s'installa dans son nouveau fauteuil de cuir italien.

Il pensait qu'il voulait être seul, mais le calme, le calme sépulcral de cet endroit, le paniqua soudain. Pourquoi oubliait-il toujours ce détail à son propre propos ? Quand avait-il jamais voulu être seul ?

Il songea à appeler quelqu'un. Il pourrait appeler quelqu'un et elle parlerait et ensuite elle passerait, et alors il n'y aurait plus de raison de rester dans un fauteuil avec un verre dans cet appartement si tranquille, à regarder par la fenêtre en pensant à des choses, se remémorant des choses et des gens et des histoires, des visages, des sentiments et des voix qui l'avaient traversé un jour dans un café, un bar, dans une salle respirant la nostalgie.

Iolene, elle lui avait dit un jour : « Tu crois que tu peux oublier. »

Et maintenant, il ne pouvait plus s'arrêter de se rappeler. C'était la chose qu'il craignait le plus. Au moment où il termina son verre, il se souvenait de tout.

Les images, ces images qui bougeaient si vite, les lumières tremblotantes comme un film passant dans sa tête. Mais maintenant, tout était si mélangé qu'il ne parvenait pas à séparer les souvenirs réels de choses qu'il n'avait même jamais vues, de choses qu'on ne lui avait que racontées. Elles étaient toutes là. Une ceinture en travers de la bouche. Un cercle de sang. Un revolver sur l'arrière d'un crâne, appuyé sur un peigne scintillant. Une fille tombant sur un fauteuil.

Il y avait quelque chose de perdu. Il pouvait se regarder dans un miroir mille fois, et il ne le verrait plus jamais. Il l'avait cassé, tué. Si seulement il avait su qu'il ne pourrait jamais le retrouver... S'il avait su que cela disparaîtrait pour toujours...

Il se leva et gagna sa chambre. Il savait qu'elle serait là, et qu'il ne devait pas le faire, mais il ne pouvait plus s'arrêter. Il ouvrit le tiroir de sa table de nuit et fouilla sous les mouchoirs, le répertoire, les cigarettes, les pochettes d'allumettes. Elle était là.

Il la sortit. Elle était fine comme de la toile d'araignée désormais, cette carte postale. Avec le temps, elle était devenue fragile. Après tout, les cartes postales ne sont pas faites pour durer. Elles sont moins qu'une lettre. Elles sont éphémères. Un chuchotement à l'oreille qui vous rappelle que « Merry Lake vous attend. »

Remerciements

Mon immense gratitude renouvelée à mon éditrice, Denise Roy – sans ses inestimables conseils éditoriaux, son soutien et son talent, ce livre n'aurait pas été possible –, et à mon agent, Paul Cirone, pour ses efforts incessants et son ardente conviction ; à mes très chers amis, Christine Wilkinson, Alison Levy et Darcy Lockman ; et au soutien excessif, déterminé et profondément apprécié de ma famille : Philip et Patricia Abbott, deux écrivains qui ont atteint des hauteurs auxquelles j'aspire, Joshua Abbott et Julie Nichols ; mes grands-parents chéris, Ralph et Janet Nase ; et Jeff, Ruth, et Stephen Nase, dont les gentillesses durant toutes ces années sont trop nombreuses pour être mentionnées. Je voudrais aussi remercier mes beaux-parents, Dee Maloney et Bob Myler, et Sam et Paula Gaylord, qui continuent à m'inspirer par leur générosité d'esprit. Pour finir, mes remerciements chaleureux pour leurs encouragements et leur amitié à : Karen Nichols, Mitchell Bartoy, Mary Duncan, la famille Milowitz en entier, Erin Barthel, la famille Abate-Peters, Linda Malamy, Angie Drumm, Ken Anderson, Jaymie Kahn, Jennifer Kyle et Lynne Connely.

Et surtout, je voudrais remercier Joshua Gaylord, qui rend tout tellement mieux.

DÉJÀ PARU

Août 2009

R. J. Ellory
Vendetta

Traduit de l'anglais par Fabrice Pointeau

Après *Seul le silence*, le nouveau roman de R. J. Ellory. Un thriller au suspense exceptionnel, doublé d'une impressionnante histoire de la mafia des années 1950 à nos jours.

2006, La Nouvelle-Orléans. Catherine, la fille du gouverneur de Louisiane, est enlevée, son garde du corps assassiné. Confiée au FBI, l'enquête prend un tour imprévu : le kidnappeur, Ernesto Perez, se livre aux autorités et demande à s'entretenir avec Ray Hartmann, un obscur fonctionnaire qui travaille à New York dans une unité de lutte contre le crime organisé. À cette condition seulement il permettra aux enquêteurs de retrouver la jeune fille saine et sauve.

À sa grande surprise, Hartmann est donc appelé sur les lieux. C'est le début d'une longue confrontation entre les deux hommes, au cours de laquelle Perez va peu à peu retracer son itinéraire, l'incroyable récit d'une vie de tueur à gages au service de la mafia, un demi-siècle de la face cachée de l'Amérique, de Las Vegas à Chicago, depuis Castro et Kennedy jusqu'à nos jours.

Quel est le véritable enjeu de cette confrontation ? Pourquoi Perez souhaite-t-il Hartmann comme seul interlocuteur ? Alors qu'une course contre la montre s'engage pour retrouver Catherine et que, dans l'ombre, la mafia et les autorités s'inquiètent du dialogue qui s'établit entre les deux hommes, Hartmann ira de surprise en surprise jusqu'à l'incroyable coup de théâtre final.

Avec ce roman d'une envergure impressionnante, R. J. Ellory retrace cinquante ans d'histoire clandestine des États-Unis à travers une intrigue qui ne laisse pas une seconde de répit au lecteur. Maître de la manipulation, il mêle avec une virtuosité étonnante les faits réels et la fiction, le Cinémascope et le tableau intime, tissant ainsi une toile diabolique d'une rare intensité.

R. J. Ellory est né en 1965. Après l'orphelinat et la prison, il devient guitariste dans un groupe de rythm'n blues, avant de se tourner vers la photographie. Après Seul le silence *(Sonatine Éditions, 2008), prix du roman noir du* Nouvel Observateur/*Bibliobs,* Vendetta *est son deuxième roman publié en France.*

DÉJÀ PARU

Octobre 2009

Jesse Kellerman
Les Visages

Traduit de l'anglais par Fabrice Pointeau

Élu meilleur thriller de l'année 2008 par le *New York Times*.

« *Un thriller qui s'empare de votre esprit et vous laisse à la fin complètement stupéfait. L'art de Jesse Kellerman est tel qu'on pourrait presque parler d'autohypnose.* » The New York Times

« *Une écriture remarquable, une tension maximale, un roman obsédant. Le meilleur thriller de l'année.* » The Guardian

« *Jesse Kellerman resserre lentement autour de nos gorges un nœud coulant qui finit littéralement par nous couper le souffle. On ne rencontre pas tous les jours un talent de cette ampleur.* » Harlan Coben

Lorsque Ethan Muller met la main sur une série de dessins d'une qualité exceptionnelle, il sait qu'il va enfin pouvoir se faire un nom dans l'univers impitoyable des marchands d'art. Leur mystérieux auteur, Victor Crack, a disparu corps et âme, après avoir vécu reclus près de quarante ans à New York dans un appartement miteux. Dès que les dessins sont rendus publics, la critique est unanime : c'est le travail d'un génie. Mais les ennuis commencent lorsqu'un flic à la retraite reconnaît sur certains portraits les visages d'enfants victimes des années plus tôt d'un mystérieux tueur en série. Ethan va alors se lancer dans une enquête qui va bien vite virer à l'obsession. C'est le début d'une spirale infernale à l'intensité dramatique et au coup de théâtre final dignes des plus grands thrillers.

Premier roman traduit en France de Jesse Kellerman, *Les Visages* se place d'emblée au niveau des plus grands livres du genre, que ce soit *Ne le dis à personne* d'Harlan Coben ou *L'Analyste* de John Katzenbach.

Jesse Kellerman est né en 1978. Il est le fils des écrivains Jonathan et Faye Kellerman. Les Visages *est son premier roman publié en France.*

Mis en pages par DV Arts Graphiques à La Rochelle.
Imprimé en France par CPI Bussière
à Saint-Amand-Montrond (Cher).
N° d'édition : 029. — N° d'impression : 092837/1.
Dépôt légal : octobre 2009.
ISBN 978-2-35584-029-6